中公文庫

幸せの条件

新装版

誉田哲也

中央公論新社

目次

幸せの条件

序章　社長の用件

ヒステリックなベルの音が右耳に突き刺さり、頭蓋骨の中で乱反響する。慌てて布団から手だけを出し、その元凶の在り処を探る。凍てついたシーツの表面を這い、冷たい空気中をさ迷い、ようやく、中指と薬指が角張ったプラスチックの塊を捉える。そのままよじ登り、天辺にある丸いボタンを押し込む。

リッ、という一打を最後に、目覚まし時計は沈黙した。毎朝のことながら、このリアルなベルの音は心臓に悪い。息苦しくなるほど脈が速く打っている。しかも今朝は、どういうわけか全身の筋肉が強張っていて、寝起きとは思えない疲労感がある。何か悪い夢でも見たのだろうか。ワニに追いかけられたとか。ビルから落ちたとか。いきなり智之に別れ話を切り出されたとか。

梢恵はうつ伏せのまま膝を折り畳み、布団の中で亀になった。その姿勢のまま十分ほどじっとしておく。こうしていると眠気が徐々に薄れていき、会社に行かなければという焦りが適度に湧き上がってくる。十分経ったら、とりあえず洗顔。これに三分。その間に淹れたコーヒーを飲むのに五分。歯を磨いて、化粧と着替えに十分か十五分。アパートから北千住(きたせんじゅ)の駅までは早歩きで十分強。遅くとも八時十四分の日比谷(ひびや)線に乗れれば、八時半には会社に着く。

　そう、会社。

　理化学実験ガラス器機の専門メーカー、片山(かたやま)製作所。二年前、三流私大の理学部卒の梢恵を拾ってくれたありがたい会社。入社早々の会話で、大学時代、碌(ろく)に勉強してなかったことが明らかになっても、いまだにナス型フラスコと丸型フラスコを取り間違えても、試料管と冷却器を逆に接続しようとして両方破壊してしまっても、決してクビになどしない懐(ふところ)の深い会社。製品開発のための実験もできない、かといって切断や溶接、研磨(けんま)といった加工業務も苦手な梢恵に、在庫管理と伝票整理という分かりやすい仕事を与えてくれ、なお給料を毎月くれる優しい会社。それが、片山製作所。

　よく分かっている。自分が一方的に感謝しなければいけない立場にいるのは痛いくらい承知している。でも、駄目(だめ)なのだ。

「……あー、会社行きたくなーい」

　どうしても毎朝そう思ってしまう。実際、口に出して言ってしまう。ときには叫びながら枕を投げてしまう。じめじめと泣きながら、今日はお腹(なか)が痛いことにしようかと考えてしまう。本当は生理痛なんて滅多に感じたことはないのに。

まあ、今朝はそんなに大変ではなかった。目覚ましから十分経つ頃には、上半身を起こしてみてもいいかな、くらいの心構えはできつつあった。

「よし……起きよう……起きましょう」

その宣言からゆっくり百数えて、ようやく上半身を起こし、正座になる。

「うん、起きた。私、行ける……気がする」

ベッドのすぐ横、カラーボックスの上に載せてあったメガネをかけ、さっき止めたデジタル式の目覚まし時計を改めて見る。

七時四十二分。まあ、そこそこ予定通りだ。

会社は荒川区東日暮里二丁目。普通の戸建て住宅と、三階建てくらいのアパートと、金属加工とかの町工場を順番に並べたような街。

片山製作所の社屋は、その中では高い部類に入る。六階建て。一見マンションか、アーチ形の窓がちょっとヤラしいから、ひょっとしたらラブホテルか、という外観をしているが、実はれっきとした工場である。

「おはようございまーす」

まず一階。手袋をはずし、入って左手の壁にあるカードホルダーから自分のものを抜き出し、タイムレコーダーに挿入する。記録された時刻は八時二十八分。いつも通りだ。

付いている。

「おーい、瀬野ちゃん」

大型バイクくらいあるガラス加工用旋盤の陰から、ベテラン作業員の奥村が顔を覗かせる。黒いTシャツに黒い作業ズボン。こんな朝早くから整備か。頬にはもう黒い油汚れが付いている。

「おはようございます」

「なんか、社長が捜してたぜ。話があるとか言ってたけど」

「そう、ですか……分かりました。すぐ行ってみます」

それだけ言って、いったん外に出る。雨の日はさすがにエレベーターを使うが、そうでなければ梢恵はたいてい外階段で六階まで上がる。理由は二つ。一つは健康のため。もう一つは、他の社員と一緒にならないため。別に彼らが嫌いとか、そういうことではない。むしろ逆だ。溶接用の遮光メガネを首から下げている彼らを見ると、自分が何もできない役立たずに思えてきて嫌になるからだ。まあ、何もできない役立たずというのは事実だから、仕方ないといえばそうなのだけれど。

六階に着いた。

このフロアには下の階のように旋盤や溶接機材は置いていない。カウンター状の机が三台、等間隔に並んでおり、そこに形も大きさも様々な化学実験用のガラス器機が所狭しとセッティングされている。要は実験室。落ちこぼれ理学部生だった梢恵には、到底理解不能な論理や発想がここから生まれてくる、のだと思う。

フロアの左側、パーティションで仕切ってある部屋が会議室。その続きにあるのが社長室。

「失礼します」

会議室の入り口から声をかける。

「社長、おはようございます。瀬野です……社長？」

返事も、気配もない。もともと社長室でじっとしていられる人ではない。またどうせ下のフロアで、この管をもっと細くしてみたらとか、角度を付けてみたらとか、作業員相手にその場での思いつきを提案して回っているのだろう。

仕方なく反対側、フロア右奥にある事務室に向かう。梢恵の定位置、というより、この社における唯一の居場所。入社当初は正直、この六階に社長と二人という状況が嫌で嫌で堪らなかった。言うまでもなく、セクハラを受けるのではないかと心配していたのだ。がしかし、そんなことは一度として起こらなかった。お尻を触られたことも、肩を揉まれたこともない。つまり、ここでの梢恵はそういう存在ですらない。ただし、パシッ、と後頭部を叩かれたことは七、八回あった。うち二回くらいはメガネも飛んだ。

事務室に入り、それでも一応ドアノブのボタンを押し込んでロックする。梢恵も出社したら他の社員同様、片山製作所のロゴ入りTシャツに着替える。工場内は常に溶接やら切断やらで火が使われているため、冬でもかなり暖かい。
でも、下はスカートかジーパンのまま。
梢恵は一切、作業らしい作業は言い付けられないので、これでいいのだ。

昨日、梢恵が帰ったあとに持ち込まれたのであろう伝票をパソコンに入力していると、実験室の方から足音が近づいてきた。

「……なんだ、梢恵。いるんじゃないか」

社長の片山だった。饅頭みたいな丸顔に無精ヒゲ。だいぶ薄くなった脳天を隠すためか、最近はよくニットキャップをかぶっている。

「いますよ。ちゃんと八時半には来てました……ああ、おはようございます」

「ちっと来い」

片山はそろそろ五十歳。基本的に会話は嚙み合わないものと諦めている。

「……はい」

立ち上がり、丸っこい後ろ姿を追いかけて事務室を出る。「ワン・フォー・オール、オール・フォー・ワン　片山製作所」というプリントが背中に入っている。入社当初に意味を尋ねられ、一人はみんなのために、みんなは一人のために、と答えたところ、怒られた。

「最後の『ワン』は『勝利』の意味だ。つまり、一人はみんなのために、みんなは勝利のために。チーム一丸となって、目の前にある勝負に立ち向かっていく精神を表わしている。どうだ、美しい言葉だろう。元ラグビー日本代表選手の受け売りだけどな」

ラグビーやってたんですか、と訊くと、ボールに触ったこともないし、ルールもよく知らないという。片山は一事が万事、そんな調子だ。

実験器機の並んだ中央部を通り抜け、さきほど覗いた会議室に入る。さらにその右奥のドアから社長室に入る。

「……失礼します」

とはいっても事務机が一つ、周りは書棚や段ボール箱で埋め尽くされた四畳半の部屋だ。イメージ的には、小さな小さな古本屋といったところか。ちなみに梢恵のいる事務室は八畳ある。この社では、ヒエラルキーと占有スペースの大小は必ずしも比例しないことになる。

「まあ、座れ」

「はい」

社長室内に座れる場所はないので、梢恵だけ会議室にはみ出す恰好になる。すぐそこにあったパイプ椅子を引っぱってきて座る。

片山は、机の向こうに立ったままだ。

「梢恵。お前、この本を知ってるか」

散らかった机から片山が取り上げたのは、一冊の古ぼけた文庫本だった。メガネの位置を直してよく見る。

表紙には川面に浮かぶ屋形船、日本髪に着物の女のバストアップ、それと普通にロングヘアの女の横顔が描かれている。なんだろう。時代小説だろうか。

「……おおえど、しんせん、でん？」

作者は【石川英輔】となっている。

「そう、『大江戸神仙伝』。ヨウスケという、製薬会社で研究員をしていた男が、どういうわけかタイムスリップして江戸時代に行っちまう、って話だ。まあ、一種のＳＦと思っていいだろう。ヨウスケは貧しくもどこか懐かしい江戸人の生活に感激し、また自身は薬品に精通してるもんだから、その時代で入手可能な材料を駆使して、たとえば脚気とか、江戸人の病気をいろいろ治してやる。やがて辰巳芸者のイナキチと恋に落ち……まあ、大まかに言うとそういう展開だ。どうだ、なかなか夢のある話だろう」

夢の有無はともかく。

「それって最近、テレビドラマでやってたやつですか」

片山は、いきなりその文庫本を机に叩きつけた。

「バカヤロウッ、あれの原作漫画は二〇〇〇年かそこらのもんだ。石川先生のこれはな、いいか」

かと思うと両手で丁寧に拾い上げ、巻末の奥付を確認する。

「……一九七九年刊行、二十年以上も早えんだぞ。そこんとこテメェ、よく覚えときやがれ」

片山は普段こんな喋り方をする人ではない。とにかく影響されやすい性格をしており、周りの人間は何かと振り回される破目になる。

「はあ……で、その本がなんなんですか」

写楽の浮世絵のようにひん曲がっていた顔が、ふいに元に戻る。

「お、おうよ。俺っちが言いたかったのはそんなことじゃねえ。この本の何が素晴らしいってな、現代人の目を通して江戸時代を描いてるって、そこんとこよ。たとえば普通の時代小説みてえに、江戸人の目を通して江戸時代を描いたとする。でもそれじゃあ、普段の生活は当たり前のこととしか映らねえだろう。ところがそれを現代人、ヨウスケの目を通して描くと、どうでえ。これが奇異と驚きと、発見と感動に充ちた物語になるって寸法よ」

話の筋は分かったが、なぜ自分がこんな話を聞かされているのかはさっぱり想像もつかない。

「……分かりました。そんなに面白いんなら、私も読みます。貸してください」

「あ、この、薄らコンコンチキが。俺っちが言いてえのは、そんなことじゃねえって言ってんだろう」

ならば、その言いたいことを早く言ってみてはどうか。

「そのヨウスケの目を通して描かれた江戸はな、極めてレベルの高いリサイクルライフを営む町だったんだよ。紙くず一枚、古釘一本無駄にしねえ。ボロ布だって糞尿だって、とことん使い尽くす知恵と技があった。その最たるもんが……燃料よ」

どうだと言わんばかりにアゴを上げてみせるが、どうでもいい、という感想以外、今の梢恵には持ちようがない。

それでも片山は続ける。

「たとえば菜種油よ。江戸人は前年作った菜種油をその年の燃料とし、その年に収穫する菜種から翌年の燃料を作り出す。今ふうに言やぁ、再生可能エネルギーによる社会生活ってのを実践していたわけさ、俺たちの祖先は。ところがいつからか、日本人は化石燃料に頼りっ放しの生活にどっぷり浸かるようになっちまった。国内に油田なんて数えるほどしかねえんだから、供給のほとんどは海外に頼ることになる。でっけえタンカーに原油を積み込んで、遥か中東諸国から輸入しちゃあ、それを湯水のように使い続けてきたわけさ」

その方が便利だったからでしょ、と思ったが口には出さなかった。

「昔はな、あと三十年で地球上の油田はすべて枯渇するとか、いろいろ言われてたが、今現在問題となってるのは、もはや資源がいつ尽きるかってことじゃなくなっちまった……
さて、現在問題となってるのは、なんだ」

馬鹿にしないでほしい。

「……二酸化炭素排出量とか、温室効果ガスとかでしょう」

「正解」

パチンと指を鳴らす。

「そこで、昨今注目されてる新エネルギーといえば？」

「えっ、昨今、ですか……太陽光発電とか」

「んん、それもいいけど、ちょいと違う」

「じゃあ、風力発電」

「発電から離れろ。俺は燃料の話をしてただろ」

「燃料、ですか……じゃあ、天然ガス」

「もういい。正解は後回しにして、もう一つの重要な話をする」

マズい。無駄に話を長引かせてしまった気がする。

「一方で、日本の農業は現在、非常に危機的な状況にある。さあ、日本農業の問題点の、最も大きなものを挙げてもらおう」

江戸人の真似（まね）はもう気が済んだのか。

「農業問題、ですか……食料自給率」

「それも確かに問題だが、それはどっちかっていうと、食糧問題だな。いいか、俺はさっきまで、燃料の話をしてたんだぞ。そこを意識しろよ。さあ、日本農業の問題点、次は」

「ええと……農薬？」

「小さくなった。問題意識が小さくなった。それじゃないやつだ。はい次」

「分かった、農協ですね」

「確かに農協というシステム自体は大きな矛盾(むじゅん)を孕(はら)んでいるが、そっちじゃない。燃料だって言っててんだろう」

「分かんないですよ、そんなこと急に言われたって……」

あと、なんだろう。何があるだろう。

「あ、もしかして、あれとかですか。なんて言うんでしたっけ、ほら、あんまり、おコメ作り過ぎちゃいけないやつ」

「そう、減反(げんたん)政策、それッ」

また指パッチン。意外と正解。

「もうちょっと正確に言うと、米価を安定させるために導入された生産調整政策、ってことな。さあ、俺がさっきした燃料の話と、今の減反を組み合わせると？」

「え、なんだろ……休耕田？」

「それはちょっと言い回しを変えただけな。減反によって食用米の作付けができなくて、結果的に何も植えられなくなったのが休耕田だから。そうじゃなくて、その休耕田に、なんだ」

「えっ……燃料を、撒くんですか」

「撒いてどうする。田んぼにガソリン撒いたら、土壌が汚れちまうだろう」

「えーっ、分かんないですよ」

「あるだろう、ほら、ナントカ、ナントカ」

「えーっ……休耕田、ライフ」

「休耕田で暮らしてどうすんだ。カエルかお前は」

「えー、休耕田……」

片山がかぶりを振る。

「休耕田で言葉を作ろうとするな。間違ってっから。全然違うから」

「えー、ナントカ、ナントカ」

「そう、ナントカ、ナントカ」

「なんだろう……ナントカ、ナントカ」

「ええーい、面倒くせえ。バイオエタノールだよ、バイオ、エタノールッ」

結局自分で正解を言うのなら、最初からクイズ形式になんてしなければいいのに。

「はあ……バイオエタノールが、どうかしましたか」

ぽかん、と片山が馬鹿にしたように大口を開ける。

「……どうか、ってお前、だって、そこにある装置」

「へ？」

「会議室出たところにあるやつ」

「なんか、ありましたっけ」

「ありましたっけ、じゃねえよバカッ。ちっと来い」

片山が、床に積み上げた書籍や箱を器用に跨ぎながらこっちに出てくる。梢恵は慌てて椅子から立ち、社長室のドア口から一歩身を退いた。

「お前は、本当に与えられた仕事以外、関心がないんだな」

そう、吐き捨てるように言った片山のあとをついていく。

「いえ、決してそんなことは……」

話題の装置というのは、確かに、会議室を出てすぐ左手にあった。

「ああ、これですか。そういえば、いつのまにかここにありましたね」

「勝手に棲みついた野良猫みたいに言うな。これはな、俺が社運を懸けて発明した、エタノール等の溶剤類、脱水・精製装置だ」

装置、といってても鉄板で囲われたひと塊の機械ではない。ちょうどドア一枚分くらいの金属フレームに、蒸留装置や分離膜を仕込んだモジュールパイプ、冷却器などを固定し、それぞれをガラス管やホースで接続した、いわば剝き出し状態のガラス管迷路だ。

「……これで、その、バイオエタノールを？」

「そうだ。基本的に材料はなんだっていい。トウモロコシだってサトウキビだって、なんだったらそこらに生えてる雑草だっていい。要は糖質やデンプン質のある植物ならなんでもいい。まあ、分かりやすくコメで説明するとだな、最初にここ」

左下にある丸型フラスコを指差す。

「ここに糖化、発酵まで済ませた液体、つまり日本酒状態の液体を入れる。それを加熱し、この蒸留分縮器を通して高濃度のエタノール水蒸気にする。ここで冷却すれば、いわゆる焼酎と同じ状態になるが、この装置はそれをしない。エタノール水蒸気のまま」

今度は上部に四本並んだ、白いアイスキャンディみたいな芯棒の入ったガラス管を示す。

「この、ゼオライトを仕込んだ四本の膜分離装置に通し、一気にエタノール濃度を九十九・五パーセントまで上げる。最後に冷却して集めると、それだけで純度百パーセントに近い無水エタノールができあがる、というわけだ」

さすがに、この程度の理屈は分かる。

「へえ、そうだったんですか」

片山が、カクッと首を折る。

「お前な、もっと話の先を読め。そして興味を持て」

そんな無茶な。

「俺がなんのために今まで、江戸の素晴らしいエネルギー循環システムについて話し、農業問題に触れ、今ここにあるバイオエタノール精製装置について説明したのか、考えてみろ」

無理。

「……分かんないですって。なんでなんですか？」

「もっと真面目に考えろ」

ほんの数秒、腕を組んで考えてみたが、やはり痺れを切らしたのは片山の方だった。

「……分かった、もういい。結論から言おう。梢恵、お前にはしばらくの間、長野に出張に行ってもらう」

「はあ、長野」

と自分で復唱してから、その意味が頭に染みてくる。

「えっ、長野？　しばらくって、何日ですか」

「それはお前が任務を完遂するまでだ」

「任務ってなんですか」

「お前、これがなんだか理解したか？」

またさっきの装置を指差す。

「だから、バイオエタノール精製装置でしょう」

「スタートの材料はなんだった？」

「糖質かデンプン質があれば、サトウキビでもトウモロコシでも、なんでもいいって」

「そんなもん、ここらに生えてるか？」

「ああ、雑草でもいいって話ですか」

せっかく答えたのに、片山はさもダルそうに首を振った。

「それはものの喩(たと)えだ。雑草からバイオエタノールがそんなに効率よく採れるわけないだろ……で、ここでようやく減反、休耕田の問題と絡んでくる。今現在、日本には埼玉県の面積に匹敵するほどの不耕作地があると言われている。水田に至っては、七〇年頃までは三百四十万ヘクタールあったのが、今はなんとその四分の三、二百五十万ヘクタールまで減ってしまった。それでもまだ米価を調整するために減反政策は続けられている。その、減った九十万ヘクタール全てにというのは無理だろうが、その何分の一かでも、バイオエタノール用のコメを植えてくれれば、日本の抱えるエネルギー問題の助けになるとは思わないか？」

そういう訊き方をされれば。

「……まあ、どっちかって言えば、思う方ですかね」

「よし、よく言ったッ」

いきなり、目を突かれるかと思うほど強烈に指差される。

「そんな志の高いお前こそ、長野出張に相応しい社員だ。任務そのものは極めてシンプルだ。長野の穂高村ってとこの農協に知り合いがいるから、そいつに協力してもらって、一緒に休耕田を抱えている農家を回って、バイオエタノール用に安いコメを作付けしてくれるよう頼んでこい。一ヘクタールとか二ヘクタールとか、それくらいの単位でいい」

片山は斜め上を見上げ、ふわりと両手を広げた。

「そうして植えられたコメが収穫され、まあ、日本酒状態まではやってもらうとして……そこまでは誰だってできるんだ。粉砕して酵素ぶっ込んで糖化させて、酵母で発酵させりゃいいんだから。最終的に作るのは燃料、味は関係ないんだから、とにかく発酵させりゃなんとかなる。そこまでできたらこっちの出番だ。この機械を運び込んで蒸留、脱水と。そうすりゃ、純度百パーに近いバイオエタノールができあがる。少なくとも、農家一軒が使うガソリン分くらいにはなる……そう、農家の基本は自給自足だ。実にいいコンセプトだろう。上手くいったら農協にだって売り込める。このシステムなら規模の拡大も、工業用への転用も自由自在だ……うん、いい。これは実に有意義なプロジェクトになるぞ、梢恵」

「はあ」

よくもまあ、一冊の小説からここまで妄想を広げられたものだ。ある意味、感心する。

第一章　最初の出張

1

夕方五時半。一応、帰る前には社長室に声をかける。

「社長、お先に失礼します」

返事、気配、共になし。昼過ぎに打ち合わせで出かけると言っていたから、もしかしたらまだ戻っていないのかもしれない。

梢恵は今年買ったばかりの、ミルク色をしたダウンジャケットのジッパーを上げてから、外階段に通ずるドアを開けた。途端、鋭く尖った二月の風が、遠慮なく梢恵の頬を引っ掻きにくる。もともと夜景は好きな方だし、ここから東京スカイツリーが毎日伸びていく様を眺めるのも楽しいのだが、さすがに帰りの、この瞬間に浴びる空っ風の痛さには閉口する。でも、それも次の踊り場まで。五階、四階まで下りたら、もうほとんど風は吹いてこない。

一階まで下りたら朝同様、入り口脇でタイムカードを押す。

「すみませーん、お先に失礼しまーす」

声を少し高め、少し大きめにして挨拶（あいさつ）をする。誰かが返事をしてくれるときもあれば、完全無視のときもある。でも別に、気にはしていない。みんな忙しいのはよく分かっている。碌に仕事もせず先に帰るのだから、嫌みを言われないだけマシだと思っている。

それに、今夜は智之と会う約束をしている。気持ちはむしろ、そっちに傾いていた。

対向二車線の道路沿いを、延々歩いて日暮里駅に向かう。二十分弱かかるが、智之との待ち合わせは七時。それくらいの暇潰し（ひまつぶ）しがあった方がかえって好都合だ。

しかし、長野出張の件は困った。片山は、営業の練習だと思って、頭の下げ方を覚えるくらいの気持ちで行ってこい、と言うが、果たしてそんなに簡単に農家と契約なんてできるものだろうか。そもそも梢恵にはバイオエタノールに関する知識も、農家に関するそれもない。一軒一軒回って、バイオエタノール用のおコメを植えてください、とやれば済む話なのだろうか。さすがに、そこまで簡単にはいかない気がするが。

ちょうど通り沿いにある書店の前まで来た。街の本屋としては大きな方だ。ここなら、何か役に立つ本があるかもしれない。

梢恵は自動ドアの前に立った。週刊誌の広告を貼り付けたガラス戸が開くなり、ふわり

とメガネが曇る。と同時に、

「いらっしゃいませ」

レジカウンターにいる女性が機械的に挨拶をくれた。そういえば梢恵は、これまで接客の仕事をしたことがなかった。学生時代にやったアルバイトといえば家庭教師のみ。それが一番楽で、いい稼ぎになったからだ。あの頃、自分は将来、有名企業の研究開発室か何かで働くようになるのだろうと、漠然と思っていた。しかし、世の中はそこまで甘くはなかった。そういう企業はことごとく梢恵を書類選考で撥ねた。今以て、自分の何が悪かったのかは分からない。自分より成績の悪かった同級生が、案外いい会社に入ったりもしていたのに——。

棚のタイトルを眺めているうちに、「科学・テクノロジー」というところにたどり着いた。数学、物理、天文学、工学、電気、通信。ほんの数冊ずつ、しかも入門書的なものしか並んでいない。

これもそんな一冊なのだろうか。

【図解　バイオエタノール最前線】

目次を見てみる。

【バイオエタノールと資源問題】

【バイオエタノールと環境問題】

ちょっと先の【エタノールの原料】という章には、糖質原料、デンプン質原料、セルロース系バイオマス原料、と小見出しが付いている。片山が言っていたのはこの辺の話か。ちゃんと分かって話していたんだなと、また少し感心する。

この本を買って、早めに待ち合わせの店に行って、智之が来るまで読んでいようか。

智之が店に現われたのは、七時を十分ほど過ぎた頃だった。

「ごめん、待った？」

「んーん、本読んでたから。大丈夫」

本当はあまり読んでいなかった。第一部の最初のところで退屈になり、あとはほとんど携帯を弄っていた。そもそも薄暗い半個室のここは、読書には不向きなのだ。

でも、さも目が疲れたふうにメガネをはずし、テーブルの端に置いてみる。智之は出会った頃、メガネをしている梢恵も、していない梢恵も可愛いと褒めてくれた。

「梢恵、ビールか……俺、ちょっと寒かったからな」

智之は呟き、コートを脱ぎながら近くを通りかかった店員を呼び止めた。

「すみません、閻魔のお湯割り一つ……梢恵、料理頼んだ？」

「んーん、まだ。智くんが来てからと思って」

「じゃ、串焼きの盛り合わせと、煮込みと……」

全部で六品頼み、智之は「お願いします」とメニューを閉じた。

梢恵は、智之のこういうテキパキしたところが好きだった。一浪しているから歳は一つ上だが、学年は一緒だった。同じ年に卒業して、共に就職。だから智之も、もうすぐサラリーマン三年目。スーツ姿も適度になれてきて、でもくたびれ感とかは全然なくて、けっこう恰好いい。

「……智くん、仕事、忙しかったの？」

経済学部卒の智之は、もともと好きだったオーディオのメーカーに入り、今は営業の仕事をしている。将来的には宣伝を手がけたいが、まだまだキャリアが足りないと本人は言っている。

「うん、先月出したヘッドホンが、意外と売れ行きよくてね。逆にいま在庫が追いつかなくて大変。でもあれ、絶対いいと思うよ。ちょっと重いんだけどさ、装着感がソフトだから、全然首とか疲れないし。音も、まあ個性がないみたいに言う人もいるけど、あれだけ広い帯域をクリアに聴かせられるって、そっちの方が逆に個性だと思うし」

智之の仕事の話を聞いていると、素直に、いいな、と思う。自分の望む仕事に就けて、疑うことなく、迷うことなく情熱を傾けられて。

「梢恵は？　なに、その本」

あのね、と言いかけたところに焼酎のお湯割りが来た。

とりあえず乾杯し、ひと口ずつ飲んだところで話し始めた。

「……なんかね、また社長が変なこと思いついちゃって」

「ああ、前はガラス工芸に負けない技術力を見せつけるとか言って、カニとかタコの置物作り始めたって」

そう。しかも何人もの社員に残業までさせて。

「あれは私には関係なかったからいいんだけど、今度は私が被害者になっちゃって」

「ふーん。どんな？」

「なんか、長野に長期出張、言い渡された」

智之が無表情のまま固まる。本当はもっと、派手に驚いてほしかったのに。

「……ん、智くん、どうしたの？」

「いや、それ、一般企業にしてみたら、さして変なことではないかな、と思って」

「でも長期だよ。しかも何日か決まってないんだよ。任務を果たすまで帰ってくるなって、ちょっとひどくない？」

「俗に言う、単身赴任、ってことかな」

違う違う。

「智くん、全然分かってない。そもそもSF小説読んで、バイオエタノール作りたくなって、私にそれ用のおコメを栽培してくれる農家と契約してこいって言うんだよ。私、バイオエタノールのことも農家のことも、なーんにも知らないんだよ」

それでも智之の表情は動かない。

「だったら……勉強するしか、ないんじゃないの？　企業人、組織人としては」

なぜ分かってもらえないんだろう。片山の無茶苦茶を。

「するよ。するためにこの本買ってきたの」

梢恵は書店でしてもらったカバーをはずして見せた。

「ああ、そういうこと」

反応が薄い。薄過ぎる。

「……ねえ。私が長野に長期出張になっても、単身赴任になっても、智くんは平気なの？」

「いや、どうだろう……分かんないな」

分かんないって、どういう意味だ。その方が、梢恵にはよっぽど分からない。

「だって、長野って遠いんだよ。長引いたら、こうやって仕事帰りに会ったりできなくなるんだよ」

「分かってるよ。俺だって長野くらい行ったことあるもん……っていうか、一緒に行ったんじゃない」

「じゃあなんでそんな平気な顔してるの？　私がどっか行っちゃうかもしれないんだよ」

「どっかじゃなくて、長野って決まってるんでしょ」

「ハイ、失礼いたしまーす」

今頃お通しが来た。小鉢の中を覗くと、梢恵があまり好きではない切り干し大根が入っている。

それだけ置いて店員は下がっていった。

「私、これいらない……智くんにあげる」

「ああ、じゃあもらう」

なんだろう、この苛々は。このやり切れなさは。

「ねえ、そもそも智くんは、私のことが心配じゃないの？」

智之は、ズッ、と蕎麦のように切り干し大根をすすった。

「……ん、何が？」

「私はいつも、六階で社長と二人きりなんだよ」

「うん、知ってるよ。何度も聞いてるから」

「セクハラとかされてないかって、そういう心配はしないの？」

「でも、されないんでしょ？　心配ないって、梢恵が自分で言ってたじゃない」

「そうだけど、それは彼氏に心配させないように言ってるだけで、本当はされてるのかもって、そういうふうには考えないの？」

「あ、本当はされてるの？」

二往復、かぶりを振ってみせる。

「……されてないけど」

智之はひと口、お湯割りを飲んだ。

「……じゃあ、いいじゃない」

「そういう問題じゃないの」

「じゃあどういう問題なの」

「もっと心配されたい。心配してほしい」

フッ、と智之が鼻息を漏らす。

「ちょっと。なんでそこで笑うの」

「いや……なんか、そういうとこだけは、ストレートに言うんだな、って」

「私はいつだってストレートだよ。竹を割ったような性格だもん」

さらに、ブッと噴き出す。

「梢恵……それ、意味、知ってて言ってる？」

「失礼ね。さっぱりした性格ってことでしょ。知ってるよ」

それには一応、智之も頷いてみせる。

「……でも梢恵って、はっきり言って、あんまり、さっぱりしてないよ」

「うそ、私、すごいさっぱりしてるよ」

「いやぁ……けっこう、モゾモゾした感じだと思うけどな」

なんとなく、木の幹にしがみつく毛虫を連想する。

「ちょっと、ひどい。何それ、モゾモゾって。私、性格を表現するのに、モゾモゾなんて聞いたことないよ」

「でも、梢恵には合ってると思うな」

「ひどいひどい。今日の智くん、ひどいこと言い過ぎ」

なんか、段々悲しくなってきた。

串焼きと出汁巻き卵が来た。ここは気が利くところを見せねば、と思い、泣く泣く卵を半分にして取り分け、大根おろしに醬油までかけて智之に渡す。でも、そういう努力はただの「ありがとう」で済まされ、「できる女」みたいには認識されない。やっぱり男女って、ちょっと不公平だと思う。

「ねえ、梢恵……」

レバーの串を摘み上げた智之が、ぼそりと漏らす。

「何よ」

「俺、ちょっと前から、言おうと思ってたんだけどさ……俺たち、少しの間、距離を置いてみた方がいいんじゃないかな」

座ろうと思ったら、そこには椅子がなかった。寝返りを打ったら、思ったよりベッドの端っこまで来ていた。そんな、どこに助けを求めていいのか、一瞬分からなくなったときの浮遊感。何にすがればいいのか、急に見失ってしまった孤独感。

「え……何それ。私、聞いてない」

「うん。俺も今、初めて言ったから」

「どういうこと。なに、それってつまり、なに」

智之は串を皿に置き、指先をおしぼりにこすりつけた。

「そんなに、深い理由はないんだけどさ。強いて言うとするなら、梢恵ってさ……パッと見は可愛いんだけど、じっと見てると、どこがいいんだか、段々分からなくなってくるんだよね」

ある意味、真綿で首を絞められるような、全否定。

「ひどい……ひど過ぎだよ、智くん」

「いや、梢恵ってこれくらい言わなきゃ分かんないじゃない。似たようなこと俺、前にも言ったよ。でも梢恵、全然響いてなかったじゃない。えー、ひどいよー、とか言って笑ってたじゃない」

それはたぶん、真に受けたら、自分が惨め過ぎると思ったからで。とはいえ、実際に笑い飛ばした記憶はないのだけど。

「話してても、こう、押し返してきたりしないしさ。今だって、ここまで言われて、怒りもしないじゃない。ひどいよ、ってそれだけで……そりゃひどいかもしれないけど、そう思われる原因ってなんなのかなって、ちょっとは自分で考えてみなよ」

さらに、この場で反省まで迫られるとは。

「じゃ、なに……私がここで、泣いて叫べばいいの？　そうしたら、智くんは私と別れないの？」

「別れるとは言ってないよ。ちょっと距離を置いてみるのもいいんじゃないか、って言っただけだよ……確かに、梢恵が泣いて叫んだら、ちょっとは、おっ、と思うかもしれないけど、そうしたら、それはそれで別れたくなっちゃうかもね」

「何それ……」

ひどい、というフレーズが使いづらくなってしまった。

「俺もさ、分かんないんだよ。梢恵のどこが嫌なのか」

嫌なのか。基本的に、嫌な方向であることは間違いないのか。

「梢恵、特に悪いところはないんだけど、いいところもないっていうか」

やっぱり、ひどいと思う。

「今日だってさ、会う前は、どうしよっかなって思ってたんだけど、実際会ったらさ、あ、やっぱ可愛いじゃん、って嬉しくなって……でも何分かすると、何が可愛かったのか、分かんなくなってきて。存在感も、薄くなっていって」

メガネをはずすタイミングがよくなかった、ということだろうか。

しかし不思議だ。ここまで言われても、さほど怒りは湧いてこない。

代わりに、ちょっと救いのある喩えを思いついた。

「……それってさ、もしかして、長年連れ添った夫婦みたいになっちゃった、ってこと？ 空気みたいになっちゃった、的な」

「いや、そんな洒落たもんじゃない」

あえなく玉砕。

「とにかくさ、俺は別に、他に好きな人ができたとかじゃないし、梢恵のことが嫌いになったわけでもないし」

そう言ってるも同然だと思うが。

「もしその、俺にとって梢恵が空気なんだとしたら、長野に長期出張している間、苦しくなると思うんだよね」

「うん。空気なくなったら、苦しいはず。すごく」

「でも空気じゃなかったら、いなくても平気だったら、ちょっと考え直す必要も出てくると思う」

なんか、いっそ好きな人ができたって言われた方がマシな気がしてきた。

「だから、梢恵は心置きなく、長野に行っておいで。俺、それで梢恵との関係が見つめ直せるなら、少しくらい苦しくても我慢するから」

　どう考えても、こっちは今が苦しさのピークだ。


　帰り道。北千住からアパートまでの道を一人で歩いていると、電話がかかってきた。携帯の小窓を確かめると、母からだった。

「……もしもし」

『ああ、梢恵？　またそろそろ、おコメなくなる頃だろうから、送ってやろうかと思って』

　梢恵の実家は千葉。農家ではないが、母は何かと気を遣って、コメだの野菜だのを送ってきてくれる。

「ああ……うん」

『なァに、相変わらずはっきりしない子だねェ。要るのか要らないのか、はっきりしなさい』

　よく聞く台詞だが、今夜はやけに鋭く耳に刺さる。

　相変わらずはっきりしない子。はっきりしなさい。そんなに自分は昔から、はっきりしない人間だったのだろうか。自分ではけっこう、その場その場でスパスパ割り切ってやってきたつもりなのだが。

「要ります。お願いします……っていうかお母さん。私今日、とっても疲れてるの。まだ会社帰りで、歩いてる途中なの」

『だからなんなの。だから切ってほしいの。それとも慰めてほしいの。どっちなの。そういうとこがね、あんたははっきりしないって言うのよ』

言う前に、そっちが畳み掛けてきたんでしょうが。

「うん、だから、切る」

『はい、おやすみ』

母は本当に、そのひと言を最後に電話を切った。

ひょっとして、こういうのを竹を割ったような性格、というのだろうか。

2

日曜の夜に、片山から電話がかかってきた。

『お前、ちゃんと長野行きの支度してるか』

ちょうど、パンパンに膨らんだ旅行カバンのジッパーを閉めようとしていたところだ。

「……はい、一応しましたけど。とりあえず、二泊くらいの感じでいいですよね」

『それで契約を取る自信がお前にあるならば、な』

そんな根も葉もない自信、どうやったら持てるというのだろう。

「当然、宿泊費用は経費で出していただけるんですよね」

『忘れずに領収書を持って帰ってくればな。とりあえず十万までは持ってやる。それ以上はお前の自腹だ』

「ええーッ」

『冗談だ』

何が面白くて、そんな――。

『でも節約はしろ。朝食、夕食付きのホテルになんか泊まるんじゃねえぞ。お前にはペンションも贅沢だ。ユースホステルかなんか探して泊まれ。以上だ』

ひどい、とは思ったが口には出さなかった。

そこだけは、ちょっと頑張ってみた。


二月二十一日月曜日。梢恵は一人、新幹線の中にいた。

自力で調べた限り、穂高村の農協の最寄駅はＪＲ飯山線の飯山駅だ。午前中着の便にするか、もう一本遅い午後一番着のにするか。散々迷ったが、現地で何があるか分からないので、十一時一分に着くようチケットを予約した。お陰で今日は六時半起き。いつもよりかなり早く家を出た。

そして七時五十八分。上野で新幹線に乗り換え、窓側の指定席に座ったときは、なんだかホッとした。

梢恵はあまり旅上手な方ではない。寒いといけないから、濡れたり汚れたりしたらいけないから。そんなことばかり考えて、ついつい荷物を増やしてしまう。オーブントースターの中の焼き餅のように膨れたカバンは今、頭上の棚に上げてある。あれが膝の上にないだけで、妙に解放された気分になる。

窓の外、静かに流れ始めた景色に目を向ける。

東京の街がいつもと違って見えるのは、新幹線がわりと高いところを走っているからだろう。この前智之と食事をした日暮里の街も、右斜め下に一瞬だけ見ることができた。

もしも、の話だが――。

何か予期せぬことが起こって、自分がこのまま長野に行きっ放しになってしまったら、日暮里の駅で互いに手を振ったあの瞬間が智之との別れ、ということになってしまう。嫌だけど、そんなことにはしたくないけど、でもそうなってしまう気も少しはしている。はっきりとではなかったけど、でもあれは、やっぱりフラレたんだよな。繰り返し、そんなことを心の中で呟いている。

新幹線は東京の城北から、埼玉県へと抜けていく。徐々に高いビルは減り、二階建ての家屋や、こんもりとした雑木林の緑が目立つようになっていく。梢恵が育ったのが、ちょうどこんな感じの住宅地だった。適当に田舎なわりに、そこそこ人気のある街。さして好きでもなかったけれど、とりたてて不満もなかった故郷。

やがて民家と民家の間が広く空くようになり、そこを農地が占めていく。今はまだココア色の土が伏せてあるだけで、何も植わっているようには見えない。当たり前か。まだ二月も半ばを過ぎたばかり。暖かくなるのは今しばらく先のことだ。

一応、いま長野がどんな感じなのかはインターネットで調べてきた。最近の最高気温は五度とか六度。たまに十度を超える日もある。雪はもうあまり降っていないらしい。ということは、そろそろ融け始めている感じだろうか。

前方、進行方向側の自動ドアが開き、車内販売のワゴンが入ってくるのが見えた。

今朝はいつになく早起きだったため、コーヒーも飲んでこなかった。ちょうどいい。サンドイッチでも買って、朝ご飯にしよう。

長野で新幹線を降り、十時十五分発の飯山線に乗り換えた。二両編成で、ボックス席とベンチシートが前後半々という、東京にはあまりない造りの車両だ。梢恵はベンチシートに座った。だいぶ空いていたので、荷物はわざわざ網棚には上げず、自分の隣に置いておいた。

その時点ではまだ、景色にさしたる変化はなかった。曇っているせいか、ホームの風は東京より冷たく感じたけれど、でもそんなに、別世界に来たというほどではなかった。

だが電車が走り出し、山間の農村地帯を進んでいくに従って、辺りの様子は見る見る変わっていった。田畑の土は白く覆われ、屋根にも分厚く雪が積もるようになっていった。

「うわ……思いっきり雪国だし」

この先、さらに天気が悪くなったらどうしよう。吹雪にでもなったらお手上げだ。替えのジーパンは二本。無駄遣いはできない。雪道で転んだら宿までお尻は濡れたまま、なんてことにもなりかねない。ユニクロか何かあれば予備にもう一本くらい買ってもいいが、さすがにそれは期待できそうにない。

そんなことを考えているうちに、電車は飯山駅に到着した。幸い天候はよい方に向かい、いくらか晴れ間も見えるようになっていた。

「よし……着いた、と」

わずか二両分の短いホームに立つ。見たところ、線路を跨ぐような橋はない。どこから駅舎に渡るのかな、と迷っていると、一緒に降りた人たちはみなホームの端の方に歩いていく。やがて電車が走り去り、その辺りの地面が見えると、分かった。ホームの端に下り階段があり、そこから直接下りて線路を渡るようだった。

他の客に続いて、駅舎の入り口を兼ねた改札を通る。駅員の愛想は特に良くも悪くもなく、ただ「はい」と梢恵の差し出した切符を受け取っただけだった。

さらに待合室を通って、表に出る。

「……さて、どうしよっかな」

とりあえず、深呼吸してみた。思いのほか、空気が美味しいと感じた。排ガス臭い東京の空気とも、潮っぽい千葉の空気とも違う。何か、吸っても吸っても吸い足りないような、軽くて柔らかい感じ。梢恵も決して、長野が初めてというわけではない。学生時代に一度、スキーをしに志賀高原まで来たことがある。でもそのときは、空気がどうとかはあまり感じなかった。まあ、当時は智之とも付き合い始めたばかりで、しかも二人というのは初めての旅だったので、緊張でそれどころではなかったのかもしれない。

見れば道路は綺麗に除雪され、完全に乾いている。普通に歩けばすべって転ぶことはないように思われた。とはいえ、飯山駅から目的の農協までは六キロ近くある。歩いていったら一時間以上かかるかもしれない。

ちょうど斜向かいにある、タクシー会社の看板が目に入った。

「多少の出費は、しょうがないか……」

梢恵はカバンを担ぎ直し、別に車も来そうにないので、斜めに道を渡っていった。

走り出して五分くらいすると、タクシーは赤い欄干の大きな橋を渡り始めた。広い川原は一面雪に覆われている。川自体もかなり大きい。鈍い緑色の水はいかにも冷たそうだ。

「すみません。これ、なんて川ですか」

運転手は、フッと笑うように息を漏らした。

「お客さん、千曲川ですよ」

「ああ、千曲川……なるほど」

どうりで。大きくて堂々としているはずだ。

そこから十分ほど走って、農協前に着いた。

「はい、二千五百円から……」

「あの、領収書ください」

釣りとレシートをきっちりもらい、財布に入れながらタクシーを降りる。カバンがドアに当たって一瞬よろけたが、なんとか、転倒は免れた。

タクシーはその場でUターンし、もときた道を戻っていった。

梢恵は姿勢を正し、正面の建物を見た。

「農協……なるほど」

正式には、JA北信州みゆき穂高出張所。パッと見は東京の街中にある、小さめの郵便局といった風情だ。

「ごめんください……失礼します」

入ったところにカウンターがあり、その向こうは事務所のようになっている。事務机は十台くらい。職員は五、六人。印象としては郵便局というより、村役場といった感じか。

カウンターに一番近い席にいた男性がこっちを向いてくれた。

「はい、何か」

四十代くらいの、穏やかそうな人だ。立ち上がり、お辞儀をしながらこっちに出てきてくれる。

「あの、私、東京から参りました、片山製作所の、瀬野と申します」

システム手帳から名刺を一枚抜いて差し出す。ついでに今日のページを開き、片山に聞いてきた名前を確認する。

「こちらに、小杉(こすぎ)さん、小杉章雄(あきお)さんという方、いらっしゃいますでしょうか」

「はい、おりますよ」

男はその場で振り返り、おい小杉、と彼の向かいの席にいた男を呼びつけた。

「はい」

坊ちゃん刈りの、垂れ目(ため)の、正直あまり頼りになりそうにない顔つきの男が腰を浮かせる。

「お客さんだぞ」

「はい……」

だぼっとした紺(こん)のスーツ。ストライプの入った赤いネクタイは、微妙に緩(ゆる)んだ上に曲がっている。

それでも、梢恵はこの男に頼らざるを得ない。頭を下げながら、もう一枚名刺を出す。

「東京の、片山製作所から参りました、瀬野と申します」

「ああ、片山さんの……」

小杉は見たところ、四十になるかならないか。片山とどういう関係かは知らないが、少なくとも大学の先輩後輩、ということではなさそうだ。

「片山からお話はお聞きかと思いますが」

「ええ、休耕田を持っている農家を、って話ですね」

よかった。そこはちゃんと話が通っていた。

「はい。ぜひ、何軒かご紹介いただきたいのですが」

するとと、どういうことだろう。小杉は眉毛まで八の字に垂らして、困り顔をしてみせた。

「と、言われてもですね……この辺り、実は休耕田って、そんなにないんですよ」

「ハ？」

思わず、強めに訊き返してしまった。

「ないって、そんな……」

「でもそれについては、片山さんにちゃんと説明したんですよ。そんなにたくさんはないですよ、って。でも片山さん、ゼロじゃないだろ、あるにはあるだろ、って……そう言われたら、あるにはあるとしか、答えようがありませんからね。だったらいい、それでいいから、うちの人間が行ったら紹介してやってくれって……ちょっと、待っててください」

小杉は自分の机に戻り、何やら紙を一枚持ってきた。

「一応、うちで取引のある農家のリストです」

名前だけなら、四十軒かそれくらいある。

「この中ですと、こちらとか。岩田さん、吉村さん……川井さんも、最近ちょっと、リタイヤ気味かな。それと、田中正継さん。田中文吉さんも、あんまりやってないかな」

赤のサインペンで、それぞれに印を打っていく。

「けっこう、あるじゃないですか」

しかし、小杉は首を傾げる。

「ただ、本当に休耕田があるかどうかは、分からないんですよ」

だったら、なんのために印をしたのだ。

「それは、どういう……？」

「この、安岡さんという方なんですが」

安岡茂樹。リストの、わりと初めの方にある名前をペンで示す。

「この方、『あぐもぐ』という農業法人の社長さんなんですが、この方が、とにかくこの辺りの休耕田をなくそうってことで、遊んでる田んぼがあったらうちで全部面倒見るからって、片っ端から引き受けて回ってるんです」

いきなり抵抗勢力の出現か。

「じゃあ、たとえば岩田さんとか吉村さんが、その安岡さんにお任せするって話になっていたら……」

「そうは言っても、コウキだけとか、シロカキだけとかいう場合もありますし、それこそ田植えから収穫、販売まで全部任せてしまう場合もありますし、それはケース・バイ・ケースですね」

途中、よく分からない用語も交じっていたが、今は聞き流しておく。

「じゃあ、急いだ方がよさそうですね」

「まあ、そうですね……急いだ方が、いいかもしれませんね」

なんだろう。この、一歩引いたスタンスは。

「……と、言いますと、まずは、どの辺から？」

「さあ。私には、なんとも言えませんけれど」

おかしい。片山は、農協に知り合いがいるから、そいつに協力してもらって、一緒に農家を回ってこい、と言ったのではなかったか。

「ええと、小杉さんは、一緒には、行ってくださらない？」

「それは無理ですよ。私にも、仕事がありますし」

それはそうかもしれないが。

「片山が、そういうふうに、お願いは……？」

「されましたけど、お断わりしましたよ。そのときも、私にも仕事がありますからと、ご説明しましたが」

騙された。すっかり農協のサポートが受けられる気でいた。

でも、それを今ここでゴネても仕方ない。

「……ですよね。じゃあ、このリストはいただいても？」

「それも、うちが出したってなると、ちょっと問題あるんで。できればここで、必要なところだけ書き写していっていただけると」

「ですよね……はい、分かりました。じゃあ、失礼して」

正直、かなり先が思いやられた。


小杉は気の毒に思ったか、事務所にあった周辺地図を梢恵にくれ、歩いていける距離ではないからと、タクシーも呼んでくれた。

「全部回るんだとすると、車かバイクか、借りた方がいいと思いますけどね」

それにしたって、駅までは戻らなければいけないのだから、やはりタクシーは必要だ。

「そうですね……ありがとうございます」

礼を言いつつも、心の中では反発も覚えた。全部回るなんて冗談ではない。一軒目で契約を取り付けて、初日で任務完了としたいところだ。

五分ほどして来たタクシーに乗り込み、まずは「往郷（おうごう）」というところに住む、田中文吉を訪ねることにした。運転手は、もう少し先まで行くと五月八日にだけ水が流れる幻の滝があってね、と教えてくれたが、その余計な情報自体、自分がここに二ヶ月半も滞在する破目になることの暗示のようで、微妙に気が滅入（めい）った。

田中文吉の家は、山を登り始めて一、二分の、坂の途中にあった。

「文吉さんちは、左ね。右のは息子夫婦のだから」

「ああ……ご親切にどうも」

タクシーを降り、走り去るのを見送ってから、田中宅周辺を見回す。

普通の家屋が二軒、シャッターの下りた車庫のような建物が一軒ある。シャッターの前にはかなり使い込んだ軽トラックが一台。奥の方にも敷地は続いていそうだが、小山になった雪が邪魔でよく見えない。

運転手に教えられた通り、梢恵は左の家の玄関前に立った。呼び鈴（よびりん）のようなものは、特に見当たらない。

「……ごめんください」

少し高めの声で言ってから、引き戸のガラスをノックしてみる。だが、こつこつと指の節が鳴っただけで、とても中にいる人が気づいてくれるような音にはならなかった。ゆっくりと吹く冷たい風。あちこちから掻き集められた雪の小山。ひゅんと悲しげな声をあげる裸の樹の枝。そんな中では、梢恵の声など聞くに値しない小さなものでしかない。

「すみませーん、ごめんくださーい」

思いきって声を張り上げ、今度は拳（こぶし）を握って強めに叩いてみた。

曇りガラスの中を透かし見ても、何かが動く様子はない。ぼんやりと青い大きな箱と、タタキに履物（はきもの）らしき影がいくつか見えるだけだ。耳を澄ませても、話し声やテレビの音などは聞こえてこない。

「すみませーん、どなたかいらっしゃいませんか」

留守なのだろうか。だとしたら、隣の息子夫婦の家を訪ねてみるのもいいかもしれない。おそらく一緒に農業をやっているのだろうし、むしろ若い人の方がバイオエタノールなどに興味を示してくれる可能性は高い。

そんなことを考えていたら、

「……どちらさん」

ふいに引き戸の向こうから声がした。見ると、いつのまにか黒っぽい人影が浮かんでいる。

「あ、あの……」

すぐにごろごろと重そうな音をたて、引き戸が三十センチほど開いた。懐かしい石油ストーブの臭いが漏れてくる。

そこに現われたのは、脳天まで禿げ上がった、干し芋のように萎れた顔をした老人だった。

「あの、私、東京の、片山製作所というところから参りました」

「セールスか」

搾り出すような、明らかに不快感を含んだ声。

「いえ、セールスでは、ないのですが」

「機械のセールスでねえのか」

最終的にはそうなるのかもしれないが、少なくとも現時点では違う。

「いえ、農作業用の機械とか、そういうお話ではありません。実は、この辺りに休耕田をお持ちの農家の方にですね」

「土地売れってか」

「いや、そういうことでも、なくてですね」

「土地改良か」

「すみません、ちょっとだけ、お話を聞いてください」

「土地の話ならたくさんだぞ」

「いえ、作付けのお願いです」

額の横皺が、いびつに波打つ。

「作付けって……なんの」

「はい。今現在、もし減反などで食用米を植えられず、休耕田となっている田んぼが田中様のところにおありでしたら、ぜひ、バイオエタノール用のおコメを作付けしていただけないかと」

眉間に力がこもり、瘤のように盛り上がる。

「……バイオエタノールってのは、あれか、コメをガソリンにしようっていう、あれか」

知っていてくれたのはありがたいが、どう見ても承知してくれそうな顔には見えない。

「はい、あの、今の、日本のエネルギー事情や、二酸化炭素排出量を、考えますと……」

だらりと下がっていた手が、ふいに浮き上がる。

皺の多い、だが太くて強そうな指が、扉の引き手を捉える。

「百姓ってのは、食うためのコメを作るもんだ。燃やすためにコメを作る百姓なんざ、百姓じゃねえ」

力任せに、というのではなかった。再びごろごろと重そうに、だがぴったりゴムパッキンが合わさるまで、きちんと戸は閉められた。

黒いジャージの背中が、タタキの向こうに滲み、消えていく。

ひゅんと山風が、目とメガネの間をすり抜けていった。

ガシャン、と家の中で大きな音がしたが、梢恵には、どうすることもできなかった。

3

梢恵はさっきもらったばかりの領収書にある番号にかけ、再びタクシーを呼んだ。七、八分して来てくれたのは同じ車、隣は文吉の息子の家だと教えてくれた運転手だった。

「そんなにすぐ済む用事だったら、ちょっと待っててやればよかったねェ」

ありがたいお言葉のようにも思ったが、そんなに用事はすぐ済んではいけないのだと思い直す。

「いえ、いいんです……すみません。次はここなんですけど。岩田セイイチさんのお宅」

「ああ、キヨカズさんな」

読み間違えとは幸先が悪い。いや、訪問前に判明してよかったと考えるべきか。

そこからまた十分弱。岩田清一の家は先の田中宅よりもう少し平野部にあった。

広大かつ真っ平らな雪原を前にすると、一軒の家など、どうにもちっぽけなものに見えてしまう。岩田宅もそうだった。雪が落ちやすくするためだろうか、急傾斜のトンガリ屋根は雪ん子(ゆきんこ)の藁帽子(わらぼうし)のようで、ユーモラスにすら映った。そしてやはり、隣にはシャッターの閉まった車庫らしき建物がある。

「どうなさる。もう少し待っとくかえ」

「えーと……じゃあ、十分くらい。いいですか」

「ああ、いいよ」

梢恵は車を降り、玄関に向かった。田中宅とよく似たガラス引き戸の脇には木の表札が掛かっている。薄く灰色に汚れ、墨で書かれた「岩田」の文字は少し霞んでいる。

その表札の下にある呼び鈴を押す。ポロロン、という軽やかな電子音が耳に優しい。すぐに聞こえた「はい」という女性の声も明るいものだった。

引き戸を開けて顔を覗かせたのは、四十代くらいの、わりと小柄な人だった。派手なオレンジ色のフリースを着ている。

「恐れ入ります。私、東京の片山製作所という会社から参りました、瀬野と申しますが、岩田清一様、ご在宅でしょうか」

「あ、はい……」

彼女は振り返り、急に声を張って「おじいちゃーん」と奥に呼びかけた。廊下は玄関から真っ直ぐ奥に延びており、その中ほど左手から小さな子供の笑い声が聞こえてくる。

「おじいちゃーん……んもう。すみません」

お嫁さんだろうか。彼女はサンダルを脱ぎ捨て、廊下を跳ねるような足取りで戻っていった。

まもなく、彼女が入っていった戸口に人影が現れた。四角い顔をした、恰幅のいい男だ。おじいちゃんとは言っても、六十をいくらも出ていないように見える。

「はい、どちらさんかな」

彼女にしたのと同じ自己紹介をすると、にわかに怪訝な顔をされた。

「機械なら間に合ってるよ」

「いえ、そうではなくて、バイオエタノール用の」

「……バイオぉ？」

さらに眉の角度が険しくなる。

「やんねえぞ、うちは。そんなもん」

「あの、でも、お話だけでも」

「やんねえもん聞いたって時間の無駄だろう」

「でも、聞いていただかないことには」

「駄目だ駄目だ。やんねえっつったらやんねえんだ。けえってくれ」

太い指の並んだ、分厚い掌が迫ってくる。胸を押される気がして、梢恵は反射的に一歩下がってしまった。

岩田清一は勢いよく引き戸を閉め、すぐさま奥に引っ込んでいった。子供の笑い声だけが、まだ微かに漏れ聞こえてくる。

無意識のうちに、溜め息をついていた。

自分を励ます材料が、どこにも見当たらない。

以後も同じ運転手に付き合ってもらい、吉村忠夫、田中正継、川井信助と訪ねて回ったが、断わり方に多少の違いこそあれ、結局は碌に話など聞いてもらえず、どこも門前払いをされただけで終わってしまった。

川井宅を辞して車に戻ると、さすがに運転手も気の毒そうに梢恵を迎えた。料金メーターの下にあるデジタル時計には「１６：２２」と出ている。

「今さら訊くのも、なんだけど……あんた、なんの営業して回ってるの」

ここで説明して、運転手にまで「そりゃ駄目だ」などと言われたら立ち直れない。

「いえ、いいんです……すみませんけど、どっか安いホテルとか、ユースホステルみたいなところ、紹介していただけますか」

運転手は口を尖らせ、首を傾げてみせた。

「もうシーズンも終盤だけど、それでも安いところは混んでるからな。空いてっかな」

そうか、世間はまだスキーシーズンなのか。そういえば電車の中でスノーボードを担いでいる人を見たような、見なかったような。

「ちょっと待ってなよ」

運転手は親切にも、知り合いの経営するユースホステルが空いているかどうかを電話で確認してくれた。幸運にも空室はあり、そのまま連れていってもらえることになった。

景色を楽しむ気分にも、今日の反省をする気にもなれなかったので、ただぼんやりと料金メーターを眺めていた。八千円を超えた辺りはけっこうショックだったが、一万円を超えると、もうどうにでもなれとしか思えなくなった。

「……はい、着きましたよ。そこね。その『穂高の杜（もり）』ってとこ」

「どうも。いろいろ、お世話になりました」

釣りを差し出しながら、運転手が振り返る。

「また、明日も回るのかえ」

「そのつもり、ではいるんですけど」

今のところは、それについてはまったくのノープランだ。

「まあ、よかったらまた呼びなさいよ。少しはサービスするから」

「ほんとですか、助かります……じゃあ、ありがとうございました」

会釈（えしゃく）でタクシーを見送り、梢恵はユースホステルの建物に向き直った。

西部劇風、と言ったらいいだろうか。丸太を組んだような外壁と、玄関回りにある屋根付きのウッドデッキが洒落ていた。周囲にはペンションが何軒もあり、スキーキャリア付きの車が数台、駐車場に停まっている。車の通り道以外は、まだ雪がだいぶ残っている。

梢恵は木でできた階段を上がり、ウッドデッキを通って玄関ドアを開けた。

「ごめんください」

すぐに「はい」と応えがあり、エプロンをした、人のよさそうな女性が右手から出てきた。

「いらっしゃいませ」

「さきほど、矢島交通さんからご紹介いただきました」

「はい、瀬野さんですね。伺っております」

女性は正面にある受付カウンターに入り、早速料金やシステムの説明を始めた。夕朝食付きでも五千円でお釣りがきそうだ。これなら片山も文句は言わないだろう。

「今日は、他に三組ほどご予約が入ってますけど、それとは別のお部屋をご用意できますので」

「そうですか、ありがとうございます。お世話になります」

梢恵はカバンを担ぎ直し、渡されたキーの部屋に向かった。

二階の二〇三号室。入ると左右に二段ベッド、正面窓際にはソファがあった。ベッドメイクは自分でしなければならないのだろう。マットレスや布団は畳んだまま片側に寄せられている。

「はあ……疲れた」

梢恵はカバンを床に投げ出し、ソファに腰掛けた。メガネをはずし、背後の窓枠に載せる。まもなく若い女性連れの声がし、二つ隣くらいの部屋に入っていった。スキー客だろうか。笑い交じりの、弾むような声色が羨ましい。

「あーあ……疲れた」

ごろりと、そのまま横に――。


どこかで男の声がし、はっとして身を起こすと、辺りはもう真っ暗になっていた。一瞬状況が分からなくなったが、ユースホステルの部屋だと思い出し、慌てて出入り口付近にあるであろう照明スイッチを押しにいった。

白い瞬きのあと、蛍光灯の明かりに照らし出された室内は、夕方入ったのとはまったく違う場所のように見えた。そこでようやくメガネがないことに気づき、でも自分ならあの辺に置くだろうと見当をつけていくと、やはり窓枠にちょこんと載せてあった。

腕時計を見ると、すでに七時半を過ぎている。

「あっ、ご飯」

急いで一階に下り、食堂に飛び込んだ。案の定、長テーブルに一つだけランチョンマットが取り残されていた。

「どうぞ。すぐご用意しますよ」

後ろから言われ、振り返ると、受付をしてくれた女性が厨房カウンターの中で微笑んでいた。奥にはご主人だろうか、やはりエプロンをした中年男性がいる。

「すみません……ちょっと、居眠りしちゃって」

「お疲れなんでしょ。いっぱい食べて、お風呂入って、ゆっくりしていってください」

梢恵は一つ会釈をし、席に着いた。フォークとナイフ、お箸。ワイングラスと、普通のコップが並べられている。

本当に、料理はすぐに出てきた。

「うちは、地元で穫れた野菜、おコメ、お肉だけを使ってますからね。オール穂高村ですから。美味しいですよ……あ、何か飲みます？　ビールはアサヒだけど、地元の日本酒も、焼酎もありますよ」

どうしよう。でも一人で飲むのは、なんだか気が進まない。というより、ひどく落ち込みそうで怖い。

「いいえ、お食事、いただきます」

「はい、承知しました。これは、カボチャのスープ。中に入ってるベーコンも、うちの亭主の手作りなんです」

言いながら、厨房のご主人を目で示す。

「すごい、ベーコンもですか……いただきます」

確かに、出される料理全てが美味しかった。アスパラと卵の炒めもの、ちょっとスパイシーなポテトサラダ、チーズとトマトソースのポークソテー。そして何より、軟らかく炊かれたご飯。

「ご飯、すっごい美味しいです」

そう言うと、彼女は「サービスね」と、ナスの浅漬けと野沢菜漬けを出してくれた。お陰でご飯をお代わりしてしまい、お腹はパンパンだ。

「ご馳走さま……美味しかったぁ」

「お茶とコーヒー、どっちがいいかしら」

せっかくの漬物がまだ残っている。

「じゃあ、お茶を。いただきます」

彼女はにこやかに頷き、厨房カウンターにあった急須と湯飲みを持って戻ってきた。

「……瀬野さんは、スキーじゃないんでしょう？」

「ええ。一応、これでも仕事なんです」

「あら、なんのお仕事？」

風呂に入りにきたのだろう。階段を下りてきた女性二人が、食堂をちらりと覗いて過ぎていった。

ふと、一人でいることが寂しく感じられた。いま喋らないと、今夜自分は、ただ疲れたとボヤきながら眠るだけになってしまう。そして明日の朝、きっといつもよりもっと起きたくない、仕事に行きたくないとグズることになる。ボードや板を担いで楽しげに出かけていくスキー客を、二階の窓辺で羨みながら。

そんな悲しい朝は、嫌だ。

「あの……実は、休耕田をお持ちの農家の方に、バイオエタノール用の稲を、作付けしていただこうと思ってきたんですけど……でも、全然。お話も聞いていただけなくて」

「ふーん。休耕田に、バイオエタノール」

どこまで分かっているのだろうか。彼女は頷きながら湯飲みをこっちに差し出してきた。

「それ、『あぐもぐ』の安岡さんには、相談した？」

農協の小杉が言っていた、農業法人の社長のことか。

「それって、この辺りの、休耕田を一手に引き受けてるって方ですよね。お名前だけは、伺ってるんですけど」

「相談に行ってみたらいいわよ。うちの野菜もおコメも、ほとんど『あぐもぐ』から仕入れてるのよ。社長の茂樹さんは、最初はちょっとつっけんどんに感じるかもしれないけど、奥さんのキミエさんは優しい、いい人よ……もちろん、茂樹さんだっていい人なんですけどね」

つっけんどん、と聞いただけで背筋が寒くなる。今日会った男性五人の顔が、声が、脳裏に甦ってくる。梢恵の基準で言えば、あれらは全員「つっけんどん」に入る。果たして安岡茂樹は、それ以上なのか、以下なのか。

「その、安岡社長というのは、何歳くらいの方なんでしょうか」

「五十、ちょっとくらいかしらね」

片山と同じ世代か。今日会った五人は全員六十代か七十代。少なくともあれよりは元気で、勢いがあると覚悟しておかねばなるまい。

「ちなみに、奥さんの、キミエさんという方は」

「キミエさんは若いのよ、まだ四十になってないんじゃなかったかしら。この辺にはちょっといないような、綺麗な人ですよ」

この際、奥さんが綺麗かどうかはどうでもいい。四十手前というのも、正直微妙な線だ。とにかく、いま梢恵に必要なのは、優しくて物分かりのいいコメ農家だ。しかしそれは、今日の経験からすると期待しづらい。

「行ってみたらいいわよ。キミエさんならきっと、ちゃんと相談に乗ってくれるから」

そう、なのだろうか。

やはり決心がつかず、梢恵はチェックアウトの十時頃まで、一人でグズグズしていた。

でも、それがなんの解決にもならないことは自分でもよく分かっていた。

仕方なく、荷物をまとめて一階に下り、会計を済ませた。

「はい、ご利用ありがとうございました。これ、領収書です」

明らかに表情が沈んでいたのだろう。奥さんは心配そうに顔を覗き込んできた。

「あの、なんだったら、私からキミエさんに連絡入れてあげてもいいけど」

「あ、いえ……はい、大丈夫です。自分で、できます。お世話になりました」

十時十分くらいにユースホステルを出て、ここから農協は比較的近いと分かっていたので、とりあえず一人でぶらぶら歩きながら向かった。昨日の五人と「あぐもぐ」以外で、他にどこか紹介してもらえないかと考えたのだ。

小一時間かかって農協に着いてみると、あいにく小杉は留守にしていた。一時間くらいで帰ってくると言われたが、殺風景な事務所の隅で待ち続けるのも気が進まなかったので、また連絡を入れると言って建物を出た。

そう。分かっている。いま自分は、明らかに時間潰しをしている。そんなことをしてもどうにもならないことは分かりきっているのに、この出張という時間が無駄に過ぎてくれることを願っている。ただ時間が過ぎても、農家との契約が取れなければ出張そのものは終わりにならない。それも分かっているが、今はあえて考えないようにしている。というか、考えたくない。

自分への最低限の言い訳として、一応、進行方向は「あぐもぐ」に定めている。タクシーを呼ばず、徒歩で行こうとしているのはあくまでも経費節約のため。決して時間潰しではない、時間潰しではない――しかし、そう思い込もうとすればするほど、歩幅は小さく、足取りは重くなる。ときどき小石を蹴飛ばして、それを追いかけて、別の方向に行ってしまいたい衝動に駆られる。ただひたすら、小石を追いかけてどこまでも――駄目だ。馬鹿過ぎる。

農業用水か。道の片側にはU字溝があり、触れれば指が千切れるほど冷たいであろう水がひっきりなしに流れている。それでもいい。冷たくてもかまわないから、そこに小さなお舟を浮かばせて、流れに乗ってどこまでも――いやいや、だからそれは駄目なのだと、再び自分に言い聞かせる。

望むと望まざるとに拘わらず、遅かろうが早かろうが、方向さえ間違っていなければ、いずれは「あぐもぐ」に着いてしまう。

それは、農協を出発して二時間ほどした頃だった。

上り坂のカーブのところに、赤く塗られたトタン屋根が見えてきた。そこにある、黒ペンキで書き殴ったような文字。明らかに「あぐもぐ」と読める。マズい。まもなく着いてしまう。今さら無意味に道を蛇行してみても、棚田であろう雪をかぶった段違いの平地に目を向けてみても、歩き続けている限りは目的地に近づいていく。それでも、逆戻りだけはするまいと思った。それをやったら、本当に負け犬だ。役立たずの上に、負け犬。救いようがない。

ああ、とうとう着いてしまった。

さっきの赤い屋根の建物は、道から奥まったところに建っている倉庫のようだった。隣には車庫と、奥には住居らしき家屋がある。やはりここも玄関はガラス引き戸になっており、その横には郵便受けが設置されていた。安岡茂樹、君江、朝子。娘さんがいるのだろうか。その下には「農業法人あぐもぐ」と書き加えられている。

とにかく、ここが今日の目的地であることに間違いはない。

梢恵は回れ右をし、敷地の入り口まで戻ってしゃがみ込んだ。

どうしよう。また「ごめんください」から言って、自己紹介をしたら農業機械の営業と間違われ、「バイオエタノール」と言った瞬間に交渉決裂となってしまうのだろうか。それは嫌だ。嫌だけど、智之を含む、世の営業マンと呼ばれる人たちは、きっと日々こんな思いをしているに違いない。大変だ、毎日。しかも、営業は会社業務の基本と言われる。それをすっ飛ばして、自分は二年近い月日を無駄に過ごしてきてしまった。今それを悔やんでも仕方ないのだけど、他のことを考えるのは嫌だから、とりあえず悔やんでみる。というか、もはや恨みに近いかもしれない。社長、なぜもっと自分に、営業の仕事をさせてくれなかったのですか。

そんなことをグズグズと考えていたら、背後でガラス戸の開く音がした。梢恵が振り返るのと、

「あら？」

女性の声がしたのが同時くらいだった。

「あっ……と」

反射的に立ち上がったはいいが、長時間歩いた疲れとしゃがんでいた痺れとで、梢恵は大きくバランスを崩してしまった。さらにカバンの重みが加わり、自分でも泣きたくなるくらい無様な四つん這いで両手を地面についた。メガネは、かろうじて耳に引っかかっている。

「あらあら、大丈夫？」

パタパタとスニーカーの足音が近づいてくる。細いジーパンの脚。濃いグリーンのダウンジャケット。

「す、すみません……大丈夫です」

顔を上げ、メガネを直すと、日本人形のように小さくまとまった、白い顔がそこにあった。軽くアップにした髪、切れ長の目もそれっぽい。この人が安岡君江だとしたら、確かに美人だ。

「あなた、もしかして、バイオエタノールの人？」

「えっ」

差し出された手にはすがらず、なんとか自力で立ち上がる。

「あなたなんでしょ？　昨日、文吉さんのところとか、清一さんのところに行って、最後はユースに泊まったっていう」

なぜそこまで知っている、という疑問が顔に出てしまったのだろう。彼女は笑みを浮かべながら腕を組んだ。

「田舎の情報網を甘く見てもらっちゃ困るわね。昨日と今日、昼頃に農協を訪ねたっていう目撃談だって、ちゃんと耳に入ってきてるんだから……でも、それにしちゃずいぶん時間かかったわね。まさか、農協からここまで歩いてきたの？」

あまりの驚きに言葉が出ず、失礼とは思ったが頷くだけになってしまった。

「それは大変だったわね。疲れたでしょう……ああ、こんなとこじゃなんだから、中入って。いま安岡はいないけど、もうすぐ戻ってくると思うから」

あれよあれよというまに腕を取られ、荷物を取られ、家の中に連れ込まれてしまった。

「散らかってるけど気にしないでね。でもこれでも片づいてる方なのよ。農繁期（のうはんき）じゃないから」

確かに、言うほど散らかってはいない。コの字にスノコが敷かれた広い玄関には長靴やスニーカーといった履物が溜まり、上がったところの廊下には畳まれた段ボールの山が二つほど見えるが、むしろ梢恵の目にはよく片づいているように見えた。壁のあちこちにカレンダーや地図が貼ってあるのは梢恵の実家も同じ。かえって親しみが持てる。

梢恵は、先に廊下に上がった彼女に訊いた。

「でも、どこか、お出かけだったんじゃないですか」

彼女は、いいのいいのと大袈裟に手を振ってみせた。

「暇だから買い物でも行こうかと思ったけど、その気になりゃ食べるものはいくらだってあるんだから。明日だって明後日だっていいの。それよりほら、遠慮しないで上がって。農協からここまで、どれくらい？　一時間くらいかかった？　一時間半？」

「一時間……半、くらいです」

本当はもうちょっと。

「でしょう。しかもそんな大荷物抱えて。はい、上がって上がって。寒かったでしょう」

言われるまま、とうとう茶の間にまで上がり込んでしまった。

「お茶がいい？　それともコーヒー、紅茶？　ココアもあるけど」

「あ、じゃあ……コーヒーで。すみません」

炬燵があり、入って右手の席を勧められた。左手の障子戸は閉まっているが、その向こうは縁側だろう。柔らかな明かりが回り込んでいる。

なんとなく正座をしていると、ちゃんと足入れて、と注意されてしまった。

「すみません……じゃ、遠慮なく」

入れた足が、すとんと真下に落ちる。掘り炬燵だ。スイッチはいま入れたばかりだが、今までもずっと点いていたのだろう。充分に温かく、膝から下の疲れがするすると解け、抜け落ちていくようだった。

まもなく彼女がお盆を持って戻ってきた。コーヒーメーカーで淹れたのだろう。インスタントとは違う、いい香りがする。

「はい、どうぞ」

「すみません。なんか、急にお邪魔したのに……私、東京の、片山製作所という会社からきました。瀬野と申します」

名刺を差し出すと、彼女は丁寧に両手で受け取ってくれた。

「安岡の家内の、君江です。でも、ごめんなさいね。安岡は冬の間、近くのスキー場の仕事をしてるから、日中はいないのよ」

「そう、なんですか……何時頃、お戻りなんでしょうか」

「でもね、もう最近は早いのよ。四時半とか、それくらいには戻ると思うんだ」

壁掛けの時計を見ると一時十五分。まだたっぷり三時間はある。全然「もうすぐ」ではない。

そんなことを思った、最悪のタイミングで、

「あ……」

梢恵の腹が、鳴った。

「あら」

「いや、あの」

「もしかして瀬野さん、お昼食べてないの?」

「いえ、あの、大丈夫です」

でも、音が、止まらない。

「ずっと歩いてきたんだもん、お腹減って当然よ。待ってて、いま何か作ってあげる」

「いや、ほんとけっこうです、そんな」

「いいからいいから、座ってて。テレビでも見てて」

これは、困った。

4

さらに困ったことに、君江の出してくれたお握りと味噌汁(みそしる)、これが、涙が出るくらい美味しかった。

「ちょっと、何も泣くことないでしょう。そこまでひもじくはなかったでしょう」

メガネをはずしたついでに目元を拭う。

「でも……なんか……」

寒かったのと、情けなかったのと、痛いほどの空腹と——そんなあれやこれやが、コメの甘みで癒され、味噌汁の温かさでほぐされ、出汁の旨みでとろけ、油揚げとほうれん草の確かな食感で満たされていった。

「ほんと……美味しかったです。ご馳走さまでした」

「いいえ、どういたしまして」

それからもう一杯コーヒーを淹れてもらって、二人で、炬燵に当たりながら話し込んだ。

「清一さんに、文吉さん、正継さん、それと信助さんに、忠夫さんか……」

そう言って、君江は両手で囲んだマグカップからひと口飲んだ。じっくり見ても、君江はやはり美人だった。でも笑うと、ちょっと子供っぽい表情になる。それがまた愛らしく、梢恵には好ましく感じられた。

それにしても、不思議な人だ。見ず知らずの梢恵を家に招き入れ、食事を出し、まるで古い知り合いのように話しかけてくる。

「そりゃまた、手強いところばっかり当たったもんね」

「そう、なんですか」

「だって、安岡がいくら提案しても乗ってこなかった爺さん連中だもん。そんな、いきなりバイオエタノールを植えてくださいなんて言ったって、そりゃ無理よ」

　バイオエタノールは植えないが、まあいい。

「その、安岡さんの提案、っていうのは」

「あの人は、とにかくこの穂高村の、農村としての景観を守りたいって言って、休耕田をなくすためにいろいろ手を尽くしてるの。コウキだけとか、シロカキだけとかを手間賃で……」

「あの、ちょっと、いいですか」

　君江が「ん？」と両眉を吊り上げる。

「それ、農協でも聞いた気がするんですけど、コウキとシロカキって、なんですか」

「ああ。コウキは、耕して起こす、って書いて『耕起』。うちの前とかも、今は雪に埋まっちゃって見えないけど、あそこら辺、全部田んぼなのね。で、春になったら、トラクターで土を掘り起こしていくわけ。雑草だの生え始めの木の根っこだの、全部ひっくるめて掻き混ぜちゃうの。そうしておいたら、たとえば根っことかは腐って、いずれは肥料になってくれるでしょう。あと、シロカキっていうのは、土にある程度水を含ませてから、またトラクターでその土を捏ねて回るの。まあ、表現は人それぞれだと思うけど、安岡は、チョコレートフォンデュくらいになるのが理想だって言ってるわね……ほんとは、そんなもん食べたこともないくせに」

とりあえず、田んぼ作りの工程であることだけは理解した。

「それを、手間賃で？」

「そういう場合も、ある。田植えまでとか、収穫、販売まで全部頼まれる場合もある。でも、それも良し悪しでね。耕起だけって手間賃で請け負ったら、それはそれで現金収入になるじゃない。でも販売までってなったら、おコメとして売れるまでお金にならないでしょう。主婦としては案外、現金収入の方がありがたかったりもするのよね」

君江は楽しげに言って、またひと口コーヒーを含んだ。

「……あの人は、農業の力を信じてる。お洒落な服より、速い車より、美味しくて安全な食べ物の方が人間には重要なんだって、いつも言ってる。そのためにも、田んぼは田んぼであり続けなきゃいけない、って。減反だのなんだの言われて、田んぼを畑にしたって上手くいきっこない。そんなの、空っぽのプールで柔道やるようなもんだって……それも、よく分かんない喩えだけど、でも、言いたいことは分かるでしょ？」

いや、さっぱり分からない。でも頷いてしまう。

「ほんとはね、不安もいっぱいあるの。俗に言う、後継者問題。今の感じからすると、どう転んでもウチの娘は農家やってくれそうにないしね」

「えっと……確か、朝子さん」

「あら、知ってた？」

「いえ、さっき郵便受けを見て、お嬢さんがいらっしゃるんだなって。朝子さんは、おいくつですか」

「十六。高校一年生」

ということは。

「じゃあ、ずいぶんお若いときのお子さんなんですね」

くすっ、と君江が笑う。その表情が、また妙に色っぽい。

「あたし、安岡とは大学生のときに、すぐそこのスキー場で知り合ったの。まあ、ナンパだよね、あれは、どう考えても。で、ぎりぎり卒業はできたんだけど、そのときにはもう朝子がお腹にいて、いわゆるできちゃった結婚。最近、その朝子によく言われるの。よくお父さんのとこになんか、お嫁にくる気になったね、って……分かるのよ、若い人の感覚は。農家なんて、百姓なんて、っていう気持ちも。でもあたしも、基本的には安岡と同じ考え。農業は人間社会の基本だと思ってる。もう少し広く社会を見て、知れば、うちみたいな仕事がいかに大切か、朝子も分かってくれると思う」

たぶんそれは、誰もが分かっていることだと思う。四十パーセントと低い食料自給率。食料の輸入が完全にストップしたら、日本国民の何割かは餓死するかもしれないという恐怖感は常にある。でも、だからといって自分から農業をやるかというと、それは話が別なのだ。君江には悪いが、キツいし、汚いし、儲（もう）からない——農業には正直、そういうイメージがある。

そう考えると、確かに疑問ではある。四十近くになってもまだこんなに綺麗な君江が、なんと大学卒業後すぐに結婚、出産、以後はずっと農家のお嫁さん。もっと他にも生きる道はあったろうと、梢恵でさえ思ってしまう。せっかく味方になってくれそうな人だし、大きなお世話は分かっているので、わざわざ言いはしないが。

突然、それとは別の疑問が湧いた。

「あの、私みたいなのが、いきなりこんなふうにお邪魔してて、大丈夫でしょうか。安岡さんがお戻りになって、その……」

「機嫌悪くしないかっていうこと？」

「まあ……平たく言うと」

君江は、扇ぐように小さく手を振った。

「大丈夫よ。今は冬だからこんなだけど、うちはこれでも株式会社なの。あたし以外にも社員が三人いてね、忙しいときはパートさんを頼んだりもする。だから、夏なんか玄関はずっと開けっ放しだし、年中人は出入りしてるし、そういうのは平気なの。それに……」

ぐっと君江が顔を覗き込んでくる。

「梢恵ちゃん、けっこう可愛いし」

それに関しては、目下自信喪失中だ。しかも、君江みたいな本物の美人に言われても、正直、社交辞令としか受け取れない。

「いや、それは、ないです……」

そう。おそらくこの程度のルックスでは、安岡茂樹との交渉を有利に運ぶ材料とはならない。


農業法人「あぐもぐ」について、君江はいろいろ話してくれた。

そうだろうと思ってはいたが、「あぐもぐ」の「あぐ」は英語で農業を意味する「アグリカルチャー」、「もぐ」は食べるときの「もぐもぐ」からきているという。君江以外の社員は全員男性。農業知識が豊富な茂樹の右腕、北村行人。茂樹の甥っ子、安岡健介。脱サラしてきた新人、若月知郎。以上の三名。娘の朝子もたまに手伝うが、作業中はほとんど仏頂面らしい。挙句、時給が安いと散々文句を言う。

「でも、行人さんがいるところでは、ちょっと大人しくなるのよ」

「……ってことは、北村行人さんは、けっこうイケメンなわけですか」

「まあ、確かにスラッとしてるし、顔も安岡よりはだいぶ男前だけど、でも歳はあたしの一つ下だからね。そういう目では見てないと思うんだ。むしろ、あの人の真面目な働き振りを見てると、朝子でさえ文句を言えなくなるっていうか。そういうの、あるんじゃないかな」

安岡茂樹が帰ってきたのは、そんなときだった。

玄関の引き戸がガラリと音をたて、君江がニヤリとして立ち上がる。梢恵も図々しく座ったままというわけにはいかない。一緒に立って茶の間から出た。

「お帰りなさい。早かったじゃない」

夕方四時ちょうど。それでも玄関は少し暗くなりかけている。

「ああ、客が全然だったんでな。今日は早めに……」

白い長靴を脱ぎながらこっちを見上げる。茂樹は、さほど太っているわけではないのに、なんとなく熊を連想させる野性的な風貌の持ち主だった。もう少し可愛い喩えをするならば、犬のチャウチャウとか。とにかく、ヒゲを含む剛毛が印象的だ。

「……どちらさん」

声も、低くて野太い。

「東京からいらした、瀬野さん。ほら、例の」

ああ、と茂樹が頷くのと同時に、梢恵は前に出た。

「あの、私、東京の片山製作所という会社から参りました……」

「バイオエタノール用の稲を作付けしてくれって話だろ。噂(うわさ)は聞いてるよ。でも、そりゃ無理な話だ。うちの方針とは合わない」

スノコに上がり、もう一段上がって梢恵と同じ廊下に立つ。背は百八十センチ以上ありそうだった。

そのまますれ違い、明かりのある茶の間に入ろうとする。梢恵もその背中を追った。引き寄せられるような、何か不思議なものを感じながら。

「でも、少しだけお話を聞いてください。バイオエタノールというのは」

「知ってるよ。農作物とかから抽出したアルコールを蒸留して作る、無水エタノールだろう。それとも何か、俺に稲作について講釈でも垂れようってのか」

「ちょっと、あんた」

構わず茂樹はらくだ色のブルゾンを脱ぎ始めた。その下にはスキーウェアらしき赤いツナギ。かなり年季の入った代物で、あちこちに色褪(いろあ)せや浅黒いシミがある。

「……分かったよ。話だけは聞いてやる。ちょっと待ってろ。いま着替えてくっから」

ずっと閉まっていた障子を開け、茂樹は薄暗い縁側を右手に消えていった。脱ぎ捨てたブルゾンを拾ったついでに、君江が障子を閉める。

「ごめんね。なんか、いきなりの先制パンチで」

「いえ……」

「でも、こんなんでめげちゃ駄目よ。安岡を説得できないようじゃ、他のどこ行ったたって話なんか聞いてもらえないんだから」

後押しはありがたいが、とても今の男が最低ハードルだとは、梢恵には思えない。

　茂樹は一分ほどで戻ってきたが、こっちには入ってこず、茶の間の前を素通りしていった。そっちに洗面所があるらしく、盛大なうがい、飛沫を上げての手洗い、洗顔の音が聞こえてくる。そこから足音は玄関の方に回り、茶の間に戻ってきたとき、茂樹の左手にはサツマイモが一本握られていた。着ているのは、上は白いTシャツに黄色いチャンチャンコ、下はグレーのスウェットだ。

「……じゃあ、聞こうか」

　梢恵が座っていた場所の右手、茶の間の一番奥に茂樹は陣取った。胡坐を掻き、背中を丸めるとなおさら熊っぽい。君江に目で促され、梢恵も再び炬燵の一辺に膝をついた。

「ご紹介が遅れました。瀬野、梢恵と申します」

　一応名刺を差し出したが、茂樹はイモを齧りながらそれを見下ろしただけだった。

「……で、バイオエタノール用の稲を、どういう条件で作付けしろっていうの」

　条件。さて、なんのことを言っているのだろう。

「えっと……作付けしていただいたおコメは、とりあえず日本酒のような状態にまで、現地でしていただきまして」

「ハァ？」

　ぼろりと、食べかけのイモが口からこぼれ落ちる。それを君江が、サッと横から台拭きでさらう。

「収穫までじゃなくて、発酵までこっちでやんのか」

マズい。いきなり怒らせてしまった。

「いえ、いいです、大丈夫です。おコメを収穫していただくところまででいいんで、お願いできないかと」

「キロいくらで」

「……は？」

「キロいくらで買い取ってくれるんだって訊いてんだ」

単価のことなど、片山は言っていただろうか。

「あ、あの……逆に、いくらくらいなら……？」

雑草のように生えた無精ヒゲごと、茂樹が口元を歪(ゆが)ませる。

「そりゃ、高いに越したことねえが、そんなのは土台無理な話だろう。おたく、キロ二百円出せるの」

困った。キロ二百円が高いんだか安いんだか、判断する知識がまるで頭の中にない。でも、今の話の流れからすると——。

「あれ。あんたひょっとして、そんなことも分かんないで交渉に来たの？」

「いや、それは、その……」

「そもそも、レギュラーガソリンがリッターいくらするか、知ってる？」

普通自動車免許は大学時代に取得したが、車なんてほとんど運転したことはなかった。あるのはせいぜい、実家に帰ったときに母の原付で近所に買い物に行ったことくらい。むろん、自分で給油をしたこともない。

「百……五十円、くらいですか」

「そんだけ払えばハイオクが入れられるな。いま大体、レギュラーが百四十円弱だ。でも、また来月辺りには十円以上あがるだろうと、俺は見てる。だからざっくり百五十円でもいいが、バイオエタノールを作るってことは、最終的にはガソリンと値段で戦うってことだ。そこから考えたら、自ずと原材料費をどれくらいに抑えなきゃならないか、分かるだろう」

そうか。それはそうだ。でも一キロのコメから、どれくらいのバイオエタノールが採れるのかが分からない。

茂樹が続ける。

「ちなみに食用米、普通に炊いて食うコメの卸値はキロ二百円くらいだ。農協に売り渡すんでなく、うちみたいに直売するなら三百円にだって三百五十円にだってなる。無農薬なら四百円でだって売れる。袋とかの諸経費も入れてだけどな。でも、バイオエタノールにするなら、せいぜいこんなもんだ」

イモに齧りつきながら、茂樹は左手でVサインを作ってみせた。むろんその単位は、百円ではないのだろう。

「……二十円、ってことですか」

「たぶん、それくらいじゃなきゃ燃料としての採算は合わない。だがキロ二十円でコメを売り渡してたら、今度はこっちがお手上げだ。農家は潰れちまう」

なるほど。そういう事情を分かっていたから、昨日会った人たちは話を聞いてもくれなかったのか。

思わず顔が熱くなる。

なんて馬鹿なんだろう。何も分かっていなかったのは、自分の方だ。

「煎餅なんかにする加工用米でさえ、キロ五十円くらいにはなる。でもそれですら、俺たちには安過ぎる。さっきも言ったように、無農薬だったらキロ四百円でだって売れる。むろん燃やすのが目的だから、燃料用米なんて不味くたって農薬がかかってたっていい。チャマイやヤケマイが交じってたってかまわないだろう。でもだからって、いくら手間がかかんないからって、食用米の十分の一、無農薬の二十分の一ってことにはならない。もっと言えば、収量の多い品種を選んで作付けすることはできる。でもそれでも、十倍、二十倍穫れるなんてことはあり得ないだろう。そうは思わんか」

駄目だ。何も言い返せない。

5

今日のところは、一時撤退するしかなさそうだった。

二人に見送られて玄関まで来た。

「お疲れのところ、お邪魔しました。ありがとうございました」

「ま、もうちょっと勉強してくるこったな」

なぜだろう、君江がスノコまで下りてスニーカーに爪先を入れる。

「あたし、ちょっとそこまで送ってくるわ……梢恵ちゃん、今日は東京に帰るの。それともユースにもう一泊するの」

「いえ、そんな、けっこうです」

茂樹は何も言わず、ただ腕を組んで見下ろしている。

「なに言ってんの。またこっから歩いて帰るつもり？」

なんだ、歩いてきたのか、と茂樹が鼻で笑う。

「大丈夫です。タクシー、番号分かってますから、呼べますから」

「だったらあたしが送ったって同じでしょう。遠慮しなくていいわよ。どうせ朝子も迎えに行かなきゃならないんだし」

そうしろ、と茂樹が低く発した。

「もう真っ暗だ。タクシー待ってる間に、熊にでも食われたらこっちの寝覚めが悪い」

「ちょっと、よしてよ」

梢恵は、茂樹くらいの大きさの熊に、上から覆いかぶさられる様を思い浮かべた。

「そんな……熊なんて、出るんですか」

「冗談よ。滅多に出やしないわよ」

ということは、たまになら出るのか。

「どっちにしろ、いま朝子が教習所通ってるから、その迎えには行かなきゃならなかったの。だからほら、梢恵ちゃん、とりあえず外出てよ」

そういえば、いつのまにか「瀬野さん」ではなくなっている。

「じゃあ、すみません。お言葉に甘えて……失礼いたします」

茂樹は頷くだけで、それ以上何も言わなかった。


白っぽいワンボックス車の、二列目の席に座らされた。

「で、結局帰るの、ユースに泊まるの」

「じゃあ、ユースで……お願いします」

「だったら、ちょっとだけ遠回りになるけど、先に朝子を拾いに行っていい？」

「ええ、もちろん」

　君江がサイドブレーキを解除し、車を発進させる。君江の運転は意外なほど男っぽく、実家の母のそれと通ずるものがあった。そういえば梢恵も、よく母に車で駅まで迎えに来てもらった。真っ暗な田舎道というのも共通している。懐かしさが、じわりと胸に染み出してくる。

「梢恵ちゃんは、あと何日こっちにいるの」

　いきなり、思考が現実のど真ん中に引きずり戻された。

「何日かは……実は、決まってなくて」

「決まってないって、どういうこと」

「まあ、その……作付けの、確約というか、農家の方と契約できないと、私、会社に帰れないんです」

　えーっ、と大声を出しても、君江のハンドル捌きは微塵も乱れない。冷静にカーブの先を見つめている。

「何それ。特攻隊じゃあるまいし」

　言い得て妙な喩えではある。

「はい……ちょっと、うちの社長、変わってるんです。思いつくと、わわわーって、一人でいろんなこと決めちゃう癖があって。今回たまたま、その白羽の矢が、私に」

「あら。そりゃ大変だわ」

広い一本道に出た。東に向かっているのか、前方の空はもう完全に夜の暗さだ。

君江が一つ溜め息をつく。

「……安岡、あんな調子でびっくりしたと思うけど、でも気ぃ悪くしないでね。決して悪気はないのよ」

「はい、それは……分かります。大丈夫です」

「むしろね、あたしは脈ありなんじゃないかなって、ちょっと思ったの」

「何が、ですか」

「もちろん、バイオエタノールのことよ。あの人最後に、もうちょっと勉強してこいって言ったでしょう。覚えてる？　安岡はね、全然駄目な人に、出直せとは言わない人なの。そういうときは、二度と来るな、顔出すなって怒鳴るから。分かりやすい人なのよ……そういった意味じゃ、梢恵ちゃんの話、可能性ゼロじゃないんじゃないかな、って思った」

あれで、か。

「ちょっとゴメン。そこ、教習所だから」

ふいに君江はハンドルを左に切り、小高い丘を上っていった。少し行くと平らな場所に出て、向こうに二階建ての校舎みたいな施設が見えた。その中央付近、玄関前に車を寄せると、勢いよくガラスドアを開けて一人の少女が飛び出してきた。

そのまま、慣れた手つきで助手席のドアを開け、乗り込んでくる。

「遅いィ、二十分も待ったァ」

「ごめんごめん。お客さんが見えてね、今ユースまで送ってく途中なの」

少女、朝子はマフラーをほどきながら振り返った。癖のある髪を、耳が隠れるくらいのショートにしている。教習所の明かりに浮かんだ顔は、リスか子犬のようでなんとも可愛らしい。

梢恵は膝に手を置いて頭を下げた。

「ごめんなさい。瀬野と言います。私がお邪魔してしまったから」

「あ、こっちこそごめんなさい。お客さんがいるなんて知らなくて……お母さん。そうならそうって言ってよ」

「ごめんごめん」

再び走り出すと、すぐに朝子は梢恵の方を振り返った。

「瀬野さんは、東京の人ですか」

「はい。東京からです」

「やっぱりね。なんかお洒落だと思った」

本当は千葉県民だが。

「やっぱり美容院って、青山（あおやま）とか代官山（だいかんやま）とかに行くんですか」

よく代官山なんて知ってたわね、と君江が笑う。

「いいえ、別に……美容院は、近所の、どうってことない……」

「えーッ、いいなーッ、近所に美容院があるんだァ。聞いてくださいよ。この辺なんて、オッサンの頭バリカンで刈るの専門みたいな床屋が二軒あるだけなんですよ」

そんなことないでしょ、と君江が割り込む。

「パリスがあるじゃない。材木屋の向かいの」

「やだあんなとこ。あたしはストパーかけたいの。あのオバちゃんじゃ、クルクルのオバサンパーマしかできないでしょ……ねえ、瀬野さんはそれ、もともとですか。それともストパーですか」

久々に体感する、十代の迫力。思わず仰け反りそうになる。

「私は、もともと、直毛だから……」

「いいなーッ。あたしも瀬野さんみたいな、綺麗なストレートのロングにしたーいッ」

それからもユースに着くまで、朝子には東京のことを根掘り葉掘り訊かれた。君江は何度か制止したが、彼女は全く意に介さず、洋服のこと、会社のこと、会社の近くの繁華街のこと、渋谷、原宿、六本木と質問を続けた。さらには、街で見かける芸能人についてまで。芸能人は見たことない、と答えると、大丈夫、絶対に会えると、なぜだか励まされた。

ユースの前に車を停めると、君江は「ちょっと待って」とどこからかメモ帳のようなものを出した。さらさらっと何か書き、一枚破いて梢恵に差し出す。

「あたしの携帯番号。いつでもいいから、連絡して」

「すみません。何から何まで……どうも、ありがとうございました」

車を降り、お辞儀をしている間に助手席の窓が開いた。

「瀬野さん、また遊びに来てねッ」

奥の運転席にいる君江も何か言い、小さく手を振ったが、何を言ったかは聞きとれなかった。梢恵がもう一度礼を言い、車が走り出しても、まだ朝子は身を乗り出して手を振っていた。

「瀬野サァーン、まったねーッ」

どうやら、意外な人物に気に入られてしまったらしい。


幸い、ユースは昨日と同じ部屋が空いていた。

「すぐ、お食事もできますすけど」

「お願いします」

さすがに今日は、居眠りをしている暇などなかった。食事をしたらすぐ部屋に引き上げ、一応と思って持参してきた【図解　バイオエタノール最前線】をチェックし始めた。

そもそも自分には、バイオエタノールに関する知識がなさ過ぎた。一夜漬けの知識であの安岡茂樹を説得できるとも思わないが、でも何かしなければ、今日、君江が自分に示してくれた好意を無にする結果になってしまう。だから、できるだけ頑張ってみよう。そんな気になっていた。

とはいえ、交渉の材料になりそうなネタは簡単には見つからなかった。

バイオエタノールとは、糖質やデンプン質を含む植物資源を発酵させ、蒸留して作られるエタノールである。この辺はよし。

植物を原料にしているため、再生可能エネルギーに位置づけられる。バイオエタノールを燃焼させても、大気中に排出される二酸化炭素量は植物が生長する過程で吸収した量と同等なので、結果として二酸化炭素排出量はプラス・マイナス・ゼロと考えられる。これをカーボンニュートラルという。なるほど。

バイオエタノールはガソリンの代替燃料として使用することができ、ブラジルでは純度百パーセントと二十パーセントのものが販売されている。純バイオエタノールをガソリン代わりに使うには専用車が必要となるが、十パーセントから二十五パーセント程度をガソリンに混ぜるのであれば、現行の車両でも問題ないとされる。そうなんだ。

バイオエタノールの生産方法。この辺は片山から聞いた話と大差なかった。エタノール利用の歴史はどうだ。そもそもはお酒として用いられ、十九世紀頃まではランプの燃料。二十世紀になって、ヘンリー・フォードがT型自動車を開発したときに使用した燃料はエタノールだった。へえ、そうだったのか。

さらに資源問題、環境問題、各国での利用状況、世界市場の形成と規制緩和、生産技術、自動車燃料として利用した場合の利点と問題点、我が国の状況と可能性、と読み進めていった。

残念ながら、食料自給率の低い日本では農作物を原料とすることは考えにくいという、茂樹の考えに沿うような記述もあった。北海道や新潟で行われている実証事業も実験の域を出ておらず、まだまだ実用化には遠いようである。また、生産過程でどれくらい化石燃料が用いられるかも問題になっているようだった。単純な話、一リットルのバイオエタノールを作るのに、栽培、収穫、運搬、精製機械の稼動も含めて、化石燃料を一リットル以上使ってしまったら、果たしてそれは再生可能エネルギーといえるのか、というわけだ。

「……やっぱり、難しいのかな」

梢恵はメガネをはずし、窓際のソファに寝転んだ。また昨日のように寝入ってしまってはいけないので、あえて蛍光灯の明かりが当たる方に顔を向けた。

なんとなく茂樹の顔を思い浮かべる。太い眉、太い鼻筋。死ぬまで禿げそうにない頭髪と、おそらくなんの手入れもしていない、まさに無精ヒゲ。その中心にある口が大きく開き、サツマイモに齧りつく。逞しい顎の動き。あれも「あぐもぐ」で穫れたサツマイモだったのだろうか。おそらくそうだろう。君江も、食べるものはいくらでもある、買い物なんて明日だって明後日だっていいと言っていた。

「……ん？」

何か、引っかかるものがあった。

買い物なんて、明日でも、明後日でもいい。

食べるものはいくらでも、ある――。

「あれ、なんだろ」

そういうのを、ひと言で言うと、なんだったか。


翌朝、梢恵は君江にいつ電話をしたらよいものか迷っていた。あまり早くても迷惑になるだろうと思ったが、農家の朝は自分が考えるより早いのではないか、とも思った。

悩んだ末、チェックアウトをする十時ちょっと前に連絡を入れた。

『はい、もしもし』

切れ長の、それでいて優しげな君江の目を思い出す。

「朝早くに、申し訳ありません」

『ああ、梢恵ちゃん？　おはよう。今どこ』

「おはようございます。まだ、ユースです」

『ちょうど今そっち向かってるから、そこで待っててよ』

「いえ、でも」

『安岡も今日はスキー場休みだから、家でゴロゴロしてんのよ。ほっといたらパチンコ行っちゃうんだから、来て来て。すぐ迎えにいくから』

それから五分ほどで君江は来てくれた。

昨日と同じ場所に車をつけ、運転席から手招きする。梢恵は頭を下げながら助手席のドアを開けた。

「おはようございます。あの、本当にいいんですか」

「いいのいいの。あたしもね、なんか面白くなってきちゃって。どうやったらあの人を説得できるのかな、なんて、いろいろ考えたりして。別に、大したアイデアは浮かばなかったけど」

とにかく乗って、と促され、梢恵は助手席に上がった。

「すみません。じゃあ、お願いします」

シートベルトはしっかり着用。

「……今日も、朝子さんを送ってきたんですか？　あ、違うか。朝子さんは学校か」

「んーん、朝子はまだうちにいる。なんか、学校は入試の準備で休みみたい」

なるほど。

「じゃ、お買い物か何か」

「そうじゃなくて、近所にね、安岡の兄夫婦が住んでるの。うちで働いてる健介くんの両親。安岡の両親は、今その兄夫婦が面倒見てくれてるの。でも、だからって弟の嫁のあたしが何もしないってわけにもいかないじゃない。だから何日かに一回、おコメや野菜届けに行ったりするわけ」

「なるほど」

昨日の用事というのも、実はそれだったのかもしれない、と梢恵は思った。

日中でも変わらず男っぽい君江の運転。特に直線ではかなり深くアクセルを踏み込む。昨日は教習所に寄ったので一概には比べられないが、それでもだいぶ早く「あぐもぐ」に着いたように感じた。

梢恵が助手席から降りると同時、玄関の引き戸がガラリと開く。

朝子だった。

「あっ、やっぱり梢恵さんだァ。いらっしゃーい」

グレーと黒のグラデーションが大人っぽい、ロングニットのワンピースを着ている。裾に紐がついた黒のレギンスも、なかなか洒落ている。

君江も運転席から降りてきた。

「なに朝子、あんた出かけるの」

「んーん、出かけないよ」

仄かに赤くなった頬と、袖に隠した手をぷらぷらさせる仕草が妙に可愛い。

「じゃなに、その恰好」

「いいじゃない。普段着だよ」

「うそ。普段は中学ジャージじゃない」

「んもッ、ムカつく……梢恵さん、入ろ」

朝子に腕を取られ、梢恵は前のめりになりながら玄関に引きずり込まれた。

昨日よりだいぶ履物が減った玄関。正面、茶の間に入る引き戸は開いており、ちょうど昨日梢恵が座った場所と、その奥が見通せた。

定位置なのだろう、昨日と同じ場所に茂樹は座っていた。同じチャンチャンコを着て、表情までは分からないが、こっちを向いている。

「おはようございます」

でも目は合っていなかったのかもしれない。反応がない。

サンダルを脱いだ朝子がスノコに上がる。

「やーね、急に真面目ぶっちゃって。今の今まで、録画してたお笑い番組見て爆笑してたくせに……ほら、梢恵さん。上がって」

「はい。お邪魔します」

そのまま、朝子と君江に挟み込まれるようにして、梢恵は茶の間に入った。昨日と同じ場所を勧められ、そこに膝をついた。もう一度「おはようございます」と言ってみたが、茂樹は唸るように「ああ」と答えただけだった。

「すみません。こんな早くから、またお邪魔してしまって」

「別に早かない。あんたらの朝が遅いだけだ……で、少しは勉強してきたか。俺を説得できる材料は、何か見つかったか」

それには、首を横に振らざるを得ない。

「いえ、ひと晩では、さすがに」

「だったら何しに来た」

「はい。知識は、さほど増えていませんが、でもまだこちらの事業については何もご説明できていなかったので、それだけでも聞いていただけたらと」

茂樹は口元を歪め、深く息をついたが、それでも一応頷いてはくれた。

「いいだろう。聞くだけは聞いてやるが……朝子、お前は上に行ってろ」

「なんでよ」

茂樹の真向かい、君江と並んで座っていた朝子が身を乗り出す。

「なんか、あたしがいちゃ不都合な話でもするわけ」

「そうじゃない。むしろこの人が、お前がいたら話しづらいだろうと思っただけだ」

「そうなの？　梢恵さん」

そこは、正直よく分からない。

「いえ、私は……朝子さんに、いていただいても」

「そうか。だったらいい。始めてくれ」

梢恵は頷き、いったん背筋を伸ばして、ひと呼吸ついた。

「……はい。では……えっと、そもそも、ですね……私がこうして、穂高村に伺ったのは、弊社が開発したバイオエタノール精製装置の、実証実験といいますか、安定的に、バイオエタノール用のおコメを作付けしていただける農家の方を探すため、でした。これまでのバイオエタノールといいますと、まずプラントを建設して、そこに収穫されたおコメが集まってくるイメージだったと思いますが、それですと、どうしても化石燃料を使って運搬することになってしまい、カーボンニュートラルの観点からすると、完全なる再生可能エネルギーとは言えなくなってしまいます。カーボンニュートラルというのは……」

「カーボンニュートラルくらい知ってる。いいから続けろ」

君江も朝子も首を傾げていたが、ここは茂樹に従うしかあるまい。

「失礼いたしました……しかし、弊社が開発した精製装置は非常に小型で、畳半分くらいのスペースで、高さも人丈くらいですので、各農家さんの倉庫などにも、充分置いていただけるものです。ということは、まずおコメをプラントまで運ぶ手間が省ける。究極的には、給油しにいく必要もなくなる。むろん、精製装置を稼動させる電力は必要となります。

でも、水田があるということは、必ず農業用水が引き込まれているということですよね。今なら小型の水力発電システムもあります。そういうものを利用すれば、完全なるカーボンニュートラルの実現も、決して不可能ではないと思うんです」

あえてひと呼吸置いてみたが、茂樹は口を挟んでこなかった。

「……安岡社長。私のような素人にも、農業の基本は自給自足というイメージはあります。『あぐもぐ』さんに伺ったのは、昨日が初めてだったわけですが、その短い間にも、自給自足の生活をきちんとされているのだなと、感じられる面は多々ありました。ならば、この際ですから、燃料も自給自足、地産地消にしてみるというのは、いかがでしょうか」

とりあえず、言うだけは言った。出し尽くした。少なくとも片山の理念と、精製装置の概要は伝えられたと思う。言葉遣いも、梢恵にしてはかなり気を遣ったつもりだ。でも逆に、ここから先はノープランだ。反論されても、さらなる説明を求められても万事休すだ。

茂樹は、腕を組んで黙っている。

君江は、茂樹と梢恵の顔を、順番に見比べている。

膠着（こうちゃく）した雰囲気に堪えかねたか、ふいに朝子が腰を上げた。

「あたし、お茶淹れてくる……」

朝子が廊下に出ていき、引き戸が閉まるのを待っていたかのようなタイミングで、茂樹は口を開いた。

「……自給自足とは、上手いとこを突いたな」

上手いとこ。それはつまり、評価してくれたということか。

茂樹が続ける。

「確かにうちを含め、現代の農業はガソリンがなけりゃ成り立たない。原発を除いたら日本のエネルギー自給率はわずか四パーセント。食料自給率の四十パーセントなんざ、屁でもねえって話になる。そもそも、食料自給率って数字自体もまやかしだが……まあ、それはいい。とにかく、中東から油を持ってこないことには、俺たちは田んぼを耕すことも、その田んぼに苗を植えることもできない。むろん手作業で昔ながらのやり方というのもなくはないが、そうなったら収量は何十分の一にも落ち込むだろう」

茂樹が卓上に両手を出す。右手にはタバコのパッケージが握られていた。すかさず、君江がガラスの灰皿を差し出す。

銜えた一本に火を点け、茂樹はひと口、深く吸い込んでから吐き出した。

「……そういう危機感ってのは、俺も常々持ってはいる。自分で使うガソリンくらい、自分で作れたらいいと考えていた」

そうですよね、と相槌を打とうと思ったが、その前に茂樹がかぶりを振った。

「だが、どう考えても採算が合わない。昨日も言ったように、ガソリンと釣り合う価格にするには、キロ二十円程度に単価を抑えなきゃならない」

「でも、収穫量の多い品種を植えれば」

「じゃあまず、その品種をあんたが探してこい。ここ穂高村の気候と地理条件に合う、育てやすく枯れにくい、倒れにくい、病気にも強い、そういう多収穫米の種籾でも苗でもいい、調達してこい。それ以前にあんたは……」

そこまで、茂樹が言ったときだった。

玄関の戸が勢いよく開く音がし、「社長ッ」と若い男が大声で呼ぶのが聞こえた。続いて朝子の声で「ケン兄ちゃん」と聞こえ、さらにつんのめるような足音が続き、茶の間の戸が荒々しく引き開けられた。

「社長、大変だ。ユウタさんとサクラさん、やっぱり別れたんだって。サクラさん、もう出てっちゃって、どこ行ったか分かんないって」

君江がきつく目を閉じてうなだれる。朝子は目を丸くしたまま廊下に立ちすくんでいる。飛び込んできた若い男は怒ったような泣き出すかのような、複雑な顔つきで茂樹を見ている。ちらりと梢恵にも目を向けたので一応会釈はしたが、これといった反応はなかった。

茂樹はもうひと口吸って鼻から噴き出し、タバコを灰皿で捻じり潰した。眉間にこれ以上はないというくらい力を込め、口もへの字に曲げている。

「遅かれ早かれ、そうなるだろうとは思ってたが、やっぱり駄目だったか、あの二人。しかしそうなると、今年の夏は……」

でもそこで、なぜか茂樹の眉間から、すっと力が抜けていった。何か思いついたような表情にも見えたが、次の瞬間、指を差されていたのは他でもない、梢恵だった。

「そうだ。あんた、この夏、うちで働けよ」

思わず「えっ」と言ったまま、梢恵は固まってしまった。

「君江から聞いたよ。どうせ農家と契約できなきゃ、あんた東京帰ったって会社に居場所ないんだろう。だったら肚括って、ひと夏うちで働けよ。体で農業覚えて、その上でまだバイオエタノールをやりたいって言うんだったら、そのときまた改めて相談に乗ってやる。あんたはまず、農業とはいかなるものかを知る必要がある。いや、絶対にやらなきゃ駄目だ。あんたは会社のためにも、農業のなんたるかを身を以て知る必要がある。違うか」

そんな馬鹿な、と思った。あまりに無茶苦茶な話だろう、とも思った。おそらくサクラというのは、「あぐもぐ」でパートをしていた女性なのだろう。しかも、それなりに働き手として頼りにされていた。その女性が、離婚だか別居だか知らないが、この村から出ていってしまった。要は梢恵に、そのサクラの代役をさせようということだろう。

しかし、梢恵はもっと怖ろしいことに気づいてしまった。

この安岡茂樹という男、風貌や口調こそ違うが、精神構造は、あの片山社長とよく似ている。

思いつきで何かを強引に推し進めようとするところが、驚くほど、よく似ている。

第二章　現地の人々

1

凍りついた茶の間の空気を一変させたのは、意外にも朝子のひと言だった。

「いい、それいいッ。梢恵さん、うちで働きなよ」

戸口に立っていた若い男を押し退け、梢恵の隣まできてちょこんと正座する。

「そうしなよ。梢恵さんだったらうち、大歓迎だよ」

「そんな……」

君江が戸口を振り返る。

「健ちゃん。そんなとこ立ってないで、入んなさい……こちら、東京からいらした瀬野梢恵さん。バイオエタノール用の稲の、作付け農家を探しに来てるの」

もう一度梢恵は会釈をしたが、その若者、健介は梢恵に目もくれず、引き戸を閉めてから真向かいの席に進んだ。

「バイオエタノール？　そんなの社長、前から意味ねえって言ってたじゃねえか」

言いながら黒いライダースジャケットを脱ぐ。下はオフホワイトの長袖Tシャツ。胸板がやけに分厚い。

そんな健介に朝子が向き直る。

「健兄ちゃん。バイオエタノールは意味なくないんだよ。カーボンニュートラルなんだから」

「朝子、お前は黙っとけ……おい、お茶はどうした」

茂樹に言われ、朝子は「はぁい」とつまらなそうに低く返し、再び茶の間から出ていった。

梢恵と茂樹を、ちらちらと見比べていた健介が口を開く。

「……それと、こちらさんがうちで働くってのとは、どう関係あんの」

「それは、いま言っただろう。農業の現実ってもんを、もっとよく知った方がいいってことさ」

「でも……」

梢恵は思わず口を挟んだが、かえって三人の視線をいっぺんに集めてしまい、逆に言葉を失った。

中でも、茂樹の突き刺すような視線が痛い。

「でも、なんだ。あんたはやる気があるのか、ないのか」

「いえ……やる気とか、そういう、あれではなくて……現実問題として、私、住まいは東京ですし」

「それなら心配ない。健介も、他にもう二人いる社員も、農繁期は裏の空き家に寝泊りしてる。そこにまだ使ってない部屋があるし、洗濯機だって風呂だってある。鍵だってちゃんと掛かるから、プライバシーの問題もない。食事はこっちでみんなとすればいい。着るものさえあれば、うちは今日からだってかまわんぞ」

やっぱり。この強引さ、片山にそっくりだ。それとも、五十前後の経営者というのは一般的に、こういう性格になりがちなものなのか。

「しかし、一応、私も、会社員ですので……」

「農家と契約できなきゃ、その会社に帰れないんだろう」

「そう、なんですけど……かといって、ひと夏、他で働くというのは、どうかと」

茂樹が、パンと一度手を叩く。

「分かった。じゃあ確認してこい。おたくの社長に、農家と契約するために農業をイチから勉強することになりました、住み込みで働くことになりました、いいでしょうかって訊いてこい」

君江が「ちょっとあんた」と睨んでも、茂樹はまるで取り合わない。

「携帯くらい持ってるだろ」

「ええ……持ってます、けど」

今すぐ、ですか。

「だったら早く訊いてこい。勉強不足はおたくの社の責任でもあるんだ。それを、寝床と三食付きで面倒見てやろうっていうんだ。そうそう悪い話でもないと思うがな」

人生最大のピンチだと思った。大学入試も就職も、決して望み通りの結果ではなかったが、でもいつも、ギリギリの駆け込み乗車でなんとか乗りきってきた。ただ今回のこれは、違う。ブレーキも利くかどうか怪しいトロッコに乗せられ、先の見えない線路を、しかも急な下り坂を行けと、背中を押されそうになっている。いや、背中を蹴飛ばされそうになっている。

全く以て不本意ではあるが、もう、頼れるのはあの人しかいない。

「分かりました……今、訊いてきます」

いったん茶の間から出て、丁寧に引き戸を閉めた。外は曇りだが、広い玄関には午前中の柔らかな光が回り込んでおり、意外と明るい。

スノコに下りる手前まで行って、梢恵は携帯を構えた。十一時十五分。片山は今、会社にいるのだろうか。それとも得意先を回っているのだろうか。どちらにせよ、携帯にかけてみれば分かるだろう。

片山の携帯番号をメモリーから読み出し、コールボタンを押す。気配を感じ、振り返ると、お盆を持った朝子が茶の間の戸を開けているところだった。心配そうな顔をされてしまい、とっさに微笑んではみせたが、心では完全に泣いていた。

助けて。

そんなこと、これまで誰にも本気で言ったことなどなかったけれど、今は声を大にして言いたい。お願いします。助けてください、社長。

『はい、もしもぉーし』

この人の能天気な声を、今日ほど好ましく感じたことはない。

「社長、瀬野です」

『分かってるよ。なんだよ。契約取れたのか』

「いえ、それがですね……」

これまでの経緯をかいつまんで説明する。茶の間に聞こえないよう小声で喋ったので、何度か訊き返されたが、それでもなんとかこの状況を理解させることはできた。

「それでひと夏、こっちで働いてみないかって、誘われたんですけど……でもそんなの、いくらなんでも、できませんよね？　私だって一応、片山製作所の社員なわけですし……」

お願い、駄目だと言って。そんな馬鹿なこと、できるはずないだろうって怒鳴って——そう、梢恵は必死で願った。いや祈った。しかし一方で、片山なら面白がって、やってみろと言い出すのではないかと危惧してもいた。可能性は五分と五分。でもここは笑いではなく、実利を取ってほしい。理化学実験ガラス器機メーカーの社員が農家に出向するという不条理を、会社経営者としての揺るぎない常識と判断力で切り捨ててほしい。

お願い。お願いだから。

『……面白えじゃん。やってみろよ』

最低、この社長。ほんと最悪。

「ちょっと待ってください。伝票とかはどうするんですか。在庫管理だって」

『そんなの、会長にやらせるよ』

会長というのは、社長のお母さんのことだ。年齢はすでに八十近いが、いま以て矍鑠(かくしゃく)としており、下町育ちのためかいまだにお祭りが大好きという、大変陽気で活動的な方だ。

「でも、今はパソコンで……」

『あの程度のもん、手書きでだってなんとかなる。お前が入るまでは会長がそうしてたんだし、できなきゃ康弘(やすひろ)に手伝わせる』

康弘というのは、専務をしている社長の弟だ。

「じゃあ……私は、要らないんですか」

『ああ。今お前がすべき仕事は伝票整理じゃない。契約農家の獲得だ。それに必要だと言うんなら、農業修業もやむなしだ。そこはお前が判断しろ。他の方法で契約を取る自信があるならそうすればいいし、自信がないなら、甘んじて田植えでも稲刈りでもさせてもらえ』

うっかり聞き逃しそうになったが、いま自分は、会社には不必要な人間だと、そうはっきり言われたのだ。梢恵の背中を蹴飛ばす役を担うのは他でもない、片山社長だった。

「……分かりました。修業、します……させて、もらいます」

『おう。くれぐれも、先方に失礼のねえようにな。ま、給料は据え置きで振り込んでやるから、そっちでバイト代かなんか出るんなら、ありがたく頂戴しておけ』

あの、社長。今どさくさに紛れて、春の昇給はナシみたいなこと、言いませんでした？

その日はいったん東京に戻ることにした。

新幹線の上野着が午後三時半。四時過ぎには会社に着く計算になる。でも、そんな半端な時間に行って何をする。すでに伝票整理も在庫管理もしなくていいと言われている。どうせなら片山に直接会って、農家への出向はやっぱり嫌だと言ってみようか。駄目か。そんなことをしても無駄か。片山は、一度決めた方針はそう簡単には変えない人だ。しかも自分の言うことなんて、端(はな)から聞く耳を持たないに違いない。いや、聞いてもらえないくらいならまだいい。顔を出した途端、「何しに来たんだ」などと怒鳴られたら立ち直れない。たぶん、二、三日は落ち込む。

そんなことを考えていたら乗り過ごしてしまい、結局北千住まで帰ってきてしまった。いつもならアパートまで十分ちょっとの道も、今日は二十分以上かけてダラダラと歩いた。もう、何かを前に進めるのが億劫で仕方ない。部屋に帰ったら、早速次の長野行きの支度をしなければならない。今度こそ完全なる長期出張だ。段ボール箱十個でも二十個でもドンと送ってこいと、茂樹に住所を書いたメモを渡されてしまった。そんな、段ボール箱十個も送ったらまるっきり引っ越しと変わらなくなってしまう。それはいくらなんでも嫌だ。自分で自分の退路を断つようなものではないか。もう東京には戻ってこないと、自らに宣言するようなものではないか。

そんな覚悟、これっぽっちもないのに。

だからもう、部屋に帰るのすら嫌だった。帰ってから、一人で次の支度をするのはもっと嫌だった。

嫌だけど、でも着いてしまった。

「……ただいま」

当たり前だが、部屋の様子は一昨日の朝、出かけたときのままだった。正面、窓際のベッドの、半分めくれた布団。その手前、床に放り出してあるのは先月号のファッション雑誌。キッチンの水切りカゴにはお気に入りの白いマグカップ。浴室の入り口に吊るしたパープルのピンチハンガー。ぶら下がっているのは下着と、ストッキングと、ハンカチ二枚と、毛糸の靴下。

間違いなく、自分の生活はここにあった。管理費込みでちょうど五万円。最初は狭いと思ったけど、収納が少なくて不便だとも思ったけど、慣れればそれなりに快適だった。いつのまにか、部屋の空気まで自分の匂いになっている。自分のというか、お布団の匂い。いつまでもウトウトしていたい、どこか優しい、眠たい匂い。

別に出ていくわけじゃないけど、これからしばらくの間、毎晩ここに帰ってくるわけにはいかなくなる。そう思うと、無性に寂しくなった。この空間を奪われることがこんなにもつらいなんて、考えてもみなかった。何も悪いことはしていないはずなのに、なぜ自分はこんな目に遭うのだろう。そりゃ、契約できてないのは褒められたことではないけれど、でも、住まいを奪われるほどのことではないと思う。

スニーカーを脱ぎ、部屋に上がった。普段は冷たくて嫌だと思っていた床も、今はなんだか愛(いと)おしい。膨らんだカバンを傍らに置き、ぺたんと座ってみる。聞こえるのは、壁掛け時計の秒針の音だけ。こんなにもこの部屋は静かだったろうか。安らぎに充ちていただろうか。

ふと、智之に電話してみようかと考えた。でもやめた。仕事中だろうというのもあったが、長野での出来事を報告して、また関心なさそうに「がんばれば」なんて言われたら――想像するだけでつら過ぎる。

かといって、今すぐ荷造りを始めるのは、もっとつらい。


翌日。朝一番で旅行用トランクとボストンバッグ、段ボール箱二つを宅配便業者に託した。いっそ、このまま長野に行ってしまおうかとも思ったのだが、でもやはり、ちょっと悔しかったので会社に向かった。

着いたのは九時半頃だった。

会議室から奥を覗くと、片山は社長室の自分の机で本を読んでいた。また石川英輔か。

「……社長、瀬野です」

「おう、梢恵か。いつ戻った」

やっぱり、この人の能天気な声は全然好ましくなんかない。しかも、目は本に向けたまま。こっちを見ようともしない。

「昨日、戻りました。それから荷造りをして、今朝一番で業者に来てもらって、送りました」

「へえ。なんだかんだ、気合い入ってるじゃねえか」

ひっぱたいてやりたい、とまでは思わないが、水鉄砲で撃つくらいは許される状況だと思う。

「……社長。本当に私、長野に行っちゃってもいいんですか」

「なに言ってんだ。それが今のお前に与えられた仕事だろう。行かなくてどうする」

果たしてそうだろうか。

「そうは言ったって、自分とこの社員が、知らない土地に行って田植えとかするんですよ。しかも夏までって……提携企業でもなんでもない農業法人で私は、耕起とかシロカキとかするんですよ」

ちったぁ勉強してきたな、という片山の茶々は無視した。

「それなのに、据え置きとはいえお給料支払うって、そんなの、社長として馬鹿馬鹿しいとは思わないんですか」

片山が本を机に置く。睨むような上目遣いで、梢恵を見る。

「……なんだって?」

「ですから、よそで農作業をしている私に、会社がお給料を払うのは変じゃないですか、って言ってるんです」

「つまり、給料は辞退するってことか」

馬鹿も休み休みにしてほしい。

「違いますよ。私はこれでも片山製作所の社員です。だったら、片山製作所の利益になる仕事をするのが筋じゃないですか、って言ってるんです」

「充分利益になるだろう。お前が契約を取ってきさえすれば」

「契約が取れるという保証はありません。タダ働きさせられて終わりって可能性だってあります」

「そこを上手くやるのが、お前の仕事だろう」

「私の仕事はそんなことじゃありません。私の仕事はここで……」

するると片山は、いきなり机に置いた本を平手で叩いた。

「フザケんなッ」

あまりのことに、梢恵は思わず身を固くしてしまった。

初めて、だったかもしれない。不意打ちで頭を叩かれたり、役立たずだの不器用だの言われたことは数知れずあったが、でもそんなときでさえ、片山の顔はどこか笑っていた。何パーセントかは、まだ冗談が交じっていた。

しかし、今のは違った。初めて、片山に真剣に怒鳴られた。

そう、梢恵は感じた。

「おい、誤魔化すなよ梢恵。お前が長野に行きたくない本当の理由は、会社の利益にならないとか、そんなことじゃねえだろう。お前はただ、農業をやるのが嫌なだけじゃねえか。この会社で、楽な伝票整理と在庫管理で、適当に給料もらっていたいだけじゃねえか」

その通りです、それの何が悪いんですか、と言い返したかったけれど、喉に石でも詰まってしまったみたいに、まるで声が出てこない。

「この際だからはっきり言ってやる。お前の代わりなんてな、いくらだっているんだよ」

反論の機会を与えているのか、片山はひと呼吸置いた。

ひどい。心底そう思ったけれど――。

「……なんだよ。いつもみたいに、ひどぉーいって、言えばいいじゃねえか。それとも、それも言えねえくらいショックか。いくら役立たず呼ばわりされようとも、私なりに一所懸命働いてきたのに、とか思ってんのか。甘えんなっつーんだよ。八十近いババアでもできる仕事で給料もらってきたくせに、ちっと厳しい仕事振られると、真っ先に文句言うことを考えるのか。事ここに至って、まだお前は仕事の選り好みをする気か」

もう、何を言われているのか分からなかった。なぜこんなことを言われなければならないのか理解できなかった。クビになるのか。自分はこのままクビになって、長野で農家手伝いをして暮らしていかなければならないのか。

「どう受け取ったかは知らないが、昨日の電話で俺は、お前は不必要な人間だと言ったんだ。そして今、お前の代わりくらいいくらでもいると言った。でもな、お前が必要とされない原因は、お前自身にあるんだからな」

いつ以来だろう。誰かに怒られて、我慢できなくて、涙を流してしまうのは。ほろほろと、生ぬるい雫が頬をくすぐって落ちていく。でもそれを、拭うことすら今はできない。

「……ま、今のお前に何を言ったところで、分かりゃしないだろう。とにかく、長野に行ってこい。目一杯体使って、修業させてもらってこい。昨日の電話じゃ、先方さんは『あぐもぐ』って名前の農業法人ってことだったが、それで間違いないか」

頷くと、メガネのレンズにも雫が落ちた。

片山が、コピーの裏紙で作ったメモ用紙を差し出してくる。

「これに、連絡先書いてけ。あとで俺から連絡しとくから。とんだ役立たずですが、うちの社員をよろしくお願いしますって、ちゃんと頼んどいてやるからよ」

その後、自分がどうやって上野まで行って、新幹線に乗り込んだのかは、よく覚えていない。


人とは常に、何かと何かを比べて、マシな方を選択して生きていくものなのだと思う。

片山製作所は決して理想の職場ではなかったが、就職難民になるよりはマシだと思い、入社を決めた。住まいだって、もっと広くて駅に近いところの方がいいと思ったけど、給料の手取り額からしたらこれくらいが分相応だろうと判断し、契約した。

今もまた、自分は二つを比べてどっちがマシかを考えている。

片山製作所での仕事は確かに退屈だったけど、でも農業よりはマシだと思う。東京は物価が高くてゴミゴミしてるけど、長野よりは賑やかだし便利だし、何しろ千葉の実家に近い。一方安岡茂樹は、おっかない上に洒落っ気も何もない人だけど、片山みたいに「役立たず」とか「お前は要らない」とまでは言わない気がする。実際に仕事をするようになったら言われるのかもしれないけど、でも現時点では、梢恵を労働力として必要としてくれている。まあ、それとてサクラという女性の代わりでしかないのだろうが。

お前の代わりくらいいくらでもいる——。

あの台詞は、さすがにショックだった。そんなこと改めて言われなくても、自分なら他人に真似のできない素晴らしい仕事ができるなんて、これっぽっちも思ってはいなかったけど、でも、面と向かって言われると、想像以上に応える。「役立たず」より数段キツい。要は存在の全否定だ。

さしたる能力もなく、誰にも必要とされず、見向きもされない自分。せめてブレずに「好きだ」と言い続けてくれる恋人でもいれば救われるのだろうが、今はそれもいない。いっそ、透明人間になってしまった方が楽なのではないか。そうしたら、必要とされなくても、見向きもされなくても、今ほど傷つかずにいられるのではないか。

もはやこの新幹線の指定席すら、自分には分不相応に思えてくる。鈍行列車を乗り継ぎ、人目を避け、逃げるように長野まで行けばいいのか。そうしたら、自分の底が見えてくるのだろうか。

底が見えたら、少しは気も楽になるのだろうか。

あとは登るだけだと、開き直れるのか。

また、窓の景色が涙で歪んでいく。

まるで、水の中から見ているみたいだ。

外の世界に憧れる、金魚。

可愛くもない、誰にもかまってもらえない、一人ぼっちの、私は金魚。


飯山駅に着いたのが午後二時五十分。「あぐもぐ」に着いたのは三時ちょっと過ぎだった。


「やだ、駅に着いたら電話してってって言ったじゃない」

玄関先に出てきた君江の変わらぬ様子が、明るい声が、今は何よりの救いだ。

「あれ、梢恵ちゃんもしかして、ちょっと元気ない？」

「いえ……そんなこと、ないです。大丈夫です」

「朝子まで調子に乗って誘ったりして、やっぱり迷惑だった？　気が変わったりしたんだったら、いいんだよ、そう言ってくれて。そもそも、安岡が強引に決めたことなんだから。東京の会社の都合だって、あるもんね」

むしろ、逆なんです。私、とうとう会社に、はっきり「要らない」って、お前の代わりなんていくらでもいるって、言われちゃったんです、と喉元まで出かかったが、どうにか呑み込んだ。

「……もう、荷物もちゃんと送ってありますし。明日か明後日には、それも着くと思うんです」

「そう。なら、いいけど。とりあえず上がって」

いつもの茶の間に通され、君江の手作りだという大学芋をご馳走になった。その間も「元気ないね」と何度か言われたが、そのたびに梢恵は「そんなことないです」と笑って誤魔化した。

「……じゃ、お部屋を先に見といてもらおうかな。一応、お風呂も使えるようにしといたから」

「すみません、何から何まで」

茂樹が裏の空き家と言っていたのは、母屋の一つ奥にある小さめの一軒家だった。外観は、母屋よりむしろ新しいように見える。

「もともとは、安岡の両親が住んでた家なの。でも、六年くらい前かな。お義父さんが心臓を悪くしちゃって。病院行ったりするのにも、義兄夫婦のところの方が都合がいいっていうんで、それで引っ越してったの」

君江が玄関のガラス戸に鍵を差し込む。

「ちなみに梢恵ちゃんって、お化けとか怖い人？」

なんだ、いきなり。

「そ、そりゃ、お化けは怖いですよ。見たことないですけど……もしかして、出るんですか」

「んーん、出ないけど」

ガラリと戸を開ける。玄関は母屋ほど広くない。正面にある和室には、みかん色の西日が射し込んでいる。ふと、千葉の実家の縁側を思い出した。

「……君江さん。そんな、脅かさないでくださいよ。夜、一人で思い出したら、トイレ行けなくなっちゃうじゃないですか」

カラカラと、君江は楽しそうに笑った。

「ごめんごめん、かえって逆効果だったわね。いや、一人が嫌だったら、うちの方に部屋用意した方がよかったかな、なんて、ちょっと思ったもんだから」

「いえ、別に、一人は大丈夫です……お化けさえ出なければ」

「うん。熊よりは確率低いと思う」

んもう、と梢恵が膨れてみせると、また君江は、ごめんごめんと笑った。

つられて、梢恵も。

人はどんなに惨めな気分でも、笑うことができる生き物らしい。

「梢恵ちゃんの部屋は二階ね」

案内されたのは、階段を上がって廊下の奥。入り口は確かにロック付きのドアだが、中は六畳の和室だった。入って正面と右手に窓がある。角部屋なので夕方でもまだ明るい。右手の窓の下には畳んだ布団と枕が置かれている。

「すごい……いいんですか、こんな立派なお部屋、お借りして」

「いいのいいの。どうせ空いてんだから。夏の間は健ちゃんと行人さん、ときどき知郎さんも泊まるけど、たいていは下の部屋で雑魚寝だから。遠慮なく使って」

今日から自分は、ここで暮らすことになる、のか。

2

茂樹と朝子は夕方五時過ぎに帰宅し、少し遅れて健介も安岡家に顔を出した。

「あら健ちゃん。今日はどうしたの」

「いや、なんか、社長に呼ばれて」

梢恵が会釈をすると、今日は健介もちょこんと頭を下げてくれた。

君江が障子を開け、縁側に出ていく。あんた、健ちゃん来てるけど、という君江の問いかけは聞こえたが、それに茂樹がなんと答えたのかは分からなかった。

しかし、

「……えーっ、そうならそうって言ってよ。知らないから、もうご飯炊いちゃったわよ」

君江は声を裏返して言い、すぐさま茶の間に戻ってきた。

「なに、今日『ひろみ』で梢恵ちゃんの歓迎会やるんだって？」

思わず梢恵も「えっ」と発してしまったが、君江の視線は健介に向いている。

「いや、俺は、知らないっす。ただ、社長に夕方来いって……」

そう健介が言い終えるや否や、君江が「おっと」と前につんのめる。後ろから、茂樹に突き飛ばされたらしい。

「……俺がいつ、歓迎会だなんて言った。『ひろみ』に飲みにいくって、そう言っただけだろう」

ジーパンに真っ赤なフリース。茂樹は赤が好きなのだろうか。

体勢を立て直した君江が振り返る。

「ちょっと、あたしらは連れてかないつもり？」

「来たいなら来ればいい。来たくないなら来なくていい」

「なにカッコつけてんのよ。いいじゃないの歓迎会で。ねえ？　梢恵ちゃん」

ちょうどそこに、着替えを済ませた朝子もやってきた。

「マジマジ？　梢恵さんの歓迎会やんの？　カラオケ？　カラオケ？」

「ひろみ」と君江が答える。

「はーい、あたしも行きたーい。『ひろみ』のニラせんべいと焼きうどん、食べたーい」

しかし、茂樹は首を横に振る。

「駄目だ。酒の飲めない子供が来るところじゃない。お前は留守番だ。宿題でもしてろ」

「ちょっと、なんでそんな意地悪言うの」

君江が茂樹を睨むと、朝子も反論に転ずる。

「そうだよ。大体、お酒飲めないのは健兄ちゃんだって一緒じゃん」

「俺は歳の話をしてるんだ」

「小さい頃はあたしだって連れてってくれたじゃん」

「それは、子供に一人で留守番させるわけにはいかなかったからだ」

「やだッ。あたしは今も、一人じゃ怖くて留守番できないのッ」

そう言って、朝子がドンと畳を踏み鳴らす。

さすがの茂樹も、それにはプッと噴き出した。


結局五人で車に乗り込み、「ひろみ」と呼ばれる店に飲みにいくことになった。ハンドルを握るのは君江ではなく、健介だ。

「……健介さんは、お酒、飲まないんですか」

シート二列目。梢恵は隣に座った君江に訊いたのだが、答えたのは助手席の茂樹だった。

「酒は全然だが、そういう席は嫌いじゃない……だよな？」

ぽんとその肩を叩くと、健介は黙って頷いた。やはり、ここから見ても健介の体は分厚い。何か格闘技でもやっていそうな体付きだ。空手とか、そういうやつ。

「お陰でこうやって、運転手付きで飲みにいけるわけさ」

だよね、と三列目に座った朝子が割り込んでくる。

「なんかさ、ああいうお店って楽しいよね。あたしも高校卒業したら『ひろみ』でバイトしよっかな」

調子に乗るんじゃないの、と君江がゲンコツで叩く真似をする。

これまでの会話で、「ひろみ」が飯山駅の近くにあるスナックらしいことは分かった。茂樹が歓迎会的な席を設けようとしてくれたことも。でも、まだ分からないことがある。

「えっと、確か『あぐもぐ』さんにはあとお二人、社員の方がいらっしゃるんですよね」

うん、と君江が頷く。

「知郎さんと行人さんね。知郎さんは最近、雪掻きのバイトしてるみたい。行人さんは、長野に大工さんしに行ってる。あの人器用だから、なんでもできるのよ……今日、来るの？」

長野といったらここも長野県だが、おそらく君江は長野駅周辺の、市街地のことを言ったのだろう。

訊かれた茂樹が首を捻る。

「ユキさんは来られないが、知郎は分からん。一応、声はかけといたが」

ふいに後ろから肩を叩かれた。振り返ると、朝子が二列目の背もたれに両手をかけ、アゴを乗せてニヤニヤしていた。

「……ん、なに？」

「『ひろみ』にね、ナツコさんって人がいるの。その人、知郎さんのカノジョなんだよ」

「へえ。そうなんだ」

「東京でね、キャバ嬢やってたんだって。でも、知郎さんが脱サラしてこっち来るってなって、一緒に付いてきたんだって」

「朝子。余計なことばっかり言うんじゃないの」

そんなこんなしているうちに、着いたようだった。

「ひろみ」の建物自体は、普通の民家と変わらなかった。道から少し奥まっており、店の前には普通車なら二台くらい駐められるスペースがある。入り口脇にはセピア調の電飾看板。ロゴはシンプルに「スナック　ひろみ」となっている。

「こんばんは」

茂樹を先頭に店に入る。スナックと聞いて、梢恵はもっと暗くてオヤジ臭い店をイメージしていたのだが、緑を基調にした植物柄のソファとカウンターチェア、木目のテーブルとカウンターが案外お洒落で、壁紙も白いせいか、想像していたよりだいぶ明るい店内だった。

「いらっしゃい……あら、新人さん？」

すみれ色の和服を着た女性がカウンターから声をかけてきた。どことなく雰囲気が君江に似ている。とても綺麗な人だ。

「ああ。東京から、ちょいとワケありでな」

「もう、そういう言い方しないの」

君江は茂樹の背中をぽんと叩いてから、梢恵の肩を抱くように引き寄せた。

「こちら、瀬野梢恵さん。東京の会社から、まあ、研修みたいなもんかしら。しばらくうちを手伝ってもらうことになったの」

「初めまして。瀬野です……よろしくお願いします」

梢恵がお辞儀をすると、彼女も真似るように頭を下げた。

「初めまして。ユミです。社長には、いつもお世話になってるんですよ」

ちょっと低くて、ハスキーな声が印象的だ。

「……さ、そちら、お掛けになって」

時間が早いせいかまだ他に客はおらず、二つあるテーブル席の、奥の方を勧められた。

席に着くと、すぐにユミがおしぼりを持ってきた。

受け取りながら茂樹がユミを見上げる。

「なっちゃん、まだ来てないの」

さっき朝子が言っていた、知郎のカノジョのことか。

「ええ。八時前には来ると思うんですけど……知郎さんと、喧嘩でもしてなきゃね」

やはり、ユミと君江は似ている。歳はユミの方がだいぶ上に見えるし、笑顔の作り方もまさに水商売のそれなのだが、顔立ちは「姉妹です」と言われたら信じてしまうくらいよく似ている。

そんなユミに、朝子が話しかける。

「ねえユミさん、ニラせんべいある？」

「うん、あるわよ。朝子ちゃんが来るんじゃないかな、って思って、いっぱい用意しといた」

「やった。じゃそれと、あたし焼きうどん食べたい」

「はい、ニラせんべいと焼きうどんね。他にも、何かお食事お持ちしましょうか」

さらにミックスピザ、海藻サラダ、揚げ物セット、ボイルソーセージ。飲み物は茂樹がビール、朝子と健介はウーロン茶、君江と梢恵はレモンサワーを頼んだ。

梢恵は、隣に座った朝子の肩をつついた。

「ねえ、さっきから言ってる、ニラせんべいってなに？」

朝子がニヤリとしてみせる。

「東京の人、知らないんだよね。せんべいって言ったって、硬く焼いたやつじゃないんだよ。もっとモチモチしてて、こっちではおやつでもご飯でもよく食べるの。なんか、家によっていろいろ味が違ってて。食べ方も違って。あたしはここのニラせんべい、すごい好きなの」

反対を向くと、君江が補足してくれた。

「まあ、要はニラだけで作る、シンプルなお好み焼きかな。ここら辺、ニラいっぱい穫れるから。あたしも実家は横浜だから、こっちくるまで知らなかったの。一応、安岡家流のニラせんべいは作るんだけどね、朝子はここのが美味しいって言うの」

まもなく飲み物が運ばれてきて、乾杯。お通しのポテトサラダに続いて運ばれてきたのが、そのニラせんべいだった。

「ああ、チ……」

チヂミみたいですね、と言おうとしたら、君江に「シッ」とやられた。

「それ、禁句……安岡、それ言うと怒るの」

なるほど。君江、健介の向こうに座った茂樹が、眉を段違いにしてこっちを見ている。

「あ、ああ……なんか、懐かしい感じ……美味しそう」

　実際、とても美味しかった。チヂミと違って、ちょっと味噌の風味があり、仄かな甘みもある。かかっているタレはなんだろうか。砂糖醬油のような気もするが、もっと出汁が効いているような気もする。

「焼きたてのこれ、ほんと久しぶり。いつもはお土産だからさ……まあ、冷めてもここのは美味しいんだけど」

　さらに朝子が、焼きうどんを持ってきたユミに訊く。

「ねえ、ここのニラせんべいのレシピ、教えてくださいよ」

　ユミは困ったように首を傾げた。

「それは、いくら朝子ちゃんでも教えられないなぁ。企業秘密だもの」

「分かった。じゃああたし、ここでバイトする」

「そうね。二十歳になって、社長が許してくれたらね」

「ちぇー」

　一方、茂樹と健介はいつのまにか仕事の話を始めていた。

「……今年はリンドウ、本当にやんないんすか」

「仕方ないだろ、あれやっても。農薬食ってばっかで、全然合わねえし」

「じゃあ、今年は花、全面撤退っすね」

「まあ、そうなるな……だからもう、あそこも全部、ジャガイモにしちまえばいいんだよ」

「いや、そりゃやり過ぎっすよ。去年五反歩やって、死にそうになったじゃないっすか」

「大丈夫だよ。去年はお前が、無農薬にかかりっきりだったから……」

と、そこで店のドアが開き、全員がそっちに目を向けた。お客かと思ったが、

「すみません、遅くなっちゃいました」

どうやら従業員のようだった。オフホワイトのファー付きコート。その下から黒いスカートが覗いている。外が寒かったからか、やけに表情が強張っている。

「……ああ、みなさんいらしてたんですか」

コートを脱ぎながら、梢恵に目を向ける。立ち上がってお辞儀をすると、君江が紹介してくれた。

「こちら、しばらくうちを手伝ってもらう、瀬野梢恵さん……彼女が、さっき言ってたナツコさんね」

確かに、元キャバ嬢と言われればそんなふうにも見える。今はそうでもないが、いかにも派手目の化粧が似合いそうな顔立ちだ。

「ナツコです。よろしく」

それだけで彼女は、サッと店の奥に入っていってしまった。なんというか、その、愛想がない、という印象は、正直、否めない。

茂樹が、ぼそっと呟く。

「……ありゃ、また知郎と喧嘩したな」

健介が、仰け反りながら茂樹を見る。

「なんで社長、そんなことまで分かるんすか」

「分かるんだよ……っていうか、お前が鈍いんだよ」

ぐっとグラスのビールを飲み干し、もう一本ね、と茂樹がユミに言う。茂樹の顔は、早くも赤くなりかけている。

「ま、痴話喧嘩はともかく……明日から早速」

言いながら梢恵を指差す。

「あんたには、知郎と一緒に動いてもらう」

すると、焼きうどんをひと口頬張った健介が、うっ、と噎せて箸を止めた。

「……社チョ……あ、明日って……だって、何やらすんすか。まだどこも、雪かぶったまんまじゃないっすか」

「だから、除雪だよ。早く融ければ、早く始められる。早く始めれば、早く収穫できて、早く儲かる」

明日から、知郎と一緒に、除雪？　除雪と聞いて梢恵の頭に浮かんだのは、吸い込んだ雪を道路脇に盛大に吐き出す大型除雪車だったが、むろんあんなものは使わないのだろう。

「あの、除雪って……畑とか、田んぼのですか」

「当たり前だろう。あんたは農業の勉強に来てるんだから」

「ええ、そう、なんですけど、でも、農地の除雪って、どうやってやるんですか」

ニラせんべいを、ぺろりと一枚口に入れてから茂樹が答える。

「……雪ってのは、昼間のうちに表面が融けて、夜また冷えて、少しずつ氷になっていく。こうなったらなかなか融けない。しかも白い雪は太陽光を反射してしまい、容易には熱を取り込まない。さあ、そんなときはどうしたらいい」

こういう、人の頭の回転を試すような質問をするところも、茂樹と片山はよく似ている。

「えっと……お湯、をかける」

「お湯はどこから持っていくんだ。家からか。遠い田んぼに着く頃には、もうすっかり冷めちまってるな。しかも、夜に冷えたら翌朝は完全に氷になっちまう。そうなったらスケートリンクだ。そんな、お湯なんて使わない……スミだよ。スミを使うんだ」

よかった。早めに答えを言ってくれて。

「スミって、物を焼いたあとの、あの、黒い炭ですか」

「そう。要は黒けりゃなんでもいいんだ。雪の表面にそれを撒いておけば、太陽熱を効率的に吸収し、雪を融かしてくれる。融雪剤として、十キロとか十五キロの袋入りでも売ってるし、自分とこで焼いて作った何かの炭でもいい。それを田んぼだの畑だのに撒いておくと、勝手に雪は融けていく、ってわけだ」

十キロ、十五キロ。

「それを、どうやって撒くんですか」

「手押し車みたいな専用機具もあるが、うちにはないから、手で撒くことになるな。こう、袋を抱えて、直接撒く」

茂樹が、小脇に抱えた袋からひと握り掴みとり、辺りに撒く真似をする。まるで「花咲か爺さん」だ。

ナツコがビールを持ってきた。

「はい、お待たせしました」

空いたビンを下げようとしたナツコに、茂樹が訊く。

「なっちゃん。知郎は明日、来れそうか」

ナツコは、苛立ったように眉をひそめながら頷いた。

「除雪のバイトで捻(ひね)った足首が痛いとか、なんかまだグジグジ言ってましたけど、ちゃんと行くようには言っておきました。ほんと、すみません……明日、朝はちゃんと、私が起こしますから」

つまり知郎とナツコは同棲している、ということか。

それはそれとして、梢恵はナツコの態度が少々気になっていた。

いくら客が身内とはいえ、客商売をやっていてその態度はないだろう、と思う。ここはお酒を出すお店、ナツコはそこの女性従業員だ。まず大切なのは明るい笑顔ではないだろうか。恋人と喧嘩をしたのだとしても、それを周りが承知しているにしても、客の前では笑顔を絶やさない。それがプロというものではないだろうか。

そこまで考えて、はたと思う。

やはり自分に、接客業は無理そうだ。

3

歓迎会は十時頃お開きになり、十時半には帰ってきた。

君江が早く寝た方がいいと言ってくれたので、梢恵は玄関で失礼することになったが、その前に、と茂樹が明日の段取りを説明し始めた。

「朝飯は七時、俺らと一緒だ。俺はそのままスキー場に行くが、八時頃には知郎が来るから。裏の畑から始めて、向かいの田んぼ、終わったら軽トラで、ちょっと離れたところの田んぼをやってきてくれ。作業はさっき説明した通り。あとの細かいことは知郎に訊いてくれ」

「はい、分かりました……では、おやすみなさい」

それから離れに帰り、風呂を沸かして入って、布団を敷いて髪を乾かして、寝たのは結局十二時過ぎだった。

翌朝。緊張もあってか、珍しく六時には目が覚めた。でも寒いのと、農作業に対する不安とで、やはり布団から出たくない。十キロか十五キロか知らないが、とにかく重たい袋を抱えて炭を撒いて回るのだ。想像するだけで左腕が攣りそうになる。しかし一方で、母屋ではすでに君江が朝食の支度を始めているのだろうと思い至る。手伝わなくていいのか。七時きっかりに母屋に行って、ちゃっかり食卓について、並べられたお皿に「いただきます」と手を合わせれば、それでいいのか。

「それって、どうなのよ……女子として」

十分以上グズグズと悩んで、でもやはり手伝わなければいけないだろうという当たり前の結論に至り、六時十五分に布団から出た。

「うっ……やっぱ寒っ」

窓の上にはエアコンが設置されている。明日はタイマーで入るようにしておこう、と思いつつ、今日は点けずに手早く着替える。半袖と長袖のTシャツを重ね着し、フリースを着て、下はジーパン。

洗顔は一階の、脱衣所を兼ねた洗面所で。水が、まさに肌を切り裂くほど冷たい。でも、我慢我慢。お湯より冷水の方が、肌も引き締まるって言うし。化粧は、薄くファンデーシヨンを塗って、眉を描いて、色付きのリップクリームを塗って終わりにした。

ダウンジャケットを着て玄関を出ると、やはり半端なく寒い。たぶん氷点下だろう。顔全体をつねられているみたいだ。

母屋の玄関、ガラス戸の取っ手に指をかけると、簡単に開いた。

「おはようございます……瀬野です」

すぐに右手の台所から君江が顔を出した。

「あら、おはよう。なに、もっとゆっくり寝てればよかったのに」

「いえ、なんか、すっきり目が覚めちゃったんで……あの、朝ご飯の支度、お手伝いさせてください」

「やだ、いいのよそんなの。どうせ大したことしないんだから」

玄関に上がり、台所を覗く。入ったところには大きめのテーブルがあり、流し台や調理器具は右側半分に集約されていた。ダイニングキッチンというよりは、厨房と小さな食堂といった体だ。そろそろご飯が炊けるのだろうか、これまた大きなガス炊飯器からもくもくと湯気が立ち上っている。

「ほんと、何かお手伝いさせてください」

ダウンジャケットを脱ぎ、髪を後ろで一つに括る。

「じゃあ、薬味のネギ、切ってもらおうかな」

「はい」

梢恵がネギを切っている間に、君江は味噌汁に味噌を溶き始めた。

「やっぱり、信州味噌ですか」

色はかなり白っぽい。

「うん、これは買ってきたやつだけど、うちで作ったりもするの。あたし、あんまり料理は上手くないんだけど、味噌作りはわりと得意なんだ」

「そんなことないですよ。君江さんのお料理、美味しいです」

「なに言ってるのよ。まだお握りと味噌汁しか食べたことないじゃない」

「あ……そう、でしたっけ。いや、大学芋もご馳走になりました」

「あんなの、お菓子じゃない。誰が作ったって同じよ」

ふと普通に会話し、普通に笑みを浮かべている自分に気づく。会社には必要ない、代わりはいくらでもいると言われ、落ち込んでいたのが嘘(うそ)のようだ。あれからまだ丸一日も経っていないのに、片山の言葉が、どんどん遠く、小さくなっていく。

でも、それでは駄目なのだろう。自分は君江の好意に甘えて、直面している問題から目を背けようとしているだけなのだ。事態はまだ何も好転していない。というより、ようやくスタートラインに立とうとしているに過ぎない。

朝子が起きてきた。

「おはよぉ……あ、梢恵さぁん。早いぃ」

水色のストライプのパジャマに、チャンチャンコ。猫の耳のようについた寝癖に、不覚にも噴き出しそうになる。

「おはよ、朝子ちゃん」

冷蔵庫から卵を出していた君江が振り返る。

「朝子ぉ。あんたも、顔くらい洗ってから下りてらっしゃい」

「はぁい……」

君江は、朝子がダイニングから離れるのを確かめてから話しかけてきた。

「……見た？　あの寝癖」

「ええ。なんか、猫みたいで可愛い」

「どういうわけか、赤ん坊のときからあの子、あの形に寝癖がつくのよね。あたしも、小さい頃は可愛いから、今日もニャンコねぇ、なんてからかってたんだけど、最近色気づいちゃって、いっちょ前に癖毛を気にしてるもんだから、言うと機嫌損ねるのよ」

君江は喋りながらも、手は常に動かしている。フライパンに油をひく。卵は目玉焼きか。

「あの子、一人っ子なもんだから、うちに手伝いに来てくれる人のこと、みんなお兄さん、お姉さんみたいに思ってるところあるの。この前も、梢恵ちゃんが帰ってから、また来てくれるかな、ほんとに来てくれるかなって、うるさかったんだから……憧れてるのね。梢恵ちゃんみたいな、都会的な女の人に」

違う。自分は朝子に憧れられるような人間ではない。会社では役立たずと罵（ののし）られ、長野行きを嫌がっては怒鳴られ、逃げるように新幹線に乗って、その間もずっとベソを掻いていた。そんな女だ。

「……安岡も、口ではあんなふうだけど、梢恵ちゃんが来てくれるの、楽しみにしてたと思うんだ。歓迎会なんてやる人じゃないんだから、本当は」

そこら辺は、よく分からない。梢恵にはまだ、安岡茂樹という人間の表も裏も見えない。

なんとなく、昨夜のことを思い出した。

「あの……昨夜の夏子さん、ちょっと、ご機嫌斜めでしたね」

野田夏子（のだなつこ）。彼女も農繁期には「あぐもぐ」の手伝いに来るらしいことは、昨日の帰りの車中で聞いた。

「ああ、あの子は機嫌が顔に出やすいのよ。もうちょっとね……知郎さんと上手くやってくれたらなって、思うんだけど。まだ若いのかな」

「おいくつなんですか、夏子さん」

「二十九、だったかな。知郎さんが三十……七か。いや、なっちゃんが若いっていうより、知郎さんがもっと大人にならなきゃ駄目なのかな」

やだ、と君江が口を塞ぐ真似をする。

「つい、梢恵ちゃんが相手だと喋り過ぎちゃう。今のはナシね。聞かなかったことにして」

「ああ……はい」

ふいに入り口辺りが暗くなった、と思ったら茂樹がそこに立っていた。

「おはようございます」

「……ああ。おはよう」

茂樹も朝子に負けず劣らず、盛大に寝癖をつけている。こちらは猫というより、やはり熊だ。ヒグマだ。

「じゃ、梢恵ちゃん。ご飯よそってくれる？」

「はい」

茶碗（ちゃわん）四つとしゃもじを渡された。

炊飯器のフタを開け、湯気を避けた仕草が大袈裟だったのか、君江に笑われた。

「なに、どうしたの」

「いや、メガネが曇るんで。なんか、湯気は避ける癖が……」

すぐに茂樹も朝子も席に着き、いただきます、となった。

しかし。よその家族に交じって朝食をいただくというのは、なんとも妙な気分だ。ただ、カナダに短期ホームステイをしたときもこんな感じだったか、と思い出したら、いくらか気は楽になった。茂樹たちも他人を受け入れることに慣れているのだろう。あまり気を遣っているふうはない。

「梢恵さんは目玉焼き、ソース派？　醬油派？」

「私は、醬油かな」

「えー、絶対ソースだと思ってたァ」

見れば茂樹と君江が醬油、朝子だけがソースをかけている。

茂樹が挑発的な目で朝子を見る。

「……ほら見ろ。目玉焼きは醬油が一般的なんだよ」

「絶対違う。ソースの方が断然一般的だよ。クラスで訊いても七対三くらいでソースが勝ってたし」

「もう、そんなことはいいから、早く食べなさい。また遅刻するわよ」

そういえば、朝子の制服姿をちゃんと見るのは今朝が初めてだ。三つボタンの紺のブレザー、大きめの赤いリボン、チェックのスカート。色白で小顔の朝子は、何を着てもよく似合う。

「ヤバ、あと五分しかないじゃん」

朝子は慌てて残りのご飯を掻き込み、洗面所に走り、ダイニングに戻ってきたときにはコートを着てカバンを持っていた。

「じゃ、行ってきます。梢恵さん、がんばってね」

「うん。行ってらっしゃい。気をつけてね」

まもなく茂樹も「じゃ、行ってくる」と出ていった。スキー場には軽トラックで行くらしい。ブイーン、と甲高くエンジンを吹かし、物凄い勢いで遠ざかっていった。

二人で茂樹を見送り、またテーブルに戻ると、向かいの席に座った君江が浅く息をついた。

「……冬の間は、ここからしばらくの間が、あたしの安らぎの時間なの」

「春夏は、やっぱり忙しいんですか」

「秋まで忙しいわね。安岡は、俺たちは一年を一週間として過ごしてる、みたいによく言ってる。つまり、春から秋まではほとんど休みなし。日曜も祝日も関係なし。夏はみんな三時半くらいに起きて、キュウリとかズッキーニの収穫をして、男衆は六時から二時間くらい田んぼの水の見回りに行って、ようやく、八時くらいに朝ご飯かな」

その時点ですでに、普段の梢恵の三日分くらいは働いていそうだ。

「それからみんなとミーティングして、一日の予定を決めて、お昼までまた収穫とかいろいろ。昼休みは長めにとるけど、二時過ぎからまた収穫とか、諸々。それで夕方、また男衆は田んぼの水見に行って、夕飯はやっぱり、八時になっちゃうかな。で、まだ終わりじゃなくて」

なんか、聞いているだけで眩暈がしてくる。

「ひと休みしたら、今度は野菜の箱詰め。忙しいときだと、男衆は夜中の二時くらいまでやってる」

ちょっと待て。

「あの……それで、次の日は、どうするんですか」

「ん？　次の日も同じだよ」

「でも、二時まで箱詰めしてて……じゃあ、起きるのは？」

「だから、三時半くらい」

「それじゃ、一時間ちょっとしか寝られないじゃないですか」

「そうよ。だから、春夏秋に働いて、冬に休むの。ま、あの人は大して休んじゃいないけどね。でも、スキーのインストラクターなんて遊び半分だって言ってるから、いいんじゃないかな。けっこう自由にやってるわよ」

驚いた。漠然と農業は大変だというイメージは持っていたが、そこまでハードだとは知らなかった。

「よく、そんなスケジュールで、体壊しませんね」

「んん、慣れだろうね。あたしも嫁に来たときはびっくりしたけど、案外慣れるもんよ。ちょいちょい休みながらやってるし、やんなきゃやんないで、適当に済ませることもできるしね。最悪、自分たちの食べるものさえ収穫できてれば、生きてはいけるから」

そう。ここが、農業の強さなのだろう。都会暮らしの月給生活では、お金がなくなったらゴミを漁(あさ)るか、飢え死にするほかない。でも、ここでは食べ物を直接生産することができる。売ってもいいけど、自分たちで食べてもいい。むろん不作の年もあるだろうが、全く何も穫れず、何も口にすることができないという、極端な事態にまではまず至らないに違いない。

「去年なんてね、ジャガイモを五反歩植えたんだけど」

ちょっと、と梢恵は掌を向けて遮った。

「すみません。五反歩って、どれくらいの広さですか」

「ああ、一反は三百坪、約十アール。一町が三千坪で、約一ヘクタール。一反の十分の一が、一セ」

「セ、ってどういう字ですか」

君江が指で、テーブルに書いてみせる。たぶん「畝(うね)」という字だ。

「一畝が、約一アールね。だから、五反歩っていうと、千五百坪ってことね」

千五百坪といったら、東京ではかなり広大な土地だ。

「もちろん、その五反歩が『あぐもぐ』の農地の全て、ではないわけですよね」

「そりゃそうよ。それはジャガイモだけだから。うちの主力はむしろジャガイモじゃなくて、パプリカとかズッキーニ、アスパラかな。もちろん、おコメが一番だけどね」

千五百坪が主力じゃないなんて、まるで想像もつかない。

「ただ、五反歩もジャガイモ植えたら、今度は収穫するのが大変でね。もう、男衆が総出で、ヒーヒー言いながら、泣きながら穫ってたわよ」

「でも、昨日の社長の話だと、さらに増やすみたいですよね」

「ねえ。あれ以上やってどうすんのかしらね。もうあれよ、冬になって年変わって、去年大変だったこと、すっかり忘れてんのよ。馬鹿だから」

そこで一緒に笑うのだけは、なんとか堪えた。

「そうだ。梢恵ちゃん、服汚しちゃうといけないから、うちのツナギ着るといいわよ。新しいのがまだあるから」

君江が奥の部屋から出してきてくれたのは真っ赤なツナギ。背中には「あぐもぐ」と白字のロゴが入っている。

「ちょっと、恥ずかしいかもしれないけど」

「いえ、そんなことないです。お借りします」

実は、ちょっと恥ずかしいなと、梢恵も思っていた。

八時ちょうどには知郎がきた。

君江から紹介してもらう。

「社長から聞いてるとは思うけど、こちらが瀬野梢恵さん。しばらくうちの仕事手伝ってもらうことになったから」

脱サラをしてきた三十七歳ということで、梢恵はなんとなく、都会の枠には収まりきらない、ワイルドな男性をイメージしていた。キャバ嬢を連れて長野入り、というのも肉食系の豪快なエピソードと受け取っていた。だが、どうしてどうして。実際の知郎は、都会人の中でもひ弱な部類というか、見るからに草食系という感じの人だった。緑色のツナギがダブついているのも、そういう印象に拍車をかけている。

「瀬野です。よろしくお願いします」

「若月、知郎です……こちらこそ、よろしく」

細長い顔、薄い唇から発せられる、か細い声。そういえば昨日、夏子は知郎のことを、グジグジとかウジウジとか、そんなふうに言っていた。確かに、どことなくイジケた感じはある。梢恵も他人（ひと）のことを言えた義理ではないが。

「知郎さん。除雪は去年もやったから、勝手は分かるわよね」

「はい。分かります」

「梢恵ちゃんと手分けして、できるところまででいいから」

「はい」

「じゃ、よろしくね。梢恵ちゃんにも、いろいろ教えてあげてね」

そう言い置いて、君江は玄関に入っていった。

「……じゃあ、やりましょうか」

知郎は母屋の隣、屋根付きの通路というか、通り抜けできる道具置き場のようなところに入っていった。そこから、よく工事現場で見かける一輪車を引っ張り出してくる。

「これに、融雪剤を載せて、畑まで運びます。ネコ、使ったことありますか」

「……ネコ?」

ネコといったら、朝子の寝癖だが。

「こういう、一輪車のことです」

「ああ、そうなんですか。いえ、使ったことはないです」

「じゃあ、僕が持ってますから、これに、それを載せてください」

知郎が示したのは、梢恵の後ろに積まれている緑色のビニール袋だった。形は、セメントの袋とよく似ている。

「えっと、いくつくらい」

「とりあえず、五袋」

試しに一つ持ってみたが、十五キロ、かなり重たかった。でも、女には持てない代物、というほどでもない。実家にいるときは母と二人で買い物にいき、よく十キロ入りのおコメを運ばされた。あれの一・五倍と考えれば、そんなに途方もない重さではない。

「四……五、と」

「はい。あと、そこにあるスコップを二本持って、付いてきてください」

知郎はその「ネコ」を器用に操りながら母屋の前を通り、離れの横を抜けて裏手の開けたところに出ていった。

「……うわ、広ぉい」

離れの窓から見ていたので、辺り一面が雪であることは分かっていたけれど、実際そこに立ち、何も遮るものがない状態で見てみると、改めてその広さが実感できた。何反歩とか、何ヘクタールとか、そういう勘定は全くできない。とにかく向こうの山の方まで、見渡す限り雪原が広がっている。

「あの……これの、どこまで撒くんでしょうか」

「いえ、撒くのはこっちです」

振り返ると、真後ろにビニールハウスの骨組だけが残っていた。数えたら、七つあった。

「別に、真っ黒になるまで撒く必要はありません。なんとなく灰色になる程度……社長は、ティラミスくらいといいますが、僕は、東京の道路沿いの、排ガスで汚れた雪のイメージでやってます」

確かにティラミスよりは、そっちの方が梢恵にも分かりやすい。表現としてはティラミスの方が素敵だけど。

「じゃ、やってみましょう」

知郎はネコからふた袋下ろし、ポケットから出したカッターで大きく切り込みを入れた。

「これをスコップですくって、風上から撒いていきます。風を上手く利用してやらないと、まんべんなくいきませんから」

「あれ……社長は手で、花咲か爺さんみたいに、こうやってやるって言ってましたけど」

茂樹の仕草を真似てみせると、知郎は小さく二度頷いた。

「じゃあ、瀬野さんは手でやってもいいです。僕は、スコップでやります」

いるいる。こういう、微妙に意地悪な人。

さらに知郎は、ポケットからゴム手袋とマスクを出し、自分だけ装着した。

「こういうのしないと、鼻の穴とか爪とか、真っ黒になりますよ」

そういうことは、もっと前もって教えてくれないと困ります。

4

作業を始めてすぐ、君江が来てくれたので助かった。

「ごめんごめん。ツナギと一緒に用意してたのに、渡すの忘れてた」

指先までゴムでコーティングされたタイプの軍手と、防塵マスク。それとバンダナ。帽子の代わりに巻くといいと言われた。

「すみません、ありがとうございます」

お陰で舞い散る炭を気にせず作業をすることができた。

いや、本当はもっと風の流れを読んで、臨機応変にやらなければいけなかったのだと思う。知郎の撒いたところは、全体が薄っすらとした灰色。それと比べると、やはり梢恵のところは斑（まだら）になっているし、何ヶ所かは丁寧に撒き過ぎて、黒い穴ぼこのようになってしまった。

それと、メガネのレンズだけはこまめに拭かなければならない。

「けっこう、難しいんですね」

「ええ。難しいですよ」

何度か休憩も入れたが、知郎との会話は終始こんな感じだった。本当は夏子のこととか、どうしてサラリーマンを辞めて農業をやろうと思ったのか、そういう話もしたかったのだが、そのきっかけすら摑めないというか、会話することへの拒絶感みたいなものが、知郎の言葉の端々からは感じられた。

ハウス七ヶ所と、母屋の前の道を渡って向かいにある田んぼ三ヶ所。午前中はそれでお終（しま）い。正直、それだけで両腕はパンパンだった。昼食は母屋に戻ってとり、午後は軽トラに乗って少し離れた田んぼに行った。二人で十二、三ヶ所撒いて、その日の除雪作業は終了となった。

わりと自分では綺麗に撒けたと思う、最後の田んぼを改めて見渡す。

「ここ一ヶ所で、どれくらいの広さになるんですか」

梢恵には、二十五メートルプールよりちょっと大きいくらいに見えるが。

「五畝くらいですかね。これと隣の二枚で、ようやく一反歩あるかないかです」

パッとは暗算できず、自分の目見当が合っているのかどうかは分からなかった。ただし、田んぼは一枚、二枚と数えるらしいことは分かった。

軽トラに道具を積み込んで「あぐもぐ」に戻り、空き袋などのゴミを処理し、スコップとネコを水洗いしたら、今日の仕事はお終い。

「お疲れさまでした。じゃ、僕はこれで失礼します」

知郎は君江に挨拶をすると、さっさと帰っていってしまった。

君江と二人で、走り去っていく知郎の軽自動車を見送る。

「なんか、物凄く、さっぱりした方ですね」

「うん。思いっきり草食系でしょ」

そうですね、とも言えず、そこは適当に流した。

「梢恵ちゃん、メガネとってみ」

「ああ、どんなふうになってますか」

　梢恵がメガネをはずした途端、君江は噴き出した。

「可愛い……逆パンダになってる。タヌキみたい。朝子が帰ってくるまでそのままにしといてよ」

「い、嫌ですよ。すぐお風呂に入ります」

　離れに帰ってシャワーを浴び、着替えて母屋に戻ると、茂樹も朝子も帰っており、茶の間でテレビを見ていた。それと、また健介が来ている。

「こんばんは」

　昨夜の歓迎会のお陰だろうか。健介とは少しだけ打ち解けられた気がする。こっちが挨拶をすれば、同じくらいに返してくれるようにはなった。

「お疲れさま。どうだった、初めての炭撒きは」

「難しかったです。なんか全然、知郎さんみたいには上手く撒けなくて。もう、腕も脚もパンパンです。あと、腰も痛いです」

　そう言うと、茂樹がフンと鼻で笑った。

「知郎も、仕事はまだまだだけどな。融雪剤撒くのだけは去年、徹底的にやらせたから。あれだけは一人前だ」

　梢恵もいつもの席に座った。

「知郎さんって、何年目なんですか」

「二年前の春に来たんだから、まだ丸二年にはならないか」

「健介さんは？」

火種が落ちたのか、吸っていたタバコに火を点け直してから、健介は答えた。

「……俺は、高校出てからだから、んーと……」

「ちょうど十年だよ、健兄ちゃん」

「あそっか」

「相変わらずお前、計算弱いな」

そう。こういう何気ない会話のキャッチボールが、知郎とはできないのだ。果たして、夏子と二人きりのとき、知郎はどんな感じなのだろう。やはり、恋人の前だと態度は違うのだろうか。

君江が茶の間に顔を出す。

「健ちゃん、夕飯食べてく？」

「え、いいんすか。じゃ、ご馳走になります」

それだけで君江は、また台所に戻っていった。お手伝いします、と梢恵は席を立とうとしたのだが、朝子が「あーっ」と変な声をあげたので、行きそびれた。

「健兄ちゃん、梢恵さん狙いだァ」

ビクッ、と健介が肩をすくめる。

「な、なに言ってんだよ。お前、またパイルドライバーやって泣かすぞ」

「やだぁ、照れてる照れてるぅ」

「違うって、馬鹿、この野郎」

思ってもみないひと言だったので、梢恵もなんだか、反応に困ってしまった。そういう気持ちは、全部東京に置いてきてしまったから。そういう気持ちを、ここに持ち込んではいけないと思っていたから。でも、言われて悪い気はしなかった。

健介は、あまり背は高くないけれど、体は空手家みたいに逞しく、そういった意味では茂樹と張るくらいゴツい印象だけど、でもよく見ると目鼻立ちはキリッと整っていて、そんなに悪い顔でもない。

しかし、

「……そりゃそうと」

茂樹がひと声低く発すると、そんな華やいだ空気は一気に萎(しぼ)んだ。

「健介。お前、今年も無農薬、やるつもりなのか」

健介の表情が、にわかに緊張を帯びる。無農薬の、なんだろう。コメか、それとも野菜か。

「はい……もう一年、チャレンジしてみようかと」

「やめた方がいいんじゃねえか。米ヌカだけじゃ、またムシにやられるぞ」

「それは……対策、考えてます」

「またアイガモか」

「いえ、アイガモはもう、やりません」

「じゃなんだ」

「具体的には、まだ……でも、考えてます。去年、俺んとこの田んぼに出たのは、やっぱりイネミズゾウムシでした。それに絞った対策を今、調べてる最中っす」

非常にこう、生々しいというか、なんというか。あまり新参者が聞いていい話ではないような気がした。

茂樹が深く溜め息をつく。

「……俺だって、無農薬全てが悪いとは言わない。でも向き不向きはある。お前んところは山にも近い。周りは普通に農薬使ってる。詳しいことは分からんが、やられたのはお前の田んぼだけだ。立地条件の何かが、お前の田んぼにだけ、集中的にムシを送り込んでるんだ。その根源を絶たないと、また今年も全滅だぞ」

「それでも……反、三俵は穫れました」

「三俵じゃ全滅も同じだ」

ちょうど会話が途切れたので、梢恵はそこで席を立ち、君江の手伝いをしに茶の間を出た。

今夜の夕飯の献立は、「あぐもぐ」で穫れたジャガイモのコロッケと野菜炒め、ニラせんべいと味噌汁。それと野沢菜漬けだ。

「いただきます」

食卓についたときにはもう、茂樹と健介も険悪な雰囲気ではなくなっていた。茂樹にビールを勧められたので、梢恵も一杯だけもらうことにした。むろん、茂樹と君江には梢恵がお酌をする。

君江が、ありがとう、とグラスを差し出しながら訊く。

「梢恵ちゃんは、何か苦手なものとかないの？」

「食べ物の好き嫌い、ですか？　あんまりないですけど、強いて言えば、レバーは、ちょっと苦手かもしれないです」

あとは切り干し大根だが、レバーほど苦手ではない。

ぐっと一杯飲み干した茂樹が首を捻る。

「分からんな。レバーは美味（うま）いぞ、生でも焼いても。焼き鳥屋で食うレバーなんて、最高のツマミだろう」

「まあ、全然食べられないわけでもないんですけどね」

駄目駄目、と朝子が扇ぐように手を振る。

「あたしもレバー、無理。あとシイタケ、セロリ、ゴーヤも無理」

「あんたは好き嫌い言い過ぎ」

君江が言うと、そうだそうだと、健介もからかうように便乗する。

「朝子みたいなのが、日本の食料自給率下げてるんだぞ」

「何それ、ムカつく。さっきの仕返しのつもり？」

またあのネタになっても困るので、梢恵は話題を変えようと試みた。

「社長。そういえばこの前、食料自給率なんてまやかしだ、って言ってましたけど、あれってどういう意味ですか」

茂樹は眉を段違いにして、梢恵の方を見た。

「あんたは、食料の輸入がストップしたら、何十万、何百万という日本人が餓死し、生きている人間も食物の奪い合いでパニック状態に陥る、とでも思ってるのか」

「いや……どれくらいの被害になるかは、分からないですけど。でも、大変なことになるんだろうな、というのは、なんとなく」

一つ、茂樹が咳払いをする。

「……じゃあ、一番簡単な説明をしてやろう。日本が世界中の国々から総スカンを喰らい、食料が一切入ってこなくなったら、そのとき……日本の食料自給率は、百パーセントになる。当然だな。輸入食物がゼロになるんだから、日本人の口に入るものはすべて国産品になる。そのときに何万人餓死しようが、そんなことは関係ない。食べ物はすべて国産、だから食料自給率も百パーセント。違うか」

ん、あれ？　そう言われてみれば、そうか。

「これだけをとってみても、食料自給率の上昇なんてものを国策として取り上げるのが、いかに馬鹿らしいか分かるだろう。貧しい国ほど食料自給率が高いのは、そういう理由だ。もうちょっと詳しく言うとな……」

茂樹が食卓の皿を見回す。

「……仕方ねえ。これでいくか」

これ、と言って茂樹が定めたのは、コロッケと生野菜が載った自分の皿だ。

「これが今現在、日本にある食料の全てだとする。でもこの中には、海外からの輸入品もだいぶ交じっている」

言いながら、箸でコロッケを切り分ける。おおまかに四等分。

「しかし、贅沢に慣れきった日本人は、作り過ぎて余ったり、食べ残したものを毎年、大量に廃棄している。その総量、およそ千九百万トン。日本の農産物輸入量が、およそ五千五百万トンだから、その約三割に相当する量を捨てていることになる。また世界でなされている食糧援助が、約六百万トン。なんとその三倍以上を、日本人は口にすることなく、毎年捨てているんだ……それが、これだ」

　コロッケの四分の一を、茶碗のご飯の上に運ぶ。

「それとは別に、国産の畜産物。牛、豚、鶏……これらはほとんど、自給食物にはカウントされない」

　もう四分の一、コロッケを茶碗に移動する。

「なんでですか」

「牛、豚、鶏の食べてる飼料穀物が、ほとんど輸入に頼っているからだ。つまり、日本で生まれ育っても、食べてるものが国産じゃなかったら、国産肉じゃないってことさ。この理屈でいくと、ハンバーガーばかり食べてる奴らの日本国籍は剝奪しなきゃならなくなるが……まあ、それはいいだろう」

　茂樹が、改めて自分の皿を示す。

「これが今現在の、日本の食料自給状況だ。この、ちょっと小さめのひと切れが、自給食物。大きめのが輸入食物。農水省が国民の不安を煽るために使っているネタは、この輸入のひと切れが入ってこなくなったら困るでしょう、という法螺話だ」

　大きい方のひと切れを箸で摘み、豪快に頰張る。皿に残ったコロッケはひと切れ。最後の四分の一。

「……で、どうだ。俺の皿は、どう変わった」

茂樹が、試すような目で梢恵を見る。

「だいぶ、コロッケが減りましたが」

「格段に、物足りなくなったか。飢えるほど空っぽになったか」

「いえ、そこまでは……まだ、サラダもありますし」

「そうッ、その通りだ」

急に指差され、梢恵はとっさに身を引いてしまった。

「今までの話は、実は全てカロリーベースの話だ。ごく簡単に言うと、国内に流通したカロリーのうち、消費されたものの何割が国産だったか、というのを示すのが食料自給率だ。よって、カロリーの低い野菜はほとんど、この食料自給率にはカウントされない。野菜だって量を食べれば、腹はいっぱいになる。栄養だって摂れる。ベジタリアンってのがいるくらいだからな。それだって生きていけるんだ。だが、そういうものはカウントしない。野菜は食料自給率から、長らく無視され続けているわけさ」

なぜ、と訊く間もなく茂樹は続けた。

「さらに言うと、日本の国内農業生産額はおよそ八兆円ある。二〇〇〇年代に入って、大体この辺りを推移している。これは一位の中国、二位のアメリカ、三位がインド、四位のブラジルに次いで、世界第五位だ。アメリカの国内農業生産額が約十七兆円。日本はその四十七パーセントということになるが、そもそも日本の人口は一億二千万強で、アメリカの四割しかない。この四十パーセントの人口で、四十七パーセントの農業生産額を叩き出してるんだ。人口比率で言ったらアメリカ以上と言っていい。どうだ、大した農業大国だとは思わないか。しかも、日本の国土はアメリカの二十五分の一以下だ」

確かに。茂樹の言う数字が全て真実だとしたら、梢恵が日本の農業に対して持っていたイメージは根底から覆されることになる。

「まあ、話を戻すか……今現在の日本は、世界の中で全く孤立などしていない。自動車や電気製品を輸出し、多くの国に経済援助も行っている。そんな日本が、いきなり世界のどこからも食料を輸入できなくなるとは考えづらいが、もし、仮にそうなったとして、まず何をすればいい」

ようやく、茂樹が皿を使って説明し始めた意味が分かってきた。

「……食べ物を、捨てなければ、いい」

「そう。まずこれを戻せばいい」

茶碗にあったコロッケをひと切れ、皿に戻す。ちょっとご飯粒がついてしまっているが。

「あとは、輸入飼料を国産に切り替えればいい。飼料に限った話じゃないが、食物を輸入に頼っているのは単に価格が安いからだ。輸入がストップしたら、多少は高くなるかもしれないが、国産飼料を使えばいいだけの話だ。そうしたら、これだって戻ってくる」

もうひと切れを茶碗から皿に戻す。

「これでも日本は、食料を自給できない、農業虚弱国か？」

三切れのコロッケと野菜が載った皿。茂樹が「今現在の日本」と言ったときの状況より、コロッケがひと切れ増えている。

梢恵は黙って首を横に振った。

「むろん、今の数字は分かりやすく言ったものだ。専門家に言わせたら、それは違うと言う者もいるだろう。でも大まかにはこういうことだ。食料自給率なんてものは、国民の豊かさにも、腹具合にも全く影響を及ぼさない、まやかしの数字だ。あんなものは、農水省が予算をぶん取るためのペテンに過ぎない。そうでも言ってないと、農水省なんて役所は要らねえってことになっちまうからな。奴らも、組織防衛に必死なんだよ」

そうなのか。もし本当にそうなのだとしたら、自分たちは一体、どれほど国に騙されてきたのだろうか。

食後のコーヒーを飲み終わったところで、健介は帰っていった。

茂樹がもう一杯飲もうというので、君江と梢恵は付き合うことにした。

むろん、朝子は面白くない。

「あたしも、もうちょっとなんか飲みたい」

「あんたは勉強しなさい。今日から期末テスト始まったんでしょう」

ちぇ、つまんないの、と口を尖らせ、朝子は二階に上がっていった。

「おい、あれ出してくれ。カクさんにもらった焼酎」

君江が目を丸くする。

「だってあれ、芋焼酎だよ？　あんた飲めるの？」

「あれだけ自慢して持ってきたんだから。さぞかし旨いんだろ」

茂樹がこっちを向く。

「……あんた、芋は大丈夫か」

「はい。何かで割れば」

「じゃ、お湯割りだな。俺はロックにしてくれ」

君江が、ペチンと叩く真似をする。

「よしなさいって。あんたもお湯割りにしときなさい」

それから茶の間に移動し、野沢菜漬けをツマミに、三人で芋焼酎のお湯割りを飲んだ。

ふいに、ここで茂樹と健介が交わしていた会話を思い出した。

「そういえば健介さんって、無農薬のおコメにチャレンジしてるんですか」

「ああ。最初は流行りのアイガモ農法を試してたが、三年やったらショクミが落ちてきた」

また知らない言葉が出てきた。

「ショクミ？」

「味だよ。食の味。アイガモの糞が田んぼを富栄養化させて、窒素分が消化しきれなくなるんだろうな。それで、どんどん味が落ちていった。いくらアイガモに雑草を食わせ、害虫を駆除させて無農薬のコメを作っても、その糞でコメの味が落ちたら元も子もない。無農薬かどうかと、コメの美味い不味いは本来、関係ないんだ」

　知らなかった。

「私、無農薬のおコメは、自然で安全で、美味しいものなんだと思ってました」

「それが、そもそもの勘違いだ。無農薬は、単に農薬を使っていないというだけであって、別に美味いという保証をしたもんではない。むしろ多少農薬を使ってでも、害虫や病気、雑草から守ってやって、健康に育てたコメの方が味はいい。そもそも、コメについた農薬なんて、籾摺り（もみず）で完全に除去できる程度のもんだからな」

　それも、知らなかった。

「健介にも言ったが、俺は無農薬の全てが悪いとは言わない。だが向き不向きは絶対にあるんだ。自分の田んぼにはどこから水が流れてきて、上流には誰の田んぼがあって、そこがどういう農法をしてるのか、きちんと管理できてるのか、そういうことだってコメの出来には係わってくる。俺だって無農薬はやってる。でも周りは全部俺が管理してる田んぼだ。水や風向きといった、環境そのものを全て自分で把握し、コントロールできる。そこまでお膳立てして、ようやくほんの少しだけ、無農薬米は作れるんだ。だからって、それがどこででも通用するなんて思っちゃいない。俺は無農薬米が得意だなんて、自惚れたりもしない」

　喉を潤すように、茂樹がぬるくなったお湯割りを呷る。

「……下手な意地を張って、無農薬に拘る必要なんて、どこにもねえんだ。いくら無農薬だって、不味くちゃ客は買ってくれない。一度は買っても、二度は買わない。必要なのは、安全で美味いコメだ。それさえ適正価格で提供できていれば、客は必ず続けて買ってくれる。決して無農薬は、安全の絶対条件じゃない……健介も、頭じゃ分かってるんだろうけどな。若いんだろう。自分の負けが認められねえんだ。儲からなかったら、潔く手を引く。諦める。そういうビジネス感覚も、農業には必要なんだ」

　農業は、ビジネス。

　なんだか、初めて触れたひと言のように感じた。

5

三月四日。「あぐもぐ」を手伝うようになって、早くも一週間が過ぎていた。

初めは筋力ばかり使っていた除雪作業も、段々とコツが摑め、近頃ではあまり力に頼らないでもできるようになった。当初、こんなことを続けていたら自分は筋肉モリモリになってしまうのではないかと案じたが、どうやらそこまでのことではなさそうだった。

でも今日はその除雪をいったん休みにし、「新聞紙折り」という室内作業をやることになった。

これの指南役は君江だ。

「新聞紙を折って、何に使うんですか」

「キュウリを箱詰めするときの、詰め物に使うの。キュウリって、物凄く生長が早いのね。朝、もうちょっとだなって思ってた一本が、夕方には規格外の大きさになっちゃうこともあるの。半日で、こんなに伸びちゃうのもあるんだから」

君江が親指と人差し指で長さを示す。五センチはありそうだ。

「そんなにですか？　嘘でしょう」

「本当だってば。だから、なかなかぴったりの長さでの収穫ってできないのよ。そこで、これが必要になってくるわけ」

二つ折りにした新聞紙を、縦三分の二くらいのところで折り曲げ、さらに横向きに四、五回折り込んでいく。そうすると、適当な長さの新聞紙棒ができあがる。

「これをね、箱詰めにしたキュウリの、頭のところに差し込んでいくわけ。そうすると前後に動かなくて、品物が傷つかないと」

「それを前もって、作っておくわけですね」

「そう。忙しいときにこれの作り置きがなくなると、ほんと困るのよ」

ちょうど、その新聞紙折りをしている午前中だった。

「こんにちは」

玄関で声がし、君江と行ってみると、リュックを背負った小さな男の子と、スラリとした男の人が並んで立っていた。

「あら行人さん。早かったわね……隼人くんも、久しぶり。また大きくなったわねぇ」

とりあえず、梢恵は君江の隣で頭を下げた。

初めて会う北村行人は、確かに以前君江が言っていた通り、背が高く、適度に整えた口ヒゲもなかなかダンディで、男前な印象だった。

そう。行人の息子、五歳になる隼人を今日から二日間、安岡家で預かることは前以て聞いていた。

隼人は現在、行人の離婚した元妻と東京で暮らしているのだが、月に一度は長野に来て、行人のところに一、二泊していく。ただ今回は行人が大工の仕事をどうしても抜けられず、それで安岡家が預かることになった、ということらしかった。

行人が隼人の頭に手を置く。

「おばちゃんの言うこと聞いて、いい子にしてるんだぞ」

「大丈夫よね。隼人くんはいい子だもんね。いつもおばちゃんのお仕事、お手伝いしてくれるんだから」

隼人の、くりっとした大きな目が辺りを見回す。

「……朝子ちゃんは？」

ファルセットのような、高く澄んだ声も愛らしい。

君江が膝を折り、隼人と目線を合わせる。

「朝子お姉ちゃんも、もうすぐ帰ってくるよ。それまではおばちゃんと、こっちの新しいお姉ちゃんと遊んでよう……あ、行人さん。こちら、瀬野梢恵さん」

改めて互いに頭を下げ合う。行人の落ち着いた物腰は、よき父親であるのと同時に、大人の男であることを感じさせた。

梢恵も膝をつき、隼人に挨拶する。

「初めまして、隼人くん。私、梢恵っていいます。よろしくね」

何を思ったか、隼人は小さく首を傾げた。

「……お姉さんは、誰かのお嫁さん？」

これは五歳児の無邪気な質問と解釈すべきか。それとも、この歳で親の離婚を経験してしまった子の悲しみと受け取るべきか。

「んーん、お姉ちゃんは誰のお嫁さんでもないよ。お仕事をしに、ここに来てるの」

「ふーん。じゃあ、パパのお嫁さんになりなよ」

むむ。これは、ちょっと困ったぞ。


梢恵はまもなく新聞紙折りから、隼人の遊び相手に配置転換された。

最初はトランプで神経衰弱。三回やって、二勝一敗で隼人の勝ち。でももう飽きたようなので、朝子の部屋からオセロを持ってきて始めた。

「隼人くんは、よくここのお家に来るの？」

「うん。夏休みは何日も泊まった。朝子ちゃんと虫捕り行ったり、みんなで川でバーベキューした。健ちゃんのバイクも乗った。あと、おばさんにゲーム買ってもらった。でも、社長は蛇に嚙まれた」

隼人は喋りながらも、なかなか的確に石を置き、梢恵の白を裏返していく。

「えっ、社長、蛇に嚙まれちゃったの？」

「うん。こーんなに脚太くなっちゃって、真っ赤になって、パパがおんぶして、病院連れてった」

あの茂樹が、蛇に嚙まれるとは。

「それは、大変だったねぇ……」

「でも、パパが血ぃ吸って治した」

さっき会った行人が、口の周りを血塗れにしている様子を想像する。

「そっか。パパ、すごいねぇ……でもそれじゃ、隼人くん怖かったでしょう」

「全然。パパがいれば、蛇が出ても大丈夫。暗いとこも怖くない。だから……ほんとは僕、パパと一緒に住みたいんだ。でも、ママが駄目だって言うし、パパも、お嫁さんいないから無理だって言うし。ママ、お仕事忙しいしさ。あんまりお休みもないし……でもここだと、朝子ちゃんがいるし、健ちゃんもおばさんも社長もいるし。僕、ほんとはもっと、こっちにいたいんだ。だから、パパにお嫁さんが来たら、もっとこっちにいれるんだ」

なるほど。それがさっきの「なりなよ」発言に繋がるわけか。

「……はい。僕、また角取っちゃった」

「あー、やられたぁ」

下手な同情をしているうちに、戦局は極めて梢恵に不利になっていた。

そんな昼頃になって、ようやくガラリと玄関の戸が鳴った。

「ただいまぁ」

「あ、朝子ちゃんだ」

脱兎の如く、とはまさにこのことだろう。茶の間の炬燵から抜け出た隼人は、いきなり猛ダッシュ。引き戸を開けて飛び出していくや否や、まだ靴を脱いでもいない朝子にジャンプして飛びついた。それをまた、朝子が見事に受け止めてみせる。女子高生の体力、侮るべからず。

「隼人ォ、よく来たねェ」

「僕今日、朝子ちゃんの部屋で寝ていい？　ねえいい？」

「いーよォ。怖い話、いっぱいしてあげる」

「怖くないもん。僕、朝子ちゃんとなら怖くないもん」

こうなると不思議なもので、朝子が妙に大人びて見えてくる。いや、子供の相手をし慣れているという点では、むしろ梢恵より大人なのかもしれない。梢恵には四つ歳上の兄がいるが、独身なのでむろん子供はいない。また親戚や近所の子供と遊ぶ機会も滅多になく、それを楽しもうという性格でもなかった。

なんだか、ここに人が集まってくる理由が、梢恵にも少し分かった気がした。人として本来すべきことを、曲げずにやり通す強さ。その温かさ。余所者(よそもの)でも受け入れ、食事を出す。他人の子でも預かり、面倒を見る。損得ではない、もっと大切な何か。利害よりも優先されるべき、もっと大きな価値観。ひと言では言い表わせないけれど、でも、そんなものを感じた。

隼人をぶら下げたまま、朝子が茶の間に入ってくる。

「あ、オセロやってたの？　梢恵さん、オセロ強い？」

ずり落ちながら隼人が見上げる。

「んーん、僕より弱いよ」

「よぉーし、じゃあ次はあたしとやろう。ちょっと待ってて。着替えてくるから」

そういえば。

「……朝子ちゃん、テスト、どうだった？」

朝子は今日まで期末テストだったのだ。

「そうそう、バッチリだった。梢恵さんに教えてもらったところ、モロ出た。完璧に書けた。マジ助かった」

それはよかった。まだまだ梢恵でも、高校一年の化学くらいは教えられるということか。


その日はもう、子供遊びのオンパレードだった。

融雪剤を撒いていない、雪の綺麗な畑での雪合戦。続いて雪だるま、かまくら作り。夕方からは母屋でカレーを作った。なぜか茂樹がエビを買って帰ってきたので、それもフライにしてカレーに載せて食べた。

七時半頃、隼人は茂樹と風呂に入り、遊び疲れたのだろう、朝子の部屋に上がるまでもなく、そのまま茶の間の炬燵で寝てしまった。

君江が、その癖のない艶やかな髪を撫でる。

「……梢恵ちゃんもいて、よっぽど楽しかったんでしょう。こっちまで、ずーっと笑い声が聞こえてたもん」

　みかんを剝いていた朝子が「でもね」と切り出す。

「微妙にあたしと梢恵さんのこと、使い分けるんだよ。かまくらでお飯事してたらね、あたしは隼人のお嫁さんで、梢恵さんはママなんだって。で、梢恵さんがフザケて、私は隼人くんのお嫁さんになれないの？　って訊いたら、梢恵さんはパパのお嫁さんになってって。なんか、そこは譲らなかったよね」

　確かにそうだった。梢恵も頷いてみせた。

「どうしてなんでしょうね……まあ、十九で産んでれば、私にも隼人くんくらいの子がいても、おかしくはないわけですけど」

　吸い差しを灰皿で潰し、茂樹が一つ咳払いをする。

「……ユキさんが誰かと再婚したら、そこにもう一つ家庭ができる、とまでは考えられないんだろうな。せいぜい、もう一人若いママができるくらいに思ってるんだろう」

　そう。茂樹は行人を「ユキさん」と呼ぶ。行人は三十八歳、知郎が三十七歳。一歳しか違わないのに、行人は愛称の上「さん付け」で、知郎は名前を呼び捨て。農業におけるキャリアの違いもあるのだろうが、それに留まらない、何か敬意のようなものもそこにはありそうな気がした。

　八時半頃になって、ふいに玄関の戸が開いた。

「こんばんは」

なんと、行人だった。そのまま上がってきて、茶の間に入ったところで正座をする。

「……すみません。遅くなりました」

君江が「どうしたのよ」と訊く。

「もう今日はこっちに来ないで、長野に泊まるんだと思ってたのに」

「いや、でも、なんかご迷惑かけてないか、心配で」

茂樹も「なに言ってんだよ」と笑い飛ばす。

「隼人だって初めてじゃないんだから、大丈夫だよ。心配することねえって」

恐縮したように、行人が頭を下げる。

「いえ、そうだとは思ったんですけど、でもなんか」

「それより行人さん、夕飯はどうしたの。カレーにしたんだけど、まだなら食べなさいよ」

茂樹が「そうしろ」と続ける。

「今夜はこっちに泊まって、明日はこっから現場に行けばいいじゃないか。そうしたら、朝飯も隼人と一緒に食える」

「いや、でも」

「なに遠慮してんだよ。いいからそうしろって」

結局茂樹に押し切られる恰好で、行人は「すみません、ありがとうございます」と、また頭を下げた。

行人と隼人は離れの一階で寝ることになったので、梢恵が先に来てエアコンを点け、布団を敷いておいた。

隼人を負ぶった行人が離れに来たのは、十時ちょうどくらいだった。

さすがは父親。背中の子を下ろすのも慣れたもので、見事隼人を起こすことなく、再び布団に横たえた。

「……すみません。昼間は、たくさん遊んでいただいたみたいで」

喉の奥底を鳴らすような、低く、深い響きの声だった。ちょっと風邪気味なのか、今日のところはやや鼻声で、正直あまり滑舌はよくないのだが、でも、だからこそ逆に耳を傾けてしまう。そんな声だ。

「いえ、そんなことないです。ほとんど、朝子ちゃんと遊んでたので。私は、ほんのお付き合い程度で」

「あと、失礼なことも、だいぶ申し上げたみたいで……すみません。まだ五歳で、何も分かってないんで」

例の「なりなよ」発言のことだろう。

「全然、大丈夫ですよ。気にしないでください」

隼人の布団を挟み、二人が正座で向かい合うという、妙な状況。

「あ……行人さん、お茶かコーヒー、いかがですか。コーヒーはインスタントですけど」

「すみません……じゃあ、コーヒーを。お願いします」

日本間の奥の台所には、必要最低限のものが備えられている。ヤカンもコーヒーカップも揃っている。梢恵はヤカンにコーヒー二杯分だけ水を入れ、コンロに掛けた。火を点ける音だけは、少し気を遣った。何度もカチカチやって、隼人を起こすことだけは避けたい。

なんとか、一回で上手く点けられた。

カップにコーヒーの粉まで入れて、梢恵はまたさっきの位置に戻った。行人はいつのまにか自分の布団を避け、畳に座り直していた。隼人の寝顔をじっと見つめている。一ヶ月分の幸せを嚙み締めるような、優しく、穏やかな眼差しだ。

「……隼人くん、お父さんのことが大好きなんですね」

行人は浅く息を吐き、首を傾げた。

「ほんとは、私がもっとしっかりしてれば、いいんでしょうけど」

「しっかり、してらっしゃるじゃないですか」

「いや……うちの場合、嫁の方が稼ぎが多くて……って言っても、元、ですけど」

そう聞いて、梢恵は初めて、行人の元妻はどんな女性なのだろうと考えた。行人の目は切れ長で、鼻筋も細く通っている。一方、隼人は二重の丸っこい目で、鼻もちょこんと小さい。ひょっとして、隼人は母親似なのだろうか。だとしたら、わりと可愛い感じの人なのではないか。

行人が、窓の方に目を向ける。

「私は、若い頃からずっと、農業をやりたくて。早く田舎に引っ込んで、どこかに土地を借りて、こちらみたいにやりたいって、ずっと思ってたんです。実際、そのために金も貯めてました。彼女も、それは理解してくれてたはずなんですが……いざ東京を離れようと言ったら、断わられてしまいまして。向こうは向こうで、友達と始めた人材派遣会社が軌道に乗ってきた頃で、仕事が、面白くて仕方なかったんですね。他にも、挙げれば小さな原因はいくつかあったんですが……結局、私が家を出ることになりました」

ときおり、風が窓ガラスを揺らすだけの、静か過ぎる夜。

隼人の寝息が、遠い小波(さざなみ)のように優しく耳を撫でる。

「でも、こちらで使ってもらうようになって、農業の難しさを、改めて肌身で感じています。野菜でもコメでも、手間をかけようと思えば、やるべきことは際限なくある。逆に手を抜こうと思ったら、いくらでも怠けることはできる。農業を、ビジネスとしてどう捉えるのか……そこなんですね。無農薬でやるのか、最低限の農薬は使うのか。食味はどうするのか。できたなりのものを、ただ農協に納めればいいのか。それとも、上手くいった経験を活かして、毎年改良を重ねていって、これがうちのコメだ、野菜だといって、ブランド化して顧客を獲得していくのか……」

寝息以外の何かが聞こえ、台所に目を向けると、ヤカンが勢いよく湯気を噴き出していた。

梢恵は断わっていったんはずし、コーヒーを淹れにいった。

よく沸いたお湯をカップに注ぐと、褐色の粉は一瞬で波に呑まれ、焼けた豆の香りを甦らせながら溶けていく。ふわりとメガネが曇るのも、こんなときは不思議と気にならない。

音をたてないようスプーンで軽く混ぜ、ミルクと砂糖を載せたトレイに置いた。智之にも、よくこんなふうにコーヒーを淹れてあげたな、と思い出す。あの頃は、それが特別なことだなんて、まるで気づかずにいた。またあんな機会が持てるのなら、今度はもっと、想いを込めて淹れられるだろうに。

「……お待たせしました」

「すみません。いただきます」

行人は何も入れず、ブラックのままひと口含んだ。舌の上でしばらく遊ばせ、やがて尖った喉仏が、ころりと一往復する。美味しそうに飲む人だな、と思った。自分でもひと口飲んでみると、なんだかいつもより美味しい気がした。

行人がカップから視線を上げる。

「……瀬野さんは、バイオエタノール用のコメの作付け農家を、探しにいらしたんですよね」

決して忘れていたわけではないのだが、急に本題に引き戻されたように感じた。本当なら、自分から行人に説明しておかなければならない事柄だったが。

「ええ、そうなんです……でも、お話を伺えば伺うほど、それは難しいんだなって、思います。『あぐもぐ』のみなさんは、安全で美味しいおコメを、一所懸命作っていらっしゃいます。採算がとれないことを承知の上で、しかも燃やすためだけに、おコメを作ってくださいというのは、ちょっと現実離れしてるのかなって……段々、分かってきた気がします」

行人は口を尖らせ、ひと息ついた。

「もともとは社長も、再生可能エネルギーには、興味を持っていたんです。でもまさに、その採算面での折り合いがつかない……ここは一つ、考え方を変えてみる必要が、あるのかもしれませんね」

考え方を、変える？

「それは、たとえば、どういう」

行人はわずかに笑みを浮かべ、首を傾げた。

「今すぐは、なんとも言えません。でも、採算が合わないというのは、あくまでも現在のガソリンの価格と比べたら、という話です。バイオエタノールには、単なる燃料としての側面以外にも、評価できる点があるはずです。私は詳しくないので、大したことは言えませんが……でも、何かあるはずです。私も、できるだけ考えてみますよ」

ふいに薄いヴェールが剝がれ、北村行人という人の、輪郭が見えた気がした。

梢恵は最初、確かに茂樹のことをぶっきらぼうな人だと感じた。でも話を聞いているうちに、意外と論理的に農業を捉えているのだなというふうに、印象は変わってきた。行人にも、同じものを感じた。いや、茂樹以上かもしれない。論理的で、なおかつ理性的。こういう人がなぜ農業を志したのだろうと、にわかに興味を覚えた。

それと同時に、茂樹が行人に一目置く理由も分かった気がした。言葉でちゃんとは説明できないが、でもなんとなく、納得はした。

強いて言うならば——そう。お侍のような佇(たたず)まいの正しさ、とでも言ったらいいか。朝子でさえ、行人の前では下手な不満は言わなくなるという。

そうだろうと思う。この人は、物静かだけど、正しくて、強い。

そしてそんな行人を、「あぐもぐ」は必要としているのだと思う。

第三章　決断のとき

1

それは、あまりにも唐突な始まりだった。

その日、梢恵は急遽(きゅうきょ)東京に帰ることになった。前日の夜に珍しく片山から電話をもらい、帰ってこいと言われたからだ。ああ見えて片山はいくつか特許を持っており、会社社長としての給与以外にかなりの所得を得ている。その個人申告に必要な資料の一部が見つからないので、梢恵に帰ってきて一緒に探してほしいというのだ。

ほら言わんこっちゃない、やっぱり自分は必要なんじゃないか、という気持ちと、行けだの帰ってこいだの勝手なことばかり言わないでほしい、というのと、心境は少々複雑ではあったが、かれこれ二週間も部屋を留守にしている不安もあった。梢恵は少し休みをもらえないか、茂樹に相談してみることにした。

みんなが朝食の食卓につき、いただきますと手を合わせる直前に切り出した。

「……あの、社長。急なことで大変申し訳ないんですが、今日と明日、お休みをいただくわけにはいかないでしょうか。会社から、急に戻ってこいと言われてしまいまして」

朝子が目を丸くして梢恵を見る。

「今日と明日、二日だけなの？　そしたら戻ってこれるの？」

「うん、そんなに長くはかからないと思うんだ。社長の、確定申告に必要な資料が見つからないって、それだけだから」

朝子が春休みになったら、女三人で温泉一泊旅行に行こうと相談していた。朝子はその計画が流れることを案じたのだろう。

茂樹が一つ咳払いをし、箸を握る。

「……それ、昨夜おたくの社長から電話もらって、聞いてるよ。あくまでも、あんたの本籍は片山製作所だ。そっちの都合なら仕方ないさ。二日でも三日でも、恰好がつくまで行ってくればいい」

君江も、ほっとしたようにこっちを見る。

「除雪も、融けにくそうなところは大体回ってもらったしね。梢恵ちゃん、ちゃんとした休みなかったから。東京戻って、ついでにちょっと休んでくればいいわよ」

「すみません。ありがとうございます」

そして、毎度のこととはいえ君江に駅まで送ってもらい、梢恵は九時五十九分の飯山線に乗り、東京に向かった。

上野に着いたのが十二時四十六分。そのまま会社に行ってもよかったのだが、向こうであまり着なかった衣類をバッグに詰めて持ってきていた。やはりこれを置いてからと思い、まずは北千住のアパートに戻った。

長期出張を覚悟して出かけただけあって、部屋は他人行儀に感じるくらいきちんと片づいていた。でもよく見ると、床には少し埃が溜まっている。冷蔵庫を覗くと、捨て損ねた納豆がふたパック残っていた。開けてみると、納豆はカラカラに乾いて黒く縮こまっていた。

そういえば、少し腹が減っていた。とはいえ乾涸びた納豆以外に食べるものなどない。仕方なく近所のコンビニエンスストアに行き、売れ残りのノリ弁当を買ってきて食べた。愕然としたのは、君江が炊いてくれるご飯との、あまりの違いだ。甘みもコクもなく、ひどく痩せ細ったものを食べさせられているように感じた。もともと、コンビニ弁当で気持ちが豊かになるほど侘しい食生活をしていたわけではなかったが、取り立てて不満に思うほどの美食家でもなかった。それがたったの二週間で、こうまで舌が変わってしまうとは。

安岡家では自家用のコメを、夏場は籾のまま、冬場は玄米の状態で貯蔵しており、少量ずつ精米して炊き、日々の「ご飯」にしている。この貯蔵方法が食味を保つ秘訣なのだという。それを知ったところで、一般家庭ではなかなか真似のできることではないが。

「……ご馳走さまでした」

空の弁当箱にゴムを掛け直し、納豆を捨てたゴミ袋に入れようとした、そのときだった。

突如ガタガタと窓枠が鳴り始め、壁が軋み、床が大きく震えた。

「ちょっと、なになに」

独り言を言っていられるうちはまだよかった。次第に横揺れは激しくなり、クローゼットの扉が勝手に開き、衣装ケースが雪崩を起こし、正月に買ったばかりの液晶テレビが前に倒れそうになった。テレビはすんでのところで支えて事無きを得たが、今度はその場から動けなくなった。

これはちょっと、普通の地震とは違う。外に逃げなければ。

なんとかテレビをうつ伏せに寝かせ、それから四つん這い状態で玄関に向かった。途中、水切りカゴがシンクに落ちているのが見えた。下駄箱の上に置いていた写真立ても下に落ち、ガラスが砕けて失くなっていた。実家の愛犬と一緒に撮った、お気に入りの一枚を入れたものだった。

そう、実家のある千葉はどうなっているのか。

梢恵は部屋の中央に戻り、テーブルの上に置いていた携帯を掴み取り、再び玄関に向かった。写真立てのガラスがスニーカーの中に入っていないか気になったが、見たところ光るものは入り込んでいなかった。その場に尻餅をつき、無理やりスニーカーに爪先を突っ込んだ。

「やだ、やだ……」

下駄箱はまだゴトゴトと鳴っている。ドアノブに摑まって立ち、ロックを解除して外に出た。

一瞬、明るい昼間の光景に安堵（あんど）を得た。二階の外廊下から見る町はいつもと変わりない――いや、よく見ればそれも決して普段通りではなかった。

路地を挟んで向かいにある家の屋根瓦が数枚、すべるように落ちていくのが見えた。並んだ民家の向こう、十階建てくらいのマンション、その隣の同じくらいの高さのビル。この辺りでは飛び抜けて高いその二棟が、まるですれ違おうとするように、別々の方向に頭を振って揺れていた。通りの方を見ると、電線も大きく波打っている。梢恵は柵に摑まりながら階段の方に進んだ。下の路地には数人、近所の住人が出てきていた。誰一人知っている人はいなかったけれど、でも人がいるというだけで、自分がこの町に一人ぼっちではないというだけで、少し救われた気持ちになった。

「危ないよ、瓦が落ちてくるってッ」

男の人が怒鳴りながら、路地から出るよう近所の人を誘導している。梢恵も小走りでコンビニのある通りまで出た。そこにはさらに多くの人がいた。みな着の身着のまま。中には犬を抱いている老婦人も、ベビーカーを押している若いお母さんもいた。携帯を耳に当てている人も。

そう、千葉の実家だ。

梢恵はポケットから携帯を出し、メモリーから実家の番号を読み出してコールした。だが、繋がらない。いきなり話し中になってしまう。電波状態を示すメーターはちゃんと三本立っているにも拘わらずだ。周りで電話をかけている人を見ると、誰も口を動かしていなかった。やはり繋がらないのか。

またグラリときて、辺りで悲鳴があがった。誰もが瞬時に天を見上げた。人知を超えた何かが襲ってくるのではないか。通りにはそんな恐怖が蔓延(まんえん)していた。

揺れが鎮まるのを待って、梢恵はまた携帯を開いた。都内なら事情が違うかもしれないと思い、会社に電話してみたが、やはり繋がらない。長野も駄目だった。君江、茂樹、朝子、安岡家の固定電話と全てかけてみたが、どこにも繋がらなかった。智之にもかけてみたが、同じことだった。

いったん収まった揺れは、数分してまた襲ってきた。その後も収まっては揺れ、収まっては揺れの繰り返しだった。

三、四十分は外にいただろうか。依然、中程度の揺れはあるものの、最初ほど大きなものはこなくなった。やがて、近所の小学校から防災頭巾をかぶった子供たちが下校してきた。途中で親と会えた子、会えなかった子、自分の子が帰ってこないで心配になる親、様々だった。

梢恵が部屋に戻って最初にしたのは、まずテレビを起こすことだった。幸い破損した個所はなく、問題なく電源は入った。また前に倒れてはいけないので、あくまでも応急処置として、テレビと台をガムテープで固定しておいた。

放送中の画面はすでに緊急時態勢、四方を青い枠が囲い、各地の震度や交通機関の麻痺、停電、火災に関する情報を流していた。驚いたのは、画面の右下に表示されている日本地図の太平洋側が、赤や黄色で大きく縁取られていたことだ。画面上には「大津波警報　福島県　津波到達を確認　予想一〇メートル以上」と出ている。

続いて飛び込んできたのは、あまりにも現実離れした光景だった。

《ただいま、報道ヘリから映像が入ってまいりました。これは、仙台市名取川河口付近の、陸上の様子です。住宅や車が、津波で流されています》

チリやスマトラ島沖地震の映像を見て、その後にくる津波がどのようなものか、知ってはいるつもりだった。だが聞こえてくる言葉が英語だったせいか、あるいは流されていく建物が南国風だったからか、今一つ現実のものとして見ることができずにいた。

でも、今回のこれは違う。いま目の前で、よく知った形の日本家屋が流されていく。コンクリート製の建物が呑まれていく。乗用車やワゴン車、トラックがいとも容易く浮き上がり、黒い波に運ばれていく。

そう。信じられないことに、実物の津波は真っ黒だった。海からきたなどとは到底信じられないくらい、大地を襲う津波はどす黒い泥の色をしていた。

道路や建物、車に加えて、津波は広大な農地をも呑み込んでいった。何列も几帳面に並んだビニールハウスを、押し潰すように上から、なんの抵抗も許さず黒く塗り替えていく。

急に、長野の穂高村が気になった。あそこは内陸地だし、千曲川があるとはいえ河口付近ではないし、そもそも太平洋よりは日本海に近い地域だから、心配ないとは思った。でも、やはり気になった。

携帯を見ると、ディスプレイにはいつのまにか「圏外」と表示されていた。

その後もずっとテレビは点けっ放しだった。

最初に報道された死傷者数は、数十人単位だった。でも、そんなはずはないと思った。そんな程度の災害であるはずがなかった。

火災も各地で起こっているようだった。津波で流されながら燃えている家もあった。学校の体育館や公民館に多くの人が避難しているようだが、その様子はなかなかテレビでは流されなかった。各地で停電も起こっている。その影響かもしれなかった。

「福島第一原発」という言葉を初めて聞いたのは、その夜のことだった。地震で冷却装置が故障し、原子炉が高温になっている怖れがあるという。地図で見ると、福島第一原発はまさに、波打ち際と言っていいほど海に直面して建っていた。ここにあの大津波が押し寄せたら、電気系統や様々なシステムが破壊され、原子炉が暴走を始めるだろうことは容易に察しがついた。

チェルノブイリの悲劇を連想せずにはいられなかった。地震、津波に加えて、原発放射能の恐怖。災害が次なる災害を呼び、被害がさらなる被害へと連鎖していく。

怖ろしいことになった。とんでもない事態になった。

一人震えながら、字幕に「千葉」の文字が流れてこないか、じっと目を凝らしていた。しかし被害の中心は岩手県、宮城県、福島県らしく、千葉の情報は滅多に流れてこなかった。無事なら報道されない。それでいいはずなのに、つい目では「千葉」の文字を探してしまう。無事なんだ、無事だから情報がないんだと自身に言い聞かせはするけれど、気がつくとまた「千葉」の文字を画面に探している。そんなことの繰り返しだった。

外部と連絡がついたのは、翌朝になってからだった。

『おお、梢恵。お前、今どこにいるんだ』

片山だった。

「社長、よかった……あ、すみません、私は東京に戻ってきてます。ずっと部屋にこもってました。会社の方はどうですか」

『さすがに、あの揺れだからな。加工途中のとか、在庫の何割かはオシャカになってるだろうな。棚も四、五ヶ所倒れたが、幸い怪我人（けがにん）はなかった。それより、全員が帰宅できたのか、今はその方が心配だ』

テレビでもしきりに、帰宅困難者の報道をしていた。

「電話、もう通じるんですね」

『いや、繋がるところと、繋がらないところがあるみたいだな。でも、しつこくかけてると、何回かに一回は繋がったりする……お前、実家の方はどうだ』

「私も何回もかけてるんですけど、さっきまでは駄目でした」

『そうか……そりゃそうとお前、長野に行きっ放しで、食べ物とか全然ないんじゃないのか』

そう。コメもパンも、買い置きは一切ない。

「はい、缶詰とレトルトがちょっとはあるんですけど、炭水化物系が、何も……仕方ないから、さっきポテトチップをひと袋食べました」

『コンビニとか、行ってみたか』

「いえ、怖いから出歩いてません」

『今から行っても、たぶん何も売ってないぞ。全部早い奴らに買い占められちまってるからな』

「そう、なんですか」

全く、そこまでは気が回っていなかった。

「社長、私、どうしたらいいんでしょう」

『とりあえずお前、会社に来い。うちに多少の蓄えはあるから』

社長の自宅は会社のすぐ近所だ。

「そんなこと言ったって、電車動いてないじゃないですか」

『いや、日比谷線の一部は終夜運行してるらしいから、そのうち全区間再開するだろう。じゃなきゃ、自転車でも漕いでこい』

自転車は、残念ながら持っていない。

八時に北千住駅に行ってみたが、そのときはまだ電車は動いていなかった。歩いていくことも一度は考えたが、でも少し待っていると、八時四十三分から運行を再開するとのアナウンスが流れた。とはいえ、周りは電車を待つ人でごった返している。結局、梢恵が乗れたのは九時をだいぶ過ぎた便で、会社に着いたのは十時ちょっと前だった。

「おはようございます……すみません、こんな時間になっちゃいました」

六階の会議室には片山と、会長をしているお母さん、弟の康弘専務、他社員が三名ほど詰めていた。ここでもみんなテレビを見ている。

「おう梢恵、久しぶりだな。電車、動いてたろ」

「ちょっと待ちましたけど、九時前には動き出しました」

どうぞ、と会長が大きなタッパーを差し出してくる。ごま塩のお握りとウィンナー、卵焼きが入っている。

「すみません、いただきます」

昨日のコンビニ弁当以来の、食事らしい食事。慌てて作ったのだろう。どれも形は不揃いだが、むしろそこに人の手の温もりを、梢恵は強く感じることができた。

行儀が悪くて申し訳ないが、食べながら片山に訊く。

「社長。破損品の片づけとかは」

片山がぷかりと、タバコをひと吹かしする。

「まあ、ぼちぼちやっていくしかないだろうな。とりあえず急ぎの注文の対応だけは、なんとかしなきゃならんが。できるものもあれば、できないものもある……関係先への連絡もとりたいが、まずは社内の、正確な状況を把握する方が先か」

テレビでは、宮城県沿岸部の荒浜地区に二百人ほどの遺体が打ち上げられており、名取市付近でも百人ほどの遺体を県警が確認したというニュースが流れていた。

「じゃ、会長は社員に連絡をとり続けてくれ。無理はしなくていいが、可能ならば出社してくるように。食べ物はあるから、その心配はするなと言ってくれ。で、出社したらまず倉庫に来るように」

それから、片山以下六人で倉庫の片づけを始めた。余震を警戒しつつ、男たちが型番と数量を読み上げ、梢恵が書き取る。ある程度溜まったら、破損品はエレベーターに載せて一階に運ぶ。基本的にはこの繰り返しだった。見た目にはヒビや割れがなくても、同じ箱に入っていたものが割れている場合は廃棄処分とした。何万円もする実験用ガラス器機だ。それでもいいから使いたいという人はいるだろうに、とは思ったが、片山の「信頼第一」のひと言が絶対的基準になった。もったいないが、仕方なかった。

昼過ぎには社員も十名を超え、梢恵は廃棄処分品のデータをパソコンに打ち込む役に回った。

追加のデータを持ってきた康弘と話をしたのは、午後二時頃だった。

「……梢恵ちゃんを長野に行かせたこと、兄貴、けっこう後悔してるみたいだよ」

この通り、康弘と片山は兄弟といえども性格が全く違う。梢恵は、康弘が社長だったらどんなにいいだろうと、常々思っていた。

「確定申告の資料が見つからなかったから、じゃないですか」

「いや、そういうことじゃなくて。やっぱり、寂しいみたい。ここに梢恵ちゃんがいないと」

「それは……気軽におちょくれる人間が、他にいないからですよ」

はい、と傍らに置いていた封筒を康弘に手渡す。

「これが社長が探してた資料、『蒸留と膜分離を組み合わせた分離装置』の使用契約先、一覧です。契約金額とか、期間とかも全部載ってます。それと、『放射性廃棄物の密閉処理容器』の資料は、私は預かってません。元データならこれに入ってますけど、たぶん社長が探してるのは、実験データを添付した書類だと思うので、それは社長が保管してるはずです。あの、段ボール箱の山のどこかに、埋もれてるんじゃないでしょうか」

ありがとう、と康弘が封筒を受け取る。

「やっぱり、梢恵ちゃんがいないと駄目だな」

嬉しいひと言ではあるが、今となっては素直に喜べない。

「……そんなこと、ないみたいですよ。私、長野に行く前に、必要ないって言われましたから。社長に」

恨み言めいてしまうが、他に言いようもない。

「それは、思いきって送り出すための、兄貴なりの方便だったんじゃないかな」

「他にも、いろいろ言われたんです……これでも、けっこう傷ついてるんです」

康弘は封筒に視線を下ろし、浅く息を吐いた。

「……それだけ、梢恵ちゃんに期待してるんだよ」

「期待？　長野の農家に出向させて、何を期待してるんですか」

「それだけじゃなくてさ……梢恵ちゃんに、何か摑んできてほしいんじゃないかな。兄貴としては」

「何かって……つまり、契約ってことですよね」

　フッ、と康弘が笑みを漏らす。

「まあ、冗談の度が過ぎるところは、確かにある。そこは、俺から謝っておくよ。ほんと、申し訳ないと思ってる……でも、梢恵ちゃんが必要ないなんてことは、絶対にないから。そこだけは、分かってやって」

　それはちょっと、ムシがよすぎる話ではないか。


　夕方五時まで片づけ作業を続けたが、到底一日で終わるものではなかった。残りはまた明日ということで、いったん解散となった。

「吉井、長浜、お前らも食うもんないんだろ。大したもんじゃないが、上に用意してあるから、食ってから帰れ」

　吉井と長浜は独身男性社員。梢恵を入れて六人が、朝と同じように会議室で食事をすることになった。お握りと鶏の唐揚げ、それと野菜の煮つけ。お茶は梢恵が用意した。

「いただきます……」

依然、テレビは震災報道一辺倒。中でも大きく扱われているのは、福島第一原発についてだった。核燃料を冷やす冷却材の水位がマイナスを示しており、燃料棒が空気中に露出している可能性が高いという。さらには、燃料棒を覆っている被覆管が溶けているという説も、すでに燃料棒自体が溶け、メルトダウンを起こしているという説もあった。その一方で原子力安全・保安院は、燃料棒の一部露出なら安全性は保てる可能性があるとのコメントを発表した。もう、何が安全で何が危険なのか、素人には全く分からない状況だった。

避難所の様子も、少しずつだが伝えられるようになってきた。

施設入り口に設置された緊急用の照明器具。低い発電機の音。薄暗い体育館内に敷かれた布団。防寒着のまま横たわる人々。食料を運び込む、迷彩服の自衛隊員。お握り一個を、大切に分け合って食べる幼い兄弟。冷たいままだけど、温める方法はないという。インスタントラーメンやレトルト食品を食べるための、お湯を沸かす手段もないという。

会議室の誰もが、手元にある湯飲みを見た。タッパーに残っているお握りを見た。唐揚げを見た。まだ温かい野菜の煮つけを見た。煌々と灯っている蛍光灯の照明を見上げた。

《……お父さんもお母さんも、まだ……見つかってません》

まだ、と言った女子中学生の言葉が心に痛かった。信じたいけど、一緒にご両親の無事を信じてあげたいけど、あの報道ヘリからの映像を見たあとでは、下手な楽観や同情は、無責任な偽善でしかない気がした。

津波が押し寄せる様を撮影した、ホームビデオ映像も公開されるようになった。

どこかの、避難所に指定された高台から撮っているのだろうか。遠い町並みまでが一望できる。視界の真ん中辺りを土手が横切っており、その手前には田んぼか畑か、農地が広がっている。

やがて遠い町並みの向こうに、土煙のようなものが立ち上り始めた。

初めのうちは、さほど大きな騒ぎではなかった。

《あれ、倒れてる……》

何を指したひと言かは分からなかった。でもすぐに、周りがざわつき始めた。

《……ほら、家が流れてる》

《どこ？　どこ？》

《やべェ、家流れてるッ》

それでもまだ若者の声には、何か珍しいものでも見つけたような、楽観とも言える明い響きがあった。しかしそれも、動き出した家屋が手前の家屋にぶつかり、それも動き出して次の家屋を突き動かし、次第に高台に近づいてくる様を目の当たりにすると、悲痛なものへと変わっていった。

決定的だったのは、土手の下をくぐるトンネルにトラックが入っていった瞬間だった。

《そっち行っちゃ駄目だってッ》

声が届くはずもない距離。それでも叫ばずにはいられなかった彼。黒い波は家屋や自動車を巻き込みながら、易々と土手を乗り越えてくる。あのトラックがどうなったかなど、知りようもない。

《やだ、やだ……壊さないで》

《火だ、火災だ》

《ぐちゃぐちゃだ……》

発せられる言葉は次第に意味をなさなくなり、悲鳴だけが折り重なって聞こえてきた。人の暮らしのあらゆるものを呑み込みながら、黒い波は雪崩のように農地を侵していく。スローモーションのようだった。ゆっくりと、だが止めようのない圧倒的な質量で高台に近づいてくる。この辺りから、風とは明らかに違う轟音が響いてくるようになった。その中でも、おばあちゃんはどこ、おばあちゃん、と泣きながら言った女性の声だけは、やけにはっきりと耳に残った。

農地があらかた呑み込まれると、今度は《早く上がって》と叫ぶ声が大きくなった。

カメラが高台の下に向けられる。そこにはまだひと固まりの集落があり、家屋から住民が数人、後ろを振り返りながら逃げ出してくるのが見えた。

《上がれ上がれ上がれェーッ》

低いところにいると事態が把握できないものなのか。まだ住民は、決して全力では走っていなかった。一人の中年女性は何度も足を止め、自分の家を振り返り、成り行きを見届けようとしている。しかし、高台から見る津波は一番手前の区画、最後のひと並びまで迫ってきている。ようやく彼女にも、家々の間から津波が見えたのだろう。急に足が速くなった。全力で高台に走ってくる。

《ヤバい、あの人ヤバい、急いでェーッ》

なんとか、彼女も高台にたどり着いた。画面に映る範囲で、逃げ出してきた人々は全員避難できたように見えた。

それでも、津波の勢いが衰えることはない。

誰かが呟いた。

《……壊滅だ》

年老いた男の、震える声も聞こえた。

《もう……やめてくれ……》

そこでホームビデオは終わり、今度はヘリコプターからの空撮映像へと切り替わった。

《今日午後の、岩手県陸前高田市の様子です》

映し出されたのは、想像を絶する光景だった。水の中に、いや、泥沼の中に何かの空き箱が点在しているようだった。でもそれが、残骸となったコンクリート製のビルであることはすぐに分かった。三角屋根の、一戸建ての家屋は一軒も見当たらない。薄っすらと透けて見えるのは道路か。町全体が、完全に水没していた。

片山が、深く溜め息をついた。

「……こんな……どうすんだよ。どっから、手ぇつけるんだよ」

本当に、何をするべきなのか。どうするべきなのか。

人の頭から完全に思考を奪い取る、絶望的な光景だった。

梢恵はそれ以上、何も食べることができなくなった。

2

会社を出たところで、ようやく実家と電話が繋がった。

「あ、お母さん？　そっち大丈夫だった？」

『うん。まあ、家は大丈夫だったんだけど、この辺り、停電になっちゃってさ。電話は通じないわ、テレビは見れないわで、ほんと怖かったわ』

「ポコは？　怖がってない？」

愛犬のマルチーズのことは、やはり気にかかる。

『怯えてるよ。余震のたびに騒いでうるさいから、今日はハウスに入れっ放し』

そんな、可哀相に。

『あんたは大丈夫だったの』

「うん、大丈夫だった……昨日まで長野にいたんだけど、たまたまこっちに帰ってきててね」

『なんでまた、長野なんかに』

話すと長くなるので、ちょっと出張で、とだけ言っておいた。

「……まあ、また連絡するから。お父さんにも、心配しないでって言っといて」

終了ボタンを押してすぐ、今度は長野にかけた。最初は君江の携帯。でもこれは繋がらず、次に朝子の携帯にもかけたが駄目だった。

だがなぜだか、茂樹のだけは繋がった。

『……おう。無事だったか』

あまり抑揚のない、いつも通りの低い声だ。

「はい、私は大丈夫でした。そちらは、どうでしたか」

『いや、揺れもあんまりなくてな。全然、なんともなかったぞ』

「君江さんの携帯も、朝子ちゃんのも繋がらないんですが」

『そうか? いや、そっちが駄目だったんだろう。朝子が何回か、あんたの携帯にかけたけど繋がらないって、今朝言ってたぞ』

「そうだったんですか……それは、すみませんでした」

とにかく、無事で何よりだ。

『まだ余震も続きそうだし、原発もどうなるか分からんからな。そっちの会社だって、けっこう被害があったんじゃないのか』

「はい。何しろガラス器機メーカーなので、かなり在庫とかが割れちゃって」

『だろうな。とりあえず、そっちの片づけに専念して、また状況が落ち着いたら、連絡してくれ』

「はい、ありがとうございます……」

それで電話を切り、さて他にはどこに連絡しようかと考えたが、あまり多くは思いつかなかった。被害が大きいと言われている岩手、宮城、福島方面に知り合いはいない。大学時代の友人もほとんど東京在住なので、心配はなさそうだ。

となると、やはりあの人、ということになる。

「……もしもし、智くん？」

『ああ、梢恵。どう、大丈夫だった？』

何度もかけたんだけど、みたいに言ってくれるかと思ったが、それはなかった。

「……うん。私は、大丈夫」

『なに、いま長野？』

「んん、たまたま昨日、こっちに戻ってきてたの。今さっき電話したら、長野の方は揺れも大したことなかったって言ってたけど。智くんは？」

『こっちも大丈夫。そっか、戻ってきてたんだ……』

会おうか、というひと言を、少しだけ期待していた。

でも、それもなかった。

『……ごめん、電車来ちゃったから』

そんな音は、ちっとも聞こえないけど。

「うん、分かった……じゃあ、また」

『うん。じゃあな』

終了ボタンを押し、浅く溜め息をつく。

予想以上でも、以下でもなかった会話。でもまた少し、心の中で何かが冷め、何かが乾き、縮こまるのを感じた。

いつもより、明かりの少ない夜。

いつもより、人の少ない街。

アパートに帰り、風呂に入ってしまったら、もう何もすることはなくなった。

ただベッドで布団に包(くる)まり、じっとテレビを見つめている。

死者六百人、行方不明者も同じくらいと報道されていたが、むろんそれが全てであるはずがなかった。役場や警察署、消防署なども被災している。被害状況の把握すら、現時点では満足にできないということなのだろう。

岩手県大船渡市の映像が流れていた。津波が引いたあとに残ったのは、剥き出しの地面と、幾重にも折り重なり、絡まり合った瓦礫と、濛々と立ち込める黒煙だった。横倒しになって道路を塞いでいる家屋。窓ガラスを全て失い、骸骨のようになったビル。さらにその屋上に漁船が載っているという、常識では考えられない画もあった。

市街地に入った記者は、泥と瓦礫と、油が混ざったような臭いが街中に充満していると言った。道端に落ちていたドロドロのランドセルを見つけた彼は、涙声で呟いた。

《これを背負っていた子供は、無事だったんでしょうか……》

屋根のひしゃげた軽自動車、隆起した道路、圧し折れた木材。コンクリート片に張りついた、誰かの結婚写真。

人間の生活という生活の全てが、たったの一日で、まるでゴミ屑のようにされてしまった。建てたばかりの家もあっただろう。買ったばかりの車だってあったはずだ。お気に入りのぬいぐるみだって、日々汗を流した仕事場だって、恋人からのプレゼントだって、きっときっと、いっぱいいっぱいあったはずだ。それらも全て、津波は無差別に、無慈悲に、容赦なく押し流していった。

阪神・淡路大震災のことを思い出さずにはいられなかった。当時、梢恵は八歳だった。横倒しになった高速道路の画が今も印象に残っている。でもあの地震は直下型だったため、津波は起こらなかった。被害の中心は火災や家屋の倒壊によるものだったように記憶している。

それよりもむしろ、光景として似ていると思ったのは原爆投下後の広島・長崎だ。水と火の違いこそあれ、地上にある人の暮らしを根こそぎ奪い去った点は全く同じであるように見える。また、この津波によって福島第一原発が制御不能に陥り、放射能汚染の危険性が高まっているのも奇妙な符合のように思われた。

日本人である以上、広島・長崎を他人事と思ったことはない。終戦記念日近くになると放送されるドラマや、小学校の図書室にあった『はだしのゲン』で、その様相も人並みには知っているつもりだった。ただ、どうしても過去のものという思いは否めなかった。

しかし、この震災は違う。

この災害はまさに今、自分が生きるこの時代に起きている。

その後の数日は、引き続き会社での片づけを手伝いながら、また以前のように在庫管理や伝票整理をして過ごした。

昼時は会議室でテレビを見ながら弁当を食べる。いつのまにか、そんな習慣がついてしまった。話題は福島原発が七割、被災地の様子が三割といった具合だ。

迷彩服の自衛隊員が倒壊した家屋を一軒一軒回り、生存者がいないか、遺体が埋まっていないかを調べている。二日間、屋根の上で過ごしたという老人が助け出されたニュースも見た。腰が抜けて、自力では動けなかったのだという。その老人を自衛隊員が背負い、さらに負ぶい紐の要領で互いの体を結びつけ、傾いた屋根の上を一歩一歩、足場を確かめながら渡っていく。どこからか見つけてきたという梯子を伝い、ようやく地面に下りる。自衛隊員の背中で、老人は泣いていた。ありがとうございます。何度もそう繰り返していた。

かろうじて命は助かり、家も流されなかったが、窓はなくなり、ドアもなくなり、生活用品は全て泥だらけという家庭もあった。

《元通り……何週間、何ヶ月かかるかな。分かんないね》

それでも手を休めず、使えそうなものの泥を払い、ビニール袋に詰めていく。

がんばれ、という言葉がしきりに繰り返される。「復旧」「復興」「希望」が、合言葉のようになっていく。そう、日本は太平洋戦争からも、阪神・淡路大震災からも立ち直った。今度も大丈夫。いつか必ず、あの津波に呑まれた街も元通りの、いや、それ以上に美しい街に生まれ変われるはず——。

確かに、信じている。あれだけのパニック状態に陥って、暴動や略奪に走らない日本人の理知を誇りに思う。停電で信号が機能しなくなった交差点でも、互いに譲り合ってすれ違い、なんとか事故なく通行している。実際、そんな日本人の秩序ある行動には世界から賞賛の声が寄せられている。

震災後、すぐ被災地に向かったボランティアの人もたくさんいる。衣類を届ける人、食料を届ける人、瓦礫の撤去作業に志願する人。誰一人、諦めていない。誰も、もう駄目だなんて言わない。

あんな、途方もない荒野を前にして。

元通りにするのに、何年かかるかも分からないのに。

それと比べて、自分はどうだろう。

「お疲れさまでした……お先に失礼します」

破損品の片づけもあらかた終わり、今はまた以前のように、伝票整理と在庫管理のみの業務に戻っている。お前でなくてもできると言われた仕事を処理し、何事もなかったように過ごしている。変わったことといえば、家に帰ってもテレビを点けっ放しにしていることくらい。今日はどこで余震があり、どれくらいの被害があったのか。原発はどうなったのか。そういう心配から見ているというのもある。でも、たぶんそれだけではない。

上手く言えないけれど、この事態から目を背けてはいけないような、そんな気がしている。知らん顔で日常に戻ることに、言い知れぬ罪悪感のようなものを感じる。何かしなきゃ。何かあの人たちのためになるようなことをしなきゃ。そう思いはするけれど、これといった具体案は思いつかない。

整理箪笥の引き出しを開けてみても、暖かくて丈夫な服はほとんど長野に送ってしまっている。食料は、そもそも被災地に送れるほど備蓄していない。前回母が送ってくれたおコメは、長野滞在が長くなると思ったので一階の管理人さんに気前よくあげてしまった。

預金通帳を開き、残高を見てみる。長野への旅費をここから出したため、実際はもう少し減っているものと思われる。現状、最低でも確保しておかなければならないのは今月の家賃と光熱費、あとはクレジットカードの引き落とし分か。そうなるともう、どう考えても三万五千円くらいしか余裕はない。

それでも、と思う。少しずつでも瓦礫を片づけている人、一人ひとりヘリで救助している人、危険を承知で原発の状況を調べに行っている人だっている。一人ひとりが、できることをする。たった三万五千円だけど、でも、ないよりはマシだと思う。コンビニお握りにしたら三百個くらいにはなるだろう。

翌日。梢恵は昼休みを利用して銀行に行き、日本赤十字社の震災義援金に振り込み手続をした。なんとかなる、と自身に言い聞かせ、伝票には四万円と書き込んだ。

しかし、そうしてみても一向に気持ちは晴れなかった。そもそも四万円ぽっちの寄付で気が晴れるはずもないのだけど、でも、どうしても思ってしまう。自分は何をやっている

のだろうと。誰かが片手間にやっても片づくような仕事に一日を費やし、

「お疲れさまでした……お先に失礼します」

一人部屋に帰っては、布団に包まってテレビを見ている。計画停電の話が出てからというもの、エアコンは一度も使っていない。この寒さに耐えることで何かが赦されるとも思わないけれど、被災地のことを考えたら、とても暖かい部屋の柔らかいベッドで眠る気になんてなれない。

他に何かないのか。もうちょっと、あの人たちの役に立てることはないのか。

今もテレビでは被災地の様子が流れている。

震災当日の、夕方の映像らしい。あるコンビニエンスストアの前には、食料を確保しようとする近隣住民が押しかけていた。そんな彼らに、店主は何やら説明している。

《火事にあったりさ、家を流された人、ほんとにさ、水もなければ食料もない人たちが、今から出てくると思うんですよ。その人たちのためにね、ここにあるものはとっておこうと思うんです》

取り囲んだ住民たちは、小さく頷いている。

《もう少しだけ、我慢してください……お願いします》

店主が頭を下げると、住民たちは納得して散っていった。

夜になり、その店にあった食料や生活物資は避難所となっている防災センターに届けら

れた。食パン、飲料水、ティッシュペーパー、お菓子もある。これもらった？　と子供たちに訊く女性。差し出されたそれに群がる子供たち。みな揃えたように体育帽を赤にしてかぶっている。

《もらったもらったァ》

こんな小さな子供でさえ、物資を余分に取ろうとはしない。自分だけがよければいいだなんて、ここでは誰一人考えない。

明かりも届かない避難所の片隅では、年配女性が堪えきれず流した涙を拭っていた。ご主人と連絡がとれないのだという。

ある方角を指差す。

《……町の方で仕事してんだけど、もう……たぶん……》

それ以上は言葉にならず、ただ首を横に振るだけだった。

翌朝。防災センターの調理場で炊き出しの準備をする女性たちの中に、彼女の姿があった。

前夜とは別人のようだった。

大きな釜で炊いたご飯で、せっせとお握りを作っている。梅干（うめぼし）だろうか、おかかだろうか、何かひと摘み具材を入れた真っ白いお握りが、アルミのトレイに次々と並べられていく。

えらく手際がいい。表情も力強い。大変なのはみんな同じなんだから、助け合わなきゃ駄目。怪我をしてる人だって大勢いる。でも私は元気。だからできることを精一杯やる。主婦ならご飯を作るのは当たり前のこと。そんな姿勢には、逞しさすら感じられた。

《みんな、避難してる方が……》

それに続く言葉は聞き取れなかった。悲しいからじゃない。忙しくて喋っている暇がないのだ。でもたぶん、避難してる方が待ってるからとか、そんなことを言おうとしたのだと思う。

この人だって、被災者なのに。

ふと、君江の作ってくれたお握りの味を思い出した。

温かくて、しっかりとした弾力があって、口の中で膨らむような甘みがあって、なお優しい、あの味。

きっとテレビの中のお握りも、あれくらい美味しいのだと思う。

「……君江さん……私……」

急に涙が溢(あふ)れ、止まらなくなった。

翌日、梢恵は朝一番で社長室を訪ねた。

片山は自分の机で缶コーヒーを飲んでいた。

「おはようございます、社長。いきなりでなんなんですが、私、やっぱり長野に行きます」

ブッ、と噴き出しそうになった片山は、目を丸くして梢恵を見た。

「長野って……だってお前、まだ余震だって収まってねえのに」

「あっちは全然大丈夫みたいです。『あぐもぐ』の社長に訊いたら、そう言ってました」

「だからってお前、何も、今この時期に行かなくたって」

言いながら、梢恵が足元に置いた荷物に目を向ける。

梢恵はかぶりを振ってみせた。

「いえ、今だから行くんです。社長、言いましたよね。私のやってる仕事なんて、誰にだってできる。私なんて必要ないって」

片山が顔をしかめる。

「……確かに、そう言ったけどよ、でも、あのときと今とじゃ、状況が違うだろう。今や、日本中から外国人が逃げ出していくご時世だぜ」

「分かってます。分かってますけど、今もあのときも、私は変わってないんです……社長が言ったこと、その通りだと思います。私、ここにいてもなんのお役にも立てません。でも、こんな私でも長野に行ったら、ちょっとは役に立てるんです。今のところは、除雪とか、新聞紙折りとか、そんな程度ですけど」

新聞紙折り？　と訊かれたが、面倒なので流した。

「農作業はこれから始まるんです。やることはいくらだってあるはずです。私、ニュースで見ました。農地が津波に呑まれていくの……社長だって見たでしょう？　ああいうところ、いっぱいあると思うんです。あの田んぼも畑も、たぶん今年は作付けできません。でも、誰かがおコメとかお野菜、作んなきゃいけないんです。被災地の人がお腹空かさないように、作れる人が作んなきゃいけないんです。私は長野に行って、そのお手伝いをしたいんです」

実際の話をすれば、「あぐもぐ」での農作業も梢恵でなければできない仕事ではない。そもそもサクラという女性の代役なのだし、はっきり言って誰にでもできる程度の作業しかできないと思う。でも、それでもいいと思っている。むしろ、誰がやってもいいのなら、自分がやってもいいのではないか。そんなふうに考えている。

「……本気か」

珍しく、片山が真顔で訊いてきた。

「はい、本気です……今回は」

梢恵も、できるだけ真面目な顔で答えた。

片山が、浅く頷く。

「そうか……まあ、そもそもお前に長野行きを命じたのはこの俺だ。お前が行くって言うんなら、余震以外に止める理由はない。原発はこれからどうなるか分からんが、長野の、福島原発からの距離は東京と同じくらいか、むしろちょっと遠いくらいだからな。放射能問題も、まずないと思っていいだろう。ただし……」

一つ、と断わるように片山が人差し指を立てる。

「お前の本籍はここ、片山製作所だ。そのことだけは忘れるな。お前はただ農家の手伝いに行くわけじゃない。俺が開発したバイオエタノール精製装置の実用化に向けて、それ用のコメを作付けしてくれる農家を見つけに行くんだ。あくまでも、それが第一義だ。分かるな」

それに関してはいまだにまったく自信はないが、一応頷いておく。

「はい。そうできるように、前向きにがんばります」

片山は馬鹿にしたように、フッ、と鼻息を噴いた。

「……お前が、前向きなんて言葉を知ってるとは思わなかったぜ」

まあ、失礼な。

片山が前回までの旅費を精算してくれたので、懐はそれなりに暖かくなった。

会社を出たところで君江に電話を入れる。

今回はすんなり繋がった。

「もしもし、君江さん？　梢恵です」

『うん、いつ電話くれるか、待ってたのよ。安岡が、お前らは電話するなって、催促するような真似するなって、あたしにも朝子にも言うもんだから、我慢してたんだけど……で、どう？　そっちの会社は、どんな感じ？』

やはり。君江の声を聞くと、妙に安心する。

「はい。大体片づいたんで、そちらのご都合がよろしければ、今日にでもまた伺おうかと思ってたんですけど」

『そんな、こっちの都合なんてよろしいに決まってるじゃないの。そう、じゃこれから来れるのね？　こっちに帰ってこれるのね？』

帰る、という表現が、なんだかくすぐったかった。

「あ、でも、今から新幹線予約するんで、何時になるかは分からないんですけど」

『いいわよ、何時でも。じゃあまた、飯山駅に着いたら電話ちょうだい。そしたらもう、すぐにでも迎えにいくから……あ、ちょっと待ってね』

君江は送話口を押さえているのだろうが、声が大きいのである程度は聞こえてしまう。梢恵ちゃん、今日帰ってくるって。えーっ、と叫んだのは朝子だ。ちょっとちょっと、代わって代わって。

ガサゴソと音がし、

『梢恵さん？』

　飛びつくような朝子の第一声が聞こえた。

「うん、実は、今日ね……」

『んもォ、せっかく春休みになったんだから、もうちょっと梢恵さんがそっちにいてくれたら、あたしが東京に行こうと思ってたのにぃーっ』

　なんかもう、それには、笑うしかなかった。

　とにかく今から帰るから、と繰り返し、その電話は切った。

　あと、千葉の実家にも一応連絡を入れておく。

「……あ、お母さん。今、ちょっといい？」

　大まかに事情を話すと、当たり前だが、ひどく心配された。

『そんな、長野なんて……何も、いま行かなくたっていいでしょうに。会社だってもうちょっと考慮して……』

「んーん、今だから行くの。それに、あっちは東京より揺れも少なくて、かえって安全なくらいなんだって……とにかく、いつ東京に戻ってくるか分からないから、おコメとか缶詰とか、しばらくいいからね。じゃあ」

『えっ……じゃあ、ってあんた』

「行ってきます」

『ま、待ちなさい、梢恵』

「またメールするから。じゃあね」

『梢恵ッ……』

母はまだ何か言っていたが、えいっ、と思いきって切ってみた。

正直、勝った、と思った。

今日の時点では、完全に自分の方が竹を割ったような性格だと思う。

3

三月十八日、午後四時五分前。一週間ぶりの長野、飯山駅。

「あっちゃあ……」

先週出発したときも雪は降っていたが、今日の様子はそれ以上だった。

すっかり白に覆われた駅の駐車場。そこに停まった白いワンボックス車から、君江が降りてくる。いつもの濃いグリーンのダウンジャケットに、ジーパン。でも履いているのは、白い長靴。

「……お帰り、梢恵ちゃん」

「ただいま、帰りました」

君江は、荷物で両手の塞がった梢恵を、そっと包むように抱き締めてくれた。

「よかった、無事で……会いたかったよ」

今の自分にこんなことを言ってくれる人が、家族以外に一体何人いるだろう。

「私も、君江さんのお握りを思い出して……一人で泣いてました」

驚いたように君江が体を離す。

「何よそれ。あたしのことじゃなくて、あたしのお握りを思い出してたの？」

「いえ、そういうことじゃなくて……」

まいっか、と君江は笑った。梢恵の右手からボストンバッグをすくい取り、車に持っていく。

「びっくりしたでしょう。こんなに積もってて」

梢恵もあとに続く。

「はい。行く前もちょっと降ってましたけど、一週間経ったら、少しは融けてるだろうくらいに思ってました」

今も、ちらちらと白いものが辺りを舞っている。

梢恵のバッグは、ハッチバックを開けてラゲッジスペースに。

「家に着いたら、もっとびっくりするわよ」

「そんなに積もっちゃいましたか」

「うん。もう、完全に冬に逆戻り。特に昨日が凄かったかな」

そして、いつものように助手席に乗り込んだ、その途端、

「……じゃじゃん」

いきなり後ろから両目を塞がれた。でも、声で分かった。

「んもォ、朝子ちゃん？」

振り返ると、白のふわふわニット帽をかぶった朝子が、運転席と助手席の間に身を乗り出してきていた。わざわざ隠れていたのか。

「梢恵さん、お帰りィーッ」

その体勢から無理やりハグ。ガムでも食べたのか、それともコロンの類か、青リンゴのような香りがふわりと漂う。

「ねえ聞いてよ。あたしだって梢恵さんのこと、すっごい心配してんのに、お父さんが電話しちゃ駄目だって言うの。もうワケ分かんないって言って、毎晩ケンカ。だったらお父さんが電話してよって言っても、お前は黙ってろ、俺には考えがあるとか言うの。でも、考えって何よって訊いても、答えないんだよ。どうせ大したこと考えてないくせにさァ」

苦笑いしながら、君江がエンジンをかける。

「……ほら朝子、危ないよ。ちゃんと座んな」

「梢恵さん、後ろ来てよ」

「どうせ家までなんだから。ごちゃごちゃ言わないの」

結局、そのまま出発。

車中から見る景色である程度覚悟はできていたが、実際「あぐもぐ」に着いてみると、さすがにショックを受けた。

「せっかく融雪剤撒いたのに……また、元通りになっちゃいましたね」

梢恵が除雪した道路沿いの田んぼは、完全に雪に覆われていた。

「でも、決して無駄にはなってないから。融かした分だけ、確実に雪は少なくなってるから……さ、入ろ」

駐車スペースも母屋への通路も真っ白。玄関脇に駐めてある茂樹のバイクもすっかり雪をかぶっている。

「ただいまァ」

さすがに君江や朝子のようにはいかないが、梢恵も控えめに「ただいま」と言ってみた。まだ、ちょっと照れ臭い。

「あの、社長は？」

「一応、スキー場行ってる。でも、震災の影響でガラガラみたい。スキー教室もキャンセルで、生徒はゼロになっちゃったって」

確かに。今は日本全体があらゆることを自粛する傾向にある。コンサートや各種イベントはもとより、多くの試験や授業なども中止ないし延期されているという。さすがにテレビの震災特番は減り、通常のドラマやバラエティを放送するようになってきてはいるが、CMはいまだに「AC」が大半を占めている。企業が「自社の製品を買ってください」とアピールすることに消極的になっているのだ。

「……だからって、早く帰ってきたりはしないのよ。新雪はいいぞ、なんてさ。能天気に夕方まですべりまくってるの。ほんと、普段偉そうにしてるわりに、そういうとこは子供っぽいのよね」

茶の間に上がったが、思ったほど暖かくない。梢恵はいったんダウンを脱ごうとしたが、途中で手を止めた。

それを、朝子が見ていた。

「ごめん。お父さんが、ファンヒーターは使用禁止とかいきなり言い出して、あたしの部屋のまで勝手に片づけちゃって。炬燵は三人揃ったときだけOKで、あとは部屋でも厚着して過ごせって言うの。ほんと滅茶苦茶（めちゃくちゃ）だよ。こんなに寒くちゃ、勉強も碌にできやしない」

「どっちにしたって勉強なんかしないでしょ、あんたは」

君江に言われ、朝子がペロリと舌を出す。

「でも、梢恵さんが来てくれたからね。これで炬燵はOK……と」

朝子が、ちょこんとしゃがんで炬燵のスイッチをオンにする。

この気候の中で節電とは、なかなか状況はハードだ。

やはり五時過ぎに帰宅してきた茂樹に、またよろしくお願いしますと挨拶をした。

「見ての通り、また見渡す限りの雪原になっちまった。除雪も一からやり直しになる。相当キツいから、覚悟しておいてくれ」

君江の説明とだいぶ違うが、そこはよしとしよう。

「やっぱり、しばらくは除雪作業ですか」

「そうなるな。俺と、ユキさんか健介がトラクターで、あとのみんなは手作業だ。なんだったら、スキーを履いてやってもいいぞ」

隣で聞いていた朝子が、顔をしかめて首を振る。

「スキー履いて除雪って、ちょっと面白そうだと思うでしょ？　ダメダメ。絶対やめた方がいい。転んだら最悪だよ。真っ黒けになっちゃうんだから。梢恵さん、騙されちゃダメだよ」

なるほど。迂闊にも、ちょっと面白そうだと思ってしまった。

まもなく夕飯になったが、食堂だと寒いので、茶の間で炬燵に当たりながらお鍋をいただくことになった。たっぷりの野菜と鶏肉。いわゆる水炊きだ。

「はい、どうぞ」

　当然、メガネははずしておく。

「わ、美味しそ……いただきます」

　このメニューだと日本酒かな、と思っていたが、茂樹が選んだのは発泡酒だった。むろん、居候の身で贅沢は言えない。

「まあ、飲め」

「はい。いただきます」

　この夜もよく食べ、よく飲んだ。

　ちなみに離れで一人で寝るのはさすがに寒かろうということで、二階の朝子の部屋に布団を敷いてもらうことになった。

「朝子。あんまり下らないお喋りしてないで、ちゃんと梢恵ちゃん寝かせてあげなさいよ」

「はぁーい。分かってまーす」

　とはいえ、朝子が黙って大人しく寝るはずもない。明かりを消してからも、しばらくは質問攻めにあった。

「クリスピー・クリームとミスタードーナツって、どっちが美味しいの？」

「分かんないなぁ。私、クリスピーのは食べたことないから」

「じゃあじゃあ、新大久保の韓流ショップ、行ったことある？」

「ないない。私、あんまり新宿方面行かないから」

「えっ、新大久保と新宿って、同じなの？」

「同じ、ではないけど、新宿の駅を出て、歌舞伎町を抜けた辺りが、新大久保の韓流ショップのあるエリアだから」

がばっ、と朝子が暗闇で上半身を起こす。

「うそっ、歌舞伎町を抜けていかないと、韓流ショップに行けないの？　歌舞伎町って怖いんでしょ？　それしか行き方ないの？」

「いや、隣の新大久保の駅から行ってもいけるけど……でも、歌舞伎町って別に、そんなに怖いところじゃないよ」

「えーっ、だってヤクザがいっぱいいて、女の子さらって風俗で働かせるんじゃないの？」

一体、どういう情報の仕入れ方をしているのだろう。

「さすがに、それはないと思うよ。特に最近の歌舞伎町は、治安もよくなってきてるっていうし……その、女の子をさらうって、なんでそんなふうに思ってたの？」

暗くても、朝子がアヒルのように口を尖らせたのは分かった。

「お父さんが言ってた。歌舞伎町は怖いんだぞ、って。お前なんかが行ったら、ヤクザにさらわれて風俗で働かせられちゃうんだぞ、って」

うか。

むろん、親心から出た言葉なのだろうが、もうちょっとマシな嘘はつけなかったのだろうか。

翌朝は、六時二十分に起きて君江と朝食の支度をし、七時半頃には食べ終えて片づけ。八時からは集まってきた「あぐもぐ」メンバーとミーティングになった。

場所は母屋の玄関前。

「今日からまたお世話になります。よろしくお願いします」

行人と健介は、小さく拍手をしながら「よろしく」と返してくれた。知郎も、二、三回はゆるめに手を叩いていた。

茂樹が一つ咳払いを挟む。

「……じゃあ、ユキさんと俺で、ハウスの雪をトラクターでどけるから、その間みんなは、この辺りと出入り口の除雪をしてくれ。それが済んだら順次、ハウスに来て炭を撒いてもらうから」

この辺りというのは、つまり母屋周辺の通路や駐車スペース、畑に出ていく通り道などだ。

「じゃ、よろしく頼む」

農作業は基本的にツナギを着てやるもののようだ。茂樹と君江、梢恵は「あぐもぐ」のロゴが入った赤。健介はブルーで、行人はグリーン、知郎は白、朝子がピンク。朝子のが一番可愛い。

君江と知郎は畑への通り道へ。駐車場は健介と朝子、梢恵が担当することになった。

健介がスコップを渡してくれた。

「こんなに早く、梢恵ちゃんが戻ってきてくれるとは、正直思ってなかった。東京の会社だって、けっこう被害に遭ったんじゃないの」

先週まで、健介は自分をなんと呼んでいただろう。確か「梢恵ちゃん」ではなかったと思うが。

「会社の方は、大体片づいたんで。それに、今回戻ってきたのは、むしろその、震災の影響っていうか、そういうのも、けっこうありまして……なんか、おコメとかお野菜たくさん作って、被災地の人に届いたらいいなって。そういうお仕事の手伝いができたらいいなって……急に、思っちゃいまして」

すると、健介は手にしていたスコップを雪に突き刺し、分厚い軍手をしたまま梢恵の手を握った。

「いいよ、梢恵ちゃん。そういうの、いい。俺もさ、今回の震災でさ、やっぱ農業やんなきゃ駄目でしょって、思ったんだよね。人間、なんだかんだ最初に必要なのは食べ物だもん。それがなきゃ、復旧も復興もできないんだもん。まず俺らはさ、安全で旨いコメ作って、野菜作って、そういうことで被災地に貢献していかなきゃいけないいんだよ」

そこに朝子が、ぬっと顔を突っ込んでくる。

「……健兄ちゃん。なにドサクサに紛れて、梢恵さんの手ぇ握ってんのよ。ヤーラしい」

あっ、と健介が手を離す。慌てて一歩後退り（あとずさり）したため、左足がすべって転びそうになる。

「ばっ、馬鹿言うんじゃねえ。そんなじゃねえって」

梢恵はどういう顔をしていいのか分からなかったので、なんとなく笑って誤魔化した。

駐車場の雪掻き自体は難しい仕事ではなかった。地面のコンクリートが出てくるまで、せっせと雪をどかしていくだけだ。当然、雪は敷地の端に積もっていくことになるが、それは仕方ないだろう。

車二台が乗り降りできるスペースを確保した辺りで、健介は「よし」と、小山になった雪にスコップを突き刺した。

「ちょっとハウスの方、見にいってみようか」

「はい」

健介は母屋から離れの前を通るルートではなく、いったん表の道に出て、車庫や倉庫を迂回（うかい）してハウスに向かった。

梢恵は朝子の隣に並んで歩いた。

「また今日も降っちゃったら……嫌だね」

今日も空は分厚い雲に覆われている。

朝子は口を尖らせて頷いた。

「うん……あたし、もう雪は見飽きた。早く春になってほしい」

前を行く健介が、斜め上を見上げる。

「いや、今日は降んねえよ」

「えっ、健介さん、なんで分かるんですか」

「んん……空気、かな。この空気は、そんなに降る感じじゃねえよ。降っても、ほんのちょろっとだろ」

そうか。雪国の人は空気でそこまで分かるのか。

「朝子ちゃんも、雪降るかどうか分かるの？」

「あたし？　あたしは分かんない。でも、もうとにかく雪掻きはイヤ。飽きた。昨日も一昨日も、ずっとなんだもん」

確かに。せっかく春休みになっても、毎日雪掻きでは面白くないだろう。

健介の背中を追ってしばらく行くと、なぜ彼が表の道を通ってきたのかが分かった。母屋の裏手にはまた別の車庫があり、今そのシャッターは開いている。おそらくそこにあったトラクターが、雪掻きをしながら畑に向かったのだ。多少遠回りにはなるが、トラクターが作った道を行った方が歩きやすい。そういうことだろう。

完全に雪がなくなったわけではないが、それでも平らに均(なら)された通路を行くと、広い農地に出られた。

梢恵も炭撒きをしたビニールハウスの骨組の中で、今まさに、二台のトラクターが手分けして除雪を行っている。

「……なるほど」

よく考えたら、梢恵はトラクターという機械そのものをよく知らないのだった。茂樹と行人の乗っているそれは、おそらく同型のものだ。全体はオレンジ色で、前に細長い顔がせり出している。両目のようなヘッドライトが、どことなく特撮ヒーローのお面を連想させる。運転席はその後ろ。ドアやフロントガラスのような囲いはないが、一応屋根は付いている。車輪は、前がタイヤ、後ろは三角キャタピラ。ここからでは遠くてよく分からないが、車高はかなり高そうだ。

健介に訊く。

「あれ、前に付けるわけにはいかなかったんですか」

「前に付けるアタッチメントは高いんだよ。その方が、確かに便利だけど」

要は、ブルドーザーに付いているような箱型ショベルが、トラクターの真後ろに付いているのだ。当然、除雪作業はバックしながら行うことになる。茂樹も行人も、ずっと振り返るようにして運転している。

「なんか、首が疲れそうですね」

「それでも、手作業で全部やること考えたら」

「まあ、そうですけど」

よし、とひと声かけて、健介が回れ右をする。

「炭を用意しよう」

「ああ、はい」

再び母屋横の道具置き場に戻る。またネコを使って融雪剤を運ぶのかと思いきや、

「なるほど」

「こっちの方が簡単でしょ」

健介が用意したのは、子供用のプラスチック製そりだった。しかも二つもある。

「これは、このためにあるんですか」

「隼人がきたときに遊んだりもするけど、雪国じゃこれも立派な運搬用具よ」

各そりに三袋ずつ載せ、紐を引っ張っていく。

「じゃ、梢恵ちゃんたちは先に行ってて」

「はい、分かりました」

恐る恐る引っ張ってみると、確かに。ネコより技術は要らなそうだし、力も使わない。

油断すると下り坂道では踵(かかと)を踏まれることになるが、それさえ気をつけていればこんなに

楽な道具はない。

ハウスに着いてちょっと待っていると、すぐに健介も追いついてきた。

「……スキー？」

この短時間でよくぞというくらい、ばっちりスキー靴を履いて、板まで装着した健介が現われた。

「ひゃっほォーッ。やっぱよォ、炭撒きはこれが一番だろォ」

両手にストックはない。代わりに、ドジョウすくいにでも使えそうな竹ざるを抱えている。前部分が大きく平たく開いた、あれだ。ということは、健介は知郎のようにスコップは使わず、まさに「花咲か爺さん」スタイルで撒くということか。

朝子が首を横に振る。

「……どうしてあの人たち、あんなにスキーが好きなんだろ。お父さんなんてさ、バッカみたいに高い靴とか板持ってるのに、まだカタログ眺めて、これがいいだのあれが欲しいだの言うんだよ。そんなお金があるんだったら、あたしに原チャリ買ってくれたっていいのにさ」

梢恵の父親はスキーはやらないが、ゴルフが大好きだった。そういえば梢恵も、そんなに高いクラブを何本も買うくらいだったら、私たちにも何か買ってよと、母親と抗議したことがある。

「朝子ちゃんは、スキーやらないの？」

　それにも朝子は首を振る。

「小学校まではよくやってたけど、もう飽きた。今は自分の板も持ってない。そんなの買うくらいだったら、あたしは東京に遊びにいって買い物したい」

　こちらはこちらで、筋金入りの東京好きか。

4

　茂樹と行人が粗く雪をどけて、あとからみんなで炭を撒いていった。当然、茂樹たちがどけた雪はハウスや田畑の周辺に、集中的に堆積することになる。あれはどうするつもりなのだろう。また別のところに移すのか。それとも集中的に炭を撒くのか。あるいは日光のみで自然に融けるのを待つのか。

　とりあえずハウス七ヶ所の除雪が終わった、そんな頃だった。

　ピリリリリッ、と鋭い電子音が鳴り、茂樹がツナギのポケットから携帯電話を取り出した。意外にも、茂樹は丸っこいデザインの、可愛い水色の携帯を使っている。

「分かった……おい、そろそろ昼にするぞ」

　その茂樹のひと声で、みんながスコップを傍らに置く。見回すと、君江がいない。いつのまにか食事の支度をしに、母屋に戻っていたようだ。

朝子が大きく伸びをする。

「あー、終わった終わったァ」

ニコニコしながら、行人がその横を通り過ぎる。

「朝子ちゃんにしちゃがんばったね。お疲れさま」

しかし健介は、通りすがりにコツンとその頭を小突いていく。

「……いたッ。何すんのよ」

「っていうか、終わってねえしよ」

知郎は特に口も利かず、みんなとは少し違った角度で畑を横切っていく。どうやら知郎は梢恵に対してだけでなく、みんなと仕事をしていてもあの調子らしい。

「梢恵さん、行こ」

「うん……」

帰りは、君江と知郎が雪掻きした細道を通って母屋に戻った。

玄関で、みんなが一斉に長靴を脱ぐ。いや、健介だけはスキー靴だった。

全部で七人。さすがにこれだけ揃うと、茶の間で食事はできず、食堂の方でということになる。ただずっと体を動かしていたお陰か、暖房なしでもちっとも寒く感じない。

食卓にはすでに、大量の野菜炒めとソーセージ、ヒジキの煮つけが大皿に盛られ、ご飯もよそって配られていた。

「君江さん、すみません。気がつかなくて」

「いいのよ。梢恵ちゃんはうちのお手伝いさんじゃないんだから。『あぐもぐ』の仕事だけしっかりやってくれたら、それでいいの」

せめてと思い、手を洗ってからお箸を並べた。

席に着いた茂樹と行人は、何やらメモを見ながら相談を始めている。

「パプリカは、両方ともこっちでいいんじゃないですかね。そうしたら、トマトが増やせるでしょう」

「トマトか……増やすか？」

「去年、もうちょっとトマトやった方がいいって、社長、言いませんでしたっけ」

「言ったっけ……言ったか。でも、あんときはジャガイモが大変過ぎて、頭おかしくなってたからな……いや、やっぱりトマトは二十六でいいよ。パプリカ、ズッキーニ、パプリカ、パプリカ、トマト、パプリカ。これで決まりだ」

茂樹に訊いても教えてくれそうにないので、梢恵はあえて行人に質問した。

「なんのご相談ですか」

これ？　と行人がメモを指差す。

「これは、どのハウスに何を、何株植えるかっていう計画。ここで一番大きいハウスは四十メートル、それが二ヶ所。三十メートルが一ヶ所で、二十六メートルも二ヶ所。一番小さいのは十七メートル、これが一ヶ所。それに、パプリカ、ズッキーニ、パプリカ、パプリカ、トマト、パプリカと、植えていこうってこと」

「ずいぶん、パプリカが多いんですね」

「まあ、なんだかんだ値段がいいからね。パプリカは『あぐもぐ』の稼ぎ頭なんだ」

ちょっと疑問に思い、指折り数えてみる。

「あれ……ハウスって、七ヶ所ありませんでしたっけ」

茂樹がニヤリとし、こっちを向く。

「よく気づいたな。今ここに書いたのは、定植して実際に作物を育てるハウスだ。確かにもう一つハウスはあるが、そこはイクビョウと言ってな、苗を育てる専門のハウスにする」

イクビョウ、ああ、育苗か。

「さ、食べましょ。梢恵ちゃんも座って」

いつのまにか、みんなは席に着いていた。慌てて梢恵も君江の隣に座る。

「いただきます」

当然というか、そういうご時世というか。

食卓の話題は、自然と震災絡みのものになっていった。

「瀬野さんは、震災当日、どうしてたの？」

行人に訊かれ、梢恵はアパートで一人のときに被災したこと、翌日からは会社で片づけをしていたことなどを話した。

「みなさんは、何をされてたんですか」

行人は自宅で映画を見ており、健介も自宅でスキー板の調整をしていた、ということだった。朝子は学校。知郎は——。

「……僕は、寝てました」

どうも最後が知郎だと、会話がそこで尻すぼみになる傾向がある。

しかし、と話を継いだのは健介だった。

「あのガソリン不足には参ったよな。家の方のスタンドでも、ずらーっと二十台くらい並んでやがってさ」

隣の行人が頷く。

「製油所が操業停止したり、緊急車両に優先的に供給したり、配送もストップしちゃったりで、なかなか普段通りにはいかなかったみたいだね。あと、一般人の買い占めとか」

野菜炒めを自分の皿に取りながら、茂樹が引き継ぐ。

「昨日給油に行ったら、もう待ってるのは三台くらいだったけどな。あれが春まで続いたら、農家はとてもじゃないけど仕事にならない。よかったよ、一週間程度で落ち着いて……今はすっかり、原発憎しみたいな話になってるが、だからってこの国は、これ以上化石燃料に依存できる状況じゃない。どっかの政治家が、CO_2を二十五パーセント削減とか国連でほざいたお陰でな」

ご飯を頬張った健介がうんうん頷く。

「……前にほら、電気事業ナントカのＣＭで、湖から出てきた河童(かっぱ)がスッとぼけたツラで、原子力発電はCO_2を出してませぇん、とかやってたじゃん。あれ、いま放送したら抗議殺到だろうな。CO_2は出してなくても、放射能バンバン垂れ流してんじゃねえか、って」

原子力発電は危険だから駄目、化石燃料も二酸化炭素を排出するから駄目、か。

それ以外の選択肢といったら、あとはなんだ。

「じゃあ、もう発電は風力か、太陽光しかなくなっちゃいますね」

それには行人が首を傾げる。

「そうは言っても、風力と太陽光は安定供給が難しいからね。あと、発送電分離の問題もあるでしょ。送電利権を電力会社が握ってる限り、この国の自然エネルギー発電は発展しないんじゃないかな」

「……えっ、なんですか」

なぜだろう。健介が、悪戯(いたずら)っぽい目で梢恵を見ている。

「梢恵ちゃん、私の出番だ、って思ったでしょ」

「いえ、そんな」

正直、ちょっとは思ったが。

「でも……これはあくまでも発電の問題であって、ガソリンとか、バイオエタノールの問題とは、また別なのかなって」

それには茂樹が首を振る。

「実は、そうとも言い切れない。ブラジルでは去年、すでにバイオ燃料による発電所が操業を開始している。フィリピンでも似たような事業計画があって、それには確か日本の商社も参画しているはずだ。決して別次元の話じゃない」

そうなのか。片山が「発電と燃料は別問題」と言っていたので、すっかりそう思い込んでいた。

茂樹が続ける。

「さらに言うと、海藻からバイオエタノールを抽出する技術も開発されている。しかも、この日本でだ。日本は四方を海に囲まれている。ということは、だ。極端な言い方をすれば、日本の排他的経済水域全てが油田として活用できる可能性があるということだ。しかも海藻なら、わざわざ手間をかけて栽培する必要もない。むしろ、勝手に繁殖し過ぎて困っているところすらある。そんな厄介者を刈り取ってきて、バイオエネルギーにできるんだとすれば一挙両得だよな。アメリカのトウモロコシみたいに、食糧問題に発展する怖れもない」

もし、農作物バイオより海藻バイオの方が有効なのだとしたら、いま梢恵がここにいる意味は、あまりないことになってしまう。少なくとも、片山の事業計画は大幅な見直しを余儀なくされるだろう。

だが、ちゃんと行人が助け舟を出してくれた。

「ただ、バイオ燃料は『地産地消』が原則だからね。沿岸地域は海藻で作ってもいいけど、それを内陸部に運んでくるのに化石燃料を使ってしまったら、なんの意味もなくなってしまう。海には海の、山には山のバイオ燃料があって、いいんじゃないかな」

この発想の大きさ。懐の深さ。

やはり、行人の存在は重要だと思った。

梢恵にとっても、「あぐもぐ」にとっても。


その後も、何日かに一回は雪が降る状況が続いた。

降っては雪をどけ、炭を撒く。ひたすらこれの繰り返し。ただ、毎日全メンバーが揃うわけではなく、日によっては梢恵が一人で畑に出ることもあった。

ある朝。茂樹と二人きりのときに、いきなり言われた。

「あんた、車の運転はできるのか」

場所は母屋の裏にある、農具庫の前。梢恵が車庫だと思っていた、あの、トラクターなどが収められている場所だ。

「一応、免許は持ってるんですが……」

「ペーパーか」

「はい。限りなくそれに近いです」

「じゃ、やめとくか」

茂樹が示したのは、除雪アタッチメントを装着したトラクターだ。

「ええ。ちょっと私には、ハードルが高いかと」

「でも、除雪だったら失敗も何もないぞ。ここでトラクターに慣れておけば、春には耕起くらいできる」

まさか、自分がトラクターの運転をするだなんて考えてもみなかった。そういう目で、茂樹の作業を見てもいなかった。

「……いや、やっぱり、もうちょっと皆さんの作業を勉強してからで。何しろ、運転といっても原チャリくらいしか乗ったことありませんし、縦列駐車とか教習所でもすごい苦手でしたし。とてもじゃないですけど、社長みたいに、角々でククッと曲げるのなんて、できそうにないので」

両眉を吊り上げ、茂樹が鼻息を噴き出す。

「まあ……そうだろうな」

それ以上は茂樹も言わず、さっさと自分だけトラクターに乗り込んで行ってしまった。梢恵はあとから、融雪剤を載せたネコを押して追いかけた。そう、梢恵はようやくネコの扱いを覚えた段階なのだ。

だが、この日の除雪はほんの一時間程度。しかも、一番小さなハウスを集中的にやっただけだった。

ハウス脇の雪まで完全に取り除くと、茂樹は満足げに言った。

「こんなもんでいいだろう……よし、今日は風もなくてちょうどいい。早速、これにビニールを張ることにする」

いよいよ、雪掻きから本格的農作業に一歩前進か。

「ちなみに、このハウスで何を作るか、覚えてるか」

「はい。苗、ですよね。育苗専用ハウス」

「覚えているならよし」

また二人で農具庫まで行き、大きなビニールの巻物と、パッカーと呼ばれる専用クリップ、固定用のバンドを運んできた。

「まず、腰部分を張る」

「はい」

ちょうど腰の高さから下を覆う感じで、ハウスの側面にビニールを張っていく。パッカーとは、断面が「C」になった、十センチくらいの、樹脂製の器具だ。茂樹がビニールの巻物を広げながらあてがい、梢恵がパッカーで骨組に留めていく。まずは上だけを留めるよう言われた。

「ピンと張りながら留めろ」

「はい」

「皺も作らないようにな」

上が張り終わったら下、裾部分も同じ要領で留めていく。

「こんな小さいのだと大したことないが、デカいのだと、しゃがみっ放しの作業になるんでな、けっこう腰にくる」

「ですね……私、もうすでに痛いです」

腰部分が終わったら、いよいよ屋根だ。中央の一番高いところは二メートルちょっとだろうか。

まず、巻いた状態のビニールを茂樹が屋根に引っ張り上げ、

「もっと、しっかり押せよ」

「はいッ……よいしョッ」

端をパッカーで固定したら、徐々に反対方向に広げていく。最後まで広げたら、ピンと

張るよう調整しながら各所を固定していく。ただし、一方の側面は固定せず、両端にハンドルのついた細いパイプに巻きつけ、垂らしておく。

「これは、何をするものなんですか」

「このハンドルでビニールを巻き上げて、開閉するんだ。そうやって、ハウス内の温度調節をする」

「ほほう」

入り口周りにもビニールを張り、最後に、骨組の間を押さえるようにバンドを掛けたら、完成だ。

「ふう……できましたね」

「まあまあ、だな」

ポケットからタバコを出し、茂樹が一服し始める。

「……あ、君江にコメ、頼まれてたの忘れてた」

銜えタバコのまま茂樹が向かったのは、農具庫の隣の建物だった。

ずっとシャッターが閉まっていたので、梢恵はいまだにここがなんなのかを知らない。

ちなみに、ペンキで「あぐもぐ」と書いてあるのはこの建物の屋根だ。

シャッターの前にしゃがんだ茂樹が、立ち上がりながら一気にそれを開け放つ。ガシャーンと大きな音をたて、シャッターはボックスまで巻き上げられた。

中にはまた、正体不明の農業機械があちこちにセッティングされていた。広さは、どうだろう。二十畳くらいだろうか。

「ここは、何をするところなんですか」

「コメの貯蔵と乾燥、籾摺り、選別、精米、あとは袋詰めだな。いうなれば『あぐもぐ』のライスセンターだ」

そう、いっぺんに言われても覚えきれない。イメージできたのは、最後の「袋詰め」くらいだ。

「前に、夏場と冬場ではコメの貯蔵方法が違うことは説明したな」

「はい。冬場は籾摺りをした玄米の状態で、夏場は玄米だと食味が落ちるので、籾のまま貯蔵するんでしたよね」

「その通りだ。そのうち籾摺りも見せてやるが、今日のところは精米だ。こっち来い」

手前にある、エイリアンの頭みたいな機械を避け、茂樹が奥に入っていく。右手にはコメを詰めたものだろう、パンパンに膨らんだ紙袋が何十個も積み上げられている。

「これが、精米機だ」

茂樹が示したのは部屋の一番奥にある、大型コピー機みたいな機械だった。手前の低いところは四角いすり鉢状になっている。

「あんたは君江の炊いたコメを美味しいと褒めてくれたが、実は、うちは大していいコメは食ってない」

「あ、そうなんですか」

これ、と言って茂樹が隣室から出してきたのは、半分くらいの大きさに萎んだコメの袋だった。口を縛っている紐を解き、中に手を突っ込む。

「……これが、玄米だ」

茂樹が手に取ったそれは少し黄色味がかっており、よく見ると確かに、まだ粒の片側に胚芽がついていた。

ひと摘み、茂樹が口に運ぶ。

「……あんたも食ってみろ」

「はい、いただきます」

同じようにひと摘み、口に入れてみる。

「どうだ」

「んん……まあ、生米、って感じですけど……嚙んでると、甘みが出てきますね」

「デンプン質があるんだから当たり前だ」

せっかく、ちょっと褒めようと思って言ったのに。

「で、どうだ。見た感じは」

「見た感じ、は……ちょっと黄色っていうか、白ではないですね」

「色以外は」

「……いえ、別に。特に変わったところはないようですが」

「ところが、このコメでは売り物にならない」

パラリと、四角いすり鉢に手にしていた玄米を落とす。

「これは中米と言ってな。クズ米やヤケ米を取り除いたあとで、粒の大きさを選別するんだが、これはそのときに除外された、製品にはならないコメだ。そうは言っても、粒が小さいというだけで食うにはなんら支障はない。食味も……まあ、厳密に言ったら多少は落ちるが、普段のメシに食う分には全く問題ない。実際、あんたが美味いと言って食っていたのは、この中米だ」

これは、梢恵の舌が肥えていないことを指摘しているのだろうか。それとも農家の倹約について教えているのだろうか。あるいは無意味に贅沢品を求める一般消費者への警告か。

「まあ、この程度のコメでも、玄米で貯蔵してそれなりの炊き方をすれば、そこそこ美味しく食べられるってことさ」

そう言って茂樹は、プラスチックのボウルにひとすくい中米を取り、四角いすり鉢の中に入れた。

そして、スイッチオン。

ブイーンと、ガリガリと、ザラザラが混じったような機械音が鳴り響き、中米がすり鉢の底に吸い込まれていく。茂樹はさらに何杯か追加で投入し、やがて側面にある小さな口から、勢いよくおコメが飛び出してきた。

「……これが、白米だ」

ボウルに取られたそれは、確かに見慣れた白さになっていた。

茂樹は投入口のちょうど裏側に手を伸べ、また何かをすくい取って梢恵に見せた。

「これが、いわゆるヌカだ。玄米の周りを削り取ったカスだな。触ってみろ」

ちょうど黄粉(きなこ)のような粉末に見えたが、もっとキメが細かく、触るとふわふわしていた。

「なんか、柔らかくて気持ちいい……これって、他に何か使い道はあるんですか？」

茂樹はその場で手を払い、下に落としてしまった。

「むろん、これで漬物を作ってもいいが、さすがにプロじゃないんでな。こんなに大量には使いきれない。何しろ、精米をするたびに出るわけだから」

言いながら、積み上げられたコメの袋を見やる。

「オガクズと混ぜて畑に撒けば、土を温めてくれる効果がある。いわゆる温床というものだ。そうやって温められた土に種を播(ま)くと、早く芽が出て、苗が育つ、というわけだ」

なるほど。ヌカにもいろいろ使い道はあるわけだ。

5

三月下旬になってもまだ、穂高村にはよく雪が降った。千葉と東京の冬しか知らない梢恵は「そんなものか」と思う程度だったが、どうやらそうでもないらしい。

雪に覆われた景色を見渡しながら、健介がぼやく。

「……もういいだろう。そんなに降んなくてもよ」

言いながら吐いたのがタバコの煙なのか、あるいは白くなった息なのかも、はっきりとは見分けがつかない。

「例年だと、もう雪は降らないもんですか」

「うん、こんなには降らないかな。いや、去年は四月になってもまだ降ってたか……ああーッ、緑の大地が恋しいぜ」

そう言われても、梢恵はまだ緑に染まった穂高村を見たことがない。巨大な階段状の棚田も、どこまでも続く広大な畑も、今のところはカプチーノの泡みたいな白一色だ。

「さてと。もうひと頑張りして、片づけちまうか」

「はい」

いま梢恵たちがやっているのは「あぐもぐライスセンター」での籾摺り作業だ。籾のまま貯蔵されていたコメから籾殻を取り除き、玄米にするわけだが、むろん手作業ではない。大型の機械で一気に、大量にやる。最初に健介にしてもらった説明によると、システムは大まかにこんな感じになっているようだ。

まず乾燥機を兼ねた貯蔵タンクに蓄えられていた籾が、ダクトを通って籾摺り機に送られてくる。健介は、ひと粒ひと粒がどのように籾摺りされるのか、自分の指で実践してみせてくれた。要は回転速度が微妙に違う二つのタイヤみたいなものが籾を挟み込み、グリッ、とやると、綺麗に殻だけが剝けるのだという。試しに梢恵もやってみたが、

「くッ……ほッ……あいたた」

乾いた籾というのはまるで小石のように硬い。とても健介のようには剝けず、ただ指先が痛くなっただけだった。

最終的に玄米は、一メートルくらいの背丈の、エイリアンの頭みたいな機械から吐き出されてくる。それを三十キロずつ丈夫な紙袋に詰めていくのだが、これにもけっこうコツが要る。紙袋の材質が非常に硬いので、なかなか綺麗には封ができない。

「梢恵ちゃん。もっとこう、口をピシッと折り込んで。最初に、端っこが三角になるように」

「こう、ですか」

「そう。で最後に、その三角のところを、こう」

折り込んだ袋の口の両端、左右に一発ずつチョップを加えると綺麗に角が折れ、先端に付いている紐が結びやすくなる。

「梢恵ちゃん。チョップだけは上手いね」

「ありがとうございます……ほッ」

「なんか、恨みがこもってる」

「そんなことは、ないです……とりゃッ」

できあがった袋は作業場の端に重ねていく。これをこのまま出荷することもあれば、精米機で白米にして出すこともある、ということだった。

この籾摺り作業で梢恵が一番面白いと思ったのは、実はできあがった玄米ではなく、剝がされた籾殻の方だった。籾殻は籾摺り機からまたダクトを通って、作業場の外に直接排出される。いや、放出といった感じか。除雪車が雪を路肩に吐き出すのによく似ている。そうして作業場の先に、三メートルくらいの高さの、肌色の小山ができあがる。あれが全部籾殻というのが、梢恵にはなんとも興味深かった。

梢恵は暇があると、ついこれを弄りにきてしまう。

作業を終えてきた健介が、ちょこんと隣にしゃがむ。

「梢恵ちゃん。それ、そんなに面白い？」

「うん……なんかサラサラしてて、サクサクしてて、砂漠の砂みたいで気持ちいいです。

肌色一色で、すごく綺麗だし。あと、ちょっとくらいは間違って、おコメが入ったままこっちに来ちゃってるんじゃないかって、ずっと探してるんですけど、全然ないんですね。全部、ひと粒残らず綺麗に剝かれてる。全部空っぽ」

　健介もひと握り、摑んでは掌からこぼす。

「そっか……こんなもん、ガキの頃からずっと見てるからな。あんまり面白いとも思ってなかったけど……そうか、綺麗か」

　ゴツゴツとした健介の顔が、ふいに子供のように、ふにゃりと優しくなる。このところ梢恵は健介の仕事を手伝うことが多く、お陰で最初よりはだいぶ打ち解けて話せるようになった。無駄話もするが、農業についていろいろ親切に説明してもくれる。

「この籾殻って、なんか使い道あるんですか？」

「あるある。燻（いぶ）して炭にして、畑に撒くよ」

「ああ、これも融雪剤？」

「いや、土壌改良だね。それによって水捌（みずは）けがよくなったり、微生物が増えたり……まあ、いいことがあるんだよ」

　梢恵にとっては、専門用語が多い茂樹の解説より、健介くらい適当な説明の方が分かりやすいし、何より覚えやすい。

「あそこに放っぽってある、あれな」

健介が指差したのは、笠の形をした金属に、煙突を付け足したような器具だった。大きなラッパにも見える。

「あれで、籾殻の炭を作るんだ」

「あれって、その炭を作るだけの道具なんですか」

「そうね。他に使い道はないね。炭を作るだけだな」

「社長か誰かの、手作りですか」

「いや、普通に売ってるもんだよ。商品として……あれ、なんて名前だっけな。忘れちったな」

たぶん、茂樹なら即答するのだろうけど。

それでも月末近くになると、少しずつ雪の降る量は少なくなっていった。降る量が少なくなれば、炭を撒いた効果も実感できるようになる。場所によっては土が見えるまで雪が融けていたりする。

「健介さん、じ、地面ですよ、土ですよッ」

「うん、そうだね」

まだほんのごく一部だし、例年と比べるとむしろ遅いくらいなので、みんなが感動する様子はまるでなかったが。

茂樹が育苗ハウスの温床を作るというので、その手伝いをした日もあった。

「……温床、ですか」

梢恵の頭には、たとえば「犯罪の温床」とか「天下りの温床」とか、何かよからぬことが日常的に起こり得る環境、みたいな意味の言葉としてインプットされていたが、いやいや。むしろこっちの方が本来の使い方だろう。

「具体的には、どのように？」

「現代農業では、電熱線を利用する方がもはや一般的なんだろうが、うちではそれはやらない。ハイオガと……」

「はい、ハイオガってなんですか」

さすがに梢恵も、分からないことはその場その場で質問する癖がついてきた。

「ハイオガってのはな……うちも前はそうだったが、この辺には今なおキノコ農家が多い。キノコを育てるのにはよくオガ粉を使うんだが、それの使い終わったのをもらってくる……廃棄されたオガ粉、それが『廃オガ』だが」

「了解です。続けてください」

訊けば面倒臭がらずに教えてくれる、という点は、茂樹も行人も健介も同じだった。知郎だけは、ちょっと微妙だが。

「廃オガと粉ヌカを混ぜて、水をくれて踏んづけてやると、発酵が始まって熱を発する。

この熱を利用して苗を育てるわけだ。そもそも、暖かい地方で天気もよけりゃ直接地面に種を播くだけの話だが、ここいらでそんな時期を待ってたら、野菜もコメも売り時を逃しちまう。家庭菜園じゃないんだから、あくまでもビジネスだからな。早く作って、できるだけ多く収穫する必要がある。そのためにハウスで前もって育苗し、天候がよくなったら畑に定植する。すると、早いものは五月にも収穫できる……というわけだ」

なるほど。たぶん分かった。

その茂樹の説明通り、廃オガと粉ヌカを大量にハウスに持ち込み、よく混ぜるという作業を実践した。

「やっぱり、こう……力が、要りますね」

これに関してはスコップでの手作業だった。さすがに茂樹は慣れたもので、リズムよく根気よく、二色の粉を混ぜ合わせていく。

「ここでへたばるな。水をくれたら、あとであんたにたっぷり踏んでもらうんだから」

そうやって作った温床に、後日「育苗ポット」を配置した。小さなカップが何十個も連結したそれに土を入れ、一つひとつに種を入れ、隙間なく温床に並べていく。

「すみません。これは一体、なんの種なんでしょう」

「ヤーコンだ」

「ヤー、コン？」

「あんた、ヤーコン知らないのか」

「はい。初めて聞きました」

「じゃあ、今夜食わせてやる」

その夜、君江にヤーコンのキンピラを作ってもらった。ヤーコン自体は芋の一種のようだが、シャキシャキした食感はクワイに似ており、でも甘みがあるので、ピリ辛のキンピラにするといいおかずになった。お酒のおツマミにもいい。

そういえば、今日は茂樹が何も酒を飲んでいない。

「あれ、社長。ビールか何かご用意しましょうか」

「いや、いい。あとで『ひろみ』に行くから」

隣に座っていた健介がこくんと頷くと、すかさず朝子が手を挙げた。

「はーい、あたしも『ひろみ』行きたーい。ユミさんが作ったキャラメルのアイスクリーム、食べてみたーい」

こういう情報を、朝子は一体どこから仕入れてくるのだろう。

「だから、お前みたいな子供が来るところじゃ……」

そう茂樹が言った途端、ぷっと朝子が膨れる。

「あたしだってどっか出かけたいッ。春休みだってのにさ、毎日雪搔きとかそんなのばっかりでさ。梢恵さんとの温泉旅行もいつのまにか立ち消えになってるし—

確かに。震災以降、そういう娯楽はなんとなく自粛される傾向にある。それどころか、原発から二十キロ圏内は立ち入り禁止になるかもしれないとか、各国が日本製品の輸入に慎重になっているだとか、状況はますます悪くなってきている。

でも、だからといって高校一年生の朝子に、遊びは何もするな、お前は雪掻きだけしていればいいというのも酷な話だ。

君江が野沢菜漬けを自分の茶碗にとる。

「……いいじゃないの、連れてってあげれば」

朝子が隣の君江に向き直る。

「あれ、お母さんは行かないの？」

「あたしは、別にどっちでも」

「じゃ、梢恵さんは？」

すると健介が、なだめるように朝子に掌をかざした。

「分かった……みんなで行こう。今日はさ、行人さんも知郎さんも来るっていうから、ちょっと仕事っぽくなっちゃうかもしれないけど、そういうときは、女性陣はカウンター辺りでさ、ユミさんと飲んでればいいじゃない。朝子もな、前から言ってたんだもんな。ユミさんのアイスクリーム食べたいって」

こっくりと朝子が頷く。

「ね、社長。みんなで行きましょうよ」

茂樹は黙っていたが、逆に駄目だとも言わなかった。

例の如く健介の運転で「ひろみ」に着いてみると、すでに行人と知郎は来ており、奥のボックス席に陣取っていた。

飲み物を頼むと、男たちは早速仕事の相談をし始めたが、そんなに難しい話ではなかった。行人と知郎は、今現在続けている冬の仕事をいつまでやるのか。「あぐもぐ」の仕事はいつからフルタイムでできるのか。そういう、スケジュール調整が主な議題だった。

一杯目のビールが空く頃には、それもほぼまとまった。

「……知郎も、それでいいか」

茂樹が念を押すと、知郎は小さく頷いた。こういう席でも、やはり知郎はほとんど発言をしない。

健介が振り返り、通りかかった夏子を呼び止める。

「なっちゃん。ビールをもう二本と、お新香とポテトチップ。それから……あとなんだっけ」

「だから、キャラメルのアイスクリームだってば」

横から朝子が言うと、夏子も「はい」と笑みを見せ、カウンターにいるユミに注文を復唱した。

しかし、と思う。

梢恵は今日初めて、知郎と夏子が同じ場所にいるのを見たのだが、これが見事なまでに、言葉も交わさなければ目も合わさない。客と店員という間柄だとしても、全く「馴染み」感がない。これで本当に恋人同士なのだろうか。同棲しているのだろうか。知郎か夏子、直接どちらかに問い質したい気分だ。それが駄目なら朝子か健介に。私は知郎さんと夏子さんが恋人同士だと思ってたんだけど、それって間違いじゃないよね、勘違いじゃないよね、と。

行人が知郎のグラスにビールを注ぐ。

「知郎くんの、ご実家の方は、結局どうなったの」

知郎の実家は東京の世田谷区にあるそうだが、古い日本家屋で、震災では屋根瓦がたくさん落ちて大変だったという。

「いえ、まだ……なんとも」

「屋根屋さん、修理に来てくれないんだ」

「……たぶん」

「そうか。東京だって、小さな被害はいろいろあっただろうからね。あちこち、細かい現場があって大変なのかもしれないけど、屋根だけは早くしてくれないと困るよね。シート掛けるくらいの応急処置は、してもらったのかな」

冬の間は大工さんというだけあって、行人はなかなか建築に明るい。茂樹もよく、母屋を増築したいとかバイク置き場をもうちょっと使いやすくしたいとか、行人に相談している。

一方、知郎はというと。

「さあ……あまり、連絡してないんで。分からないです」

舐めるようにひと口だけビールを飲み、またグラスを置いてしまう。両手を腿に置き、黙り込む。端から見ていると、まるで知郎が、茂樹と行人と健介に虐められているように見える。本当はすごく気にかけてもらって、でもそれに応えずにいるだけなのに。

夏子がガラス製の小さな皿を一つ持ってきた。

「はい、キャラメルのアイスクリームです」

「わーい、来た来たァ」

スカートの裾が手に触れそうなくらい、夏子と知郎が接近する。それでも知郎が少し避ける仕草をしただけで、二人は目を合わせることも、笑みを交わすこともしなかった。また喧嘩でもしたのだろうが、それにしても二人とも、ちょっと態度に出し過ぎではないか。

「……んっ、これ、チョー美味しい。この苦味、チョーいい。大人の味。梢恵さんも食べてみ」

ひと口アイスクリームを食べた朝子が、こっちに皿を差し出してくる。だが梢恵が受け取る前に、横から誰かの箸が伸びてきた。

「どれどれ、俺も味見……」

それは、すかさず朝子がブロック。

「ダーメッ、健兄ちゃんはダメ」

「なんでだよ。いいだろ、ひと口くらい。お前、そういうところが子供なんだよな。何が大人の味ぃ、だよ」

「人のアイスクリーム横から味見しようとする方が子供でしょ」

「俺はお前にもらうんじゃなくて、梢恵ちゃんからもらおうとしたの」

「そんなに食べたきゃ、もう一つ頼めばいいじゃん」

健介と朝子は寄ると触るといつも喧嘩のようになるが、それでも、同棲しているのに会話がない関係よりは健全だと思う。

なんなのだろう。知郎と夏子。あの二人は実のところ、どうなっているのだろう。

四月に入ると、育苗ハウスも徐々に活気づいてきた。

今日も茂樹との作業になる。

「すごい、もう芽が出てる……可愛い」

「これが、自然の力というものだ」

ヤーコンが、早くもポットの中で芽を出していた。たぶん種播きをしてから、まだ四日とかそれくらいだ。

「今日はこれと同様に、ナスとトマトの苗作りをする。でもその前に、ハウス内に水を用意する」

「はあ。水は、なんのためでしょう」

「苗にもくれるし、温床にもくれる。確かに用水路に水は流れてるが、あんな冷たいのをくれたら、苗はいっぺんにへたばっちまう。だがこのハウスの中に汲み置きしておけば、自然と十度くらいの温度にはなる」

「なるほど。了解です」

というわけで、近くの水場からバケツで水を汲んできて、ハウス内に十個ほど並べた。終わったら、育苗ポットに土入れ、種播き。当たり前だが、ナスもトマトも種は非常に小さい。

「不思議ですね。こんなに小さな種から、こーんな大きな実が、たっくさん生るんですもんね」

無意識のうちにトマトの大きさを手で作ってしまったが、

「残念だが、その種はプチトマトだ」

茂樹のツッコミは、たいてい容赦がない。

「……それが終わったら、あんたはいったん母屋に戻ってくれ。君江が種籾の準備をしてるから、それを手伝ってやってくれ」

「はい」

そう。梢恵はまだ、茂樹に名前で呼んでもらったことがない。たいていは「あんた」と呼ばれている。「瀬野」でも「梢恵」でもいいから、早く名前で呼んでもらえるようにがんばろう、とは思っているが、何をがんばればいいのかはよく分からない。

とりあえず言われた数だけポットに種を播き、母屋に戻った。

「君江さーん、お手伝いにきましたぁ」

「……梢恵ちゃん。こっちこっち」

声のした方に行ってみると、君江は母屋の隣、屋根付きの通路にいた。

「あの、社長に、種籾の準備を手伝うように……」

「うん、これね」

どこから出してきたのか、通路には大きな浴槽くらいの、青い樹脂製の水槽が置かれていた。

「シンシュは毎年ここでするんだけど、そうするとさ、バイクの置き場がなくなるでしょ。だから春が近づくと、必ず言い出すのよね。もっとちゃんとしたバイク置き場が欲しいって。あんなもん、外に放っぽっといたって壊れやしないのにね」

「あの、シンシュ、ってなんですか」

一瞬キョトンとし、でもすぐ君江の目は笑いに細くなった。

「ごめんごめん。なんかもう、梢恵ちゃんなら分かってくれる気がしちゃって、説明省いちゃうのよね……シンシュってのは、種籾を水に浸すこと。買ってきた種籾は、いったん網の袋に小分けして、消毒するのね。それはもう、安岡が一人でやってある。で、それを今度は、この水槽に浸すんだけど、うちはその網袋を鉄パイプに括りつけて、十袋くらいいっぺんにぶら下げてね、両方から持って、いっせーので浸けるから、どうしても二人必要になるの」

なるほど。「浸種」か。

「でも、なんで種籾を水に浸すんですか」

「それは、あれよ……なんかさ、つまり、乾いたまんまだったら、籾はいつまでも籾のまんまじゃない。だけど、水に浸しておくと、育ち始めるっていうか……その、水温もけっこう重要で。セキサン温度って言って、温度掛ける日数で、百度に達すればいいらしいんだけど」

積算温度、という意味か。

「延べ百度になったら、育苗箱に播いて、そのあとに育苗機っていって、なんかさ、大きなファンシーケースみたいな、要は温室なんだけど、そういうのに入れて芽を出させるわけ……梢恵ちゃん、ファンシーケースって知ってる？」

「いえ、よく分からないです」

ファンシーグッズ、なら分かる。キャラクターがプリントされた文房具などをそう呼ぶが、それがケースとなると、しかも大きくなって温室になるというのは、ちょっと想像しづらい。

「そっか、やっぱり世代間ギャップかな。一人暮らしの子は、たいてい一度は使ったことあると思うんだけどな……あのさ、要は衣装ケースなんだけど、パイプ製のフレームとさ、厚手のビニールでできてて、こう、縦にジッパーで開け閉めしてさ……ねえ、知らない？見たことない？」

こういう、仕事の話と無駄話を同じテンションでする君江って、やっぱりとてもいい人なのだと思う。

第四章　農業の諸々

1

本格的な農作業が始まったのは、四月に入って一週間ほどした頃だった。

「今日から、雪の融けた畑の耕起を始めようと思う」

いよいよ始まるのだと、梢恵は微かな興奮を覚えた。行人、健介の顔にも気合いが漲って見える。知郎は、まあいつも通りか。

まずはトラクターの準備。雪搔きのときは車体後部にショベルをドッキングさせた状態だったが、耕起のときは違う。ショベルを「ロータリー」と呼ばれる専用アタッチメントに交換する。というか、こっちの方がトラクターとしては本来の姿なのだろう。

ロータリーは、その名の通り中に回転軸があって、そこに鎌みたいな刃がたくさん付いていて、それが回転することによって土を掘り返していく仕組みになっている。

「よし、行くぞ」

梢恵はこの日、茂樹の耕起を見学することになった。

畑に着いたら、少し端を残した辺りから作業開始。土埃を巻き上げながら、ザクザクと土を掘り返していく。ロータリーは赤い金属カバーですっぽりと覆われているので、作業中はあまり刃の動きが見えない。でも端まで行って方向転換するときに、ちょっとだけ見える。サソリの尻尾のように後ろのロータリーを持ち上げ、切り返して百八十度向きを変える。そのときだけ回転している刃が見えるのだが、これがなかなか、獰猛で怖ろしい。繰り返し地面を切り刻む、高速回転の鎌。あれなら確かに、雑草やちょっとした木の根っこくらいは難なく切断してしまうだろう。今は雪融け直後なのでそうでもないが、これが暖かくなるに連れて、農作業は雑草との闘いになっていくのだという。

五往復くらいしたところで、茂樹はいったんトラクターを停めた。

降りてきて、トラクターと梢恵を順番に指差す。

「試しに、ちょっとやってみろ」

「えっ……今のを、ですか」

「他に何がある。あんた、他に何かできるのか」

「いえ、何もできないですけど……っていうか、私が失敗しても、社長、怒りませんか」

茂樹は鼻息を噴き出し、ちょっとだけ笑った。

「こんなもんに失敗も何もない。いいから乗って、動かしてみろ」

あれよあれよという間にトラクターに乗せられ、ハンドルを握らされてしまった。

「はい、エンジンかけて……これが、ロータリーの上げ下げ。これが前進で、こっちで後退。これがアクセルと、ブレーキだが、アクセルはほとんど踏まなくていい。スピードはこれくらい、最低でいい。あんまり深く下げると、ガガガッて岩に当たっちまうから、そこまでは下げないように。ときどき後ろを見て確認してな。これが目印。これを見てれば真っ直ぐ行くから……はい、じゃあやってごらん」

しかし、ほとんど車の運転もしたことのない梢恵に、トラクターなど上手く扱えるはずもない。

ランナーと併走するコーチのように、茂樹は畦道(あぜみち)を歩きながら梢恵に指示を飛ばす。

「まだまだ、まだローターリーは上げない」

「は、はい……」

「もっとこっちまで来い。もっとだってば……怖がらなくていいから、端っこまで、ドーンと来いって」

「えっ、でも」

「いいから来いってッ」

結局、二往復したところで交代になった。

「……あんた、あんまり運転センスないな」

「はい。自分でもそう思います」

「素人にしたって、こんなに曲がる人、珍しいよ」

「はい……ごめんなさい」

「謝らなくてもいいが、とりあえず、あれだな。トラクターは無理そうだから、原チャリくらいは、乗れるように練習してもらった方がいいな」

　原付も、あんまり自信ないです。


　基本的に畑は、肥料を撒いて耕して作る。ところが田んぼの場合は、そう簡単にはいかない。

　まずは耕起だが、雪がなくなって間もないというのに、なぜか田んぼはもうワラだらけだった。理由は行人が教えてくれた。

「それはね、秋の稲刈りを見たら分かると思うけど、コンバインで稲刈りをするということは、稲を刈り取ったその場で、脱穀(だっこく)までするってことなんだ。するともう、その場でワラは必要なくなる。それをそのまま、田んぼに捨てておくから、春の今になっても、稲ワラは残っている、ってわけ」

　確かに、稲刈りを直接見たことがないのでイメージはしづらいが、とにかく、去年放置しておいたものが春になってもまだ残っていると。そう覚えておこう。

その、残った稲ワラや稲の切り株ごと、トラクターで掘り返していく。田んぼの耕起は「田起こし」ともいい、それが終わったら、今度は「アゼヌリ」という作業に移るという。

続けて行人に訊く。

「アゼヌリ……ですか」

「瀬野さん、アゼって分かる？」

「アゼ……畦道の、アゼですかね」

「そう、その畦を作る作業が、畦塗り。田起こしをして、そのまま水を張っても、水は溜まらないでしょう。だから、田んぼの端っこの土を掘り起こして、盛り上げて、塗り固めて、土手を作るんだ。それをしてから、少し田んぼに水を入れて、シロカキ。土を捏ねて、トロトロにして、それでようやくちゃんと水を張って、田植え、となるわけ」

分からない。畦塗りもシロカキも田植えも、まだ全然イメージできない。分かったのは結局、耕起だけ。トラクターでサクサクと土を刻み、掘り起こしていくという、目の前にある現実だけ。

梢恵は、小さく溜め息をついた。

体力もない。想像力も人並み以下。だったら、自分にある力ってなんだ。仮にあるとしたら、なんだろう。

女子力？　いや、それもどうだかな。

目的の田んぼや畑が「あぐもぐ」のすぐ近くにあるならばいい。茂樹や健介がトラクターを運転していき、梢恵はそのあとを追いかけて走っていくだけだ。しかし、遠いところにある田んぼは、そうはいかない。一般道をトラクターで走ったら、おそらく交通違反になるはずだ。

「そういうときは、どうするんですか」

一服していた健介が、ニヤリとしながら、倉庫の前に停まっている白いトラックを指差す。

「……あれで行くんだよ」

「いや、トラックで行くのはいいですけど、トラクターはどうするんですか」

「だから、トラクターも載っけていくの。荷台に」

健介が示したトラックは、そんなに大きなものではない。積載量は一トンか一トン半、せいぜいそんな程度だ。

「いいんですか、トラクターなんか載せて。重量オーバーにならないんですか」

「ならないよ。農業機械なんて、そんなに重いもんじゃないから」

実際、その翌々日くらいには遠くの田んぼに出張耕起に行く、茂樹に呼びつけられた。

「別に、あんたにやってもらうことは何もないけど、何事も勉強だ。一緒に来て見てお け」

「はい。お供します」

朝一番。まずはトラックにトラクターを積み込む。まあ、これは思っていたほど大変な作業ではなかった。

「はい、オーライ、オーライ……はい、そのまま真っ直ぐ……いいっすよ。オッケーです」

トラックの荷台に「アルミブリッジ」という、ゴツい梯子のようなものを二本掛け、そこをトラクターが自力で上っていき、荷台にすっぽり納まる。トラクターを運転していたのは茂樹、指示を出していたのは健介だ。

正直、あまりにも簡単に終わってしまったので拍子抜けした。

「なんかもう、ものすっごい当たり前みたいに、載っちゃいましたね」

「そりゃそうだよ。うちは離れたところの田んぼも、けっこうな数請け負ってるからね。こうやってトラクターを積んでって、作業を終えたらまた積んで帰ってくるんだから。ごく日常的な作業の一つだよ」

ちなみに、と健介が人差し指を立てる。

「今日は梢恵ちゃんが社長についていくんだから、向こうではちゃんと、梢恵ちゃんが見てあげてね」

「……え？」

「だから、向こうで降ろすときとか、帰りに積むときは、ちゃんと梢恵ちゃんが見てくれなきゃ駄目だよ、ってこと」

「そんな……今の、オーライオーライを、私がやるんですか」

「そうだよ」

どうやら冗談ではないらしい。健介はそこそこ真顔だ。

「あの、仮にですよ……私のオーライが実はオーライじゃなくて、もし乗り降りに失敗しちゃったら、どうなりますか」

「そりゃ、ガシャーンッて横転、もちろんトラクターはオシャカ。社長は大怪我、下手したら入院。トラックも巻き添え喰って横倒しになって、挙句に……」

「健介くん」

割って入ってきたのは、行人だった。

「さすがに、それは脅かし過ぎ」

「……はは……ですよね」

やっぱりそうか。社長が大怪我、入院辺りから、ちょっと違うんじゃないかと、梢恵も思ってはいた。

トラックで出かける遠くの田んぼというのは、「あぐもぐ」から山を下って、少し開けた平野部にあった。

フロントガラス越しに見る、大きく四角に区分けされた大地。

白、ベージュ、茶色、ときどき緑。

パッチワークで彩られた、広大な農地。

「うわ……これ全部、田んぼですか」

「ああ。俺が全部やるわけじゃないがな」

山間部と違って、平野部は田んぼ一枚一枚がやたらと大きい。

「ここら辺のは、一枚がどれくらいあるんですか」

「二反歩とか、三反歩くらいあるところもあるな」

「あぐもぐ」周辺の田んぼは、二枚合わせても一反に満たないところが多い。単純にこの辺りのは、四倍から六倍の大きさがあるわけだ。

「よし、着いたぞ……降りろ」

「はい」

畦道、と呼ぶにはあまりに立派なアスファルト舗装の道路に立つ。道はずっと真っ直ぐ、彼方(かなた)にそびえる山の方まで延びている。その両側、というか、ほとんど三百六十度、どこを見回しても田んぼばかりという景色。民家はむしろ山側、平地を田んぼに譲るような恰好で、麓に小ぢんまりと寄り集まっている。

「……さて、始めるか」

「はい」

健介に「ちゃんと見てあげて」と頼まれた手前、自分がしっかりしなければ、ほんの小さな危険も見逃すものかと、梢恵なりに気合いを入れていたのだが、

「危ないからどいてろ」

「……はい」

あっさり、退避を命じられてしまった。実際、茂樹には梢恵のサポートなど必要ないようだった。アルミブリッジを設置し、荷台のトラクターに乗り込んだら、するすると自走して降りてくる。全く危なげなく、アスファルトの地面に降り立つ。

「どうした。急にしょんぼりして」

「いえ……なんでもないです」

そのまま作業開始。茂樹は畦の比較的低くなっているところを乗り越えて、田んぼ内に入っていった。

端っこを少し残して、耕起を開始――。

この、端っこを残すというのにも、実はちゃんと理由があるのだと最近知った。要は、

スタート地点から耕起を始めて、くまなく耕してまたもとの地点に戻ってくるわけだが、その動線をできるだけ無駄のない「ひと筆書き」にするのが理想なのだという。

一緒に作業を見ているとき、行人も言っていた。

「社長は農地を見て、ひと筆書きみたいにラインを見取るのが本当に上手いんです。実際、作業は早いし、何より迷いがない。耕起はね、別に同じところを二度通ったっていいし、それ自体は決して失敗ではない。要は、土が耕せてればいいわけだから。でも、田植えになったら話は別。入り口から入っていって、ひと筆書きの要領で隙間なく植えていって、最後も植えながら戻ってきて、最初に入ったところから出て、終わりにしなきゃならない。いったん終わってから、もし真ん中辺りに植え残しがあると分かっても、もう行かれないでしょう。田植え機がそこに行くだけで、今度は植えてある稲を踏み潰しちゃうわけだから」

確かに。それでは本末転倒だ。

「終着点だってそう。こっちから入って、あっちで終わっちゃったら、もう一ヶ所畦を壊して田んぼから出なきゃいけなくなる。そのたびに畦を直してたら、時間ばかりかかっちゃう。だから、田植えはなんとしてもひと筆書きで終わらせなきゃならない、ってわけ」

前に茂樹が、耕起に失敗はない、と言っていたのを思い出した。逆に言えば、田植えでの失敗は許されない、という意味でもあったわけだ。

「……そりゃ、よく考えればできないことではないと思うよ。でも社長は、それが滅法早い。田んぼでも畑でも、たとえそれが変形地だろうと、見た瞬間に、パパパッ、とひと筆書きのイメージができあがるんだろうね。しかも、実際その通りにやって帰ってくる……ほんと、凄いですよ」

いま見ていてもそうだ。なんとなく行ったり来たりしているように見えるが、実は外周をある程度の幅で残してある。あそこを通って最後に帰ってくるんだな、と思って見ていると、本当にそこを通って帰ってくる。茂樹がロータリーを上げて走ることはほとんどない。せいぜい方向転換をするときくらいで、あとはずっとフル稼動。見事なひと筆書きでスタート地点に戻ってくる。梢恵だったら、たぶん上空から見ていてもここまで上手くはできないだろう。

「お疲れさまでした」

「ああ。ちょっと、暖かくなってきたな」

ちょうど二枚終わった辺りで陽が射し始め、三枚目が終わる頃にはだいぶ晴れ間が広がっていた。

「ほんと、いい天気になりましたね……」

東京ではまず見ることのできない、澄んだ青。

どこまでも続く田んぼの上に広がった、大きな大きな空。

「社長。あと、どことどこをやるんですか」

「ここは、これの向こうと、あとはその左だな。この辺りはそれでお終いだ。そうしたらまた少し移動する」

つまり、残り二枚か。いや、でもその二枚を追加すると、おかしなことにならないか。

「社長。じゃあ、今日全部で五枚やったとして、でもそれって、繋げるとちょうど、『コ』の字になりませんか」

茂樹が、ぷかりと一服、吐き出しながら頷く。

「……ああ。まさに『コ』の字になるな」

「なんで、ここの左の一枚はやらないんですか」

それさえやれば「コ」の字の真ん中、空白が埋まる。綺麗な長方形になる。

「なんでって、頼まれてないからやらないだけだ」

「でも社長だって、全部繋げて、一枚にしちゃった方が好都合なわけでしょう」

たいていの産業は、大規模化でコストを削減できるというではないか。

しかし、茂樹は思わずといったふうに、鼻から煙を噴き出した。

「繋げて一枚って……それは、あり得ないな。これを全部繋げたら、軽く十反歩以上にはなる。しかも畑じゃない。田んぼだからな。最終的には水を張って、そこに稲を植えるんだから。その水面から均等に苗が出るよう、水平に田起こしをし、水平にシロカキをし、水平に田植えをしなけりゃならない。それは、広くなれば広くなるほど難しくなる。十反歩になったら、熟練の勘だけではなんともならない。最近は、レーザー光線で水平レベルを出しながら耕起をしたり、シロカキをしたりする農法もあるらしいが、あいにくうちにそんな道具はないんでね。せいぜい、二反歩か三反歩がいいところだ」

そうか。ただ大きくすればいいという問題ではないのか。

「でも……真ん中だけやらないのって、なんか気持ち悪くないですか」

それには、茂樹も苦笑いを浮かべた。

「まあな。任せてくれたらとは思うが、嫌だというんだから仕方ない。こっちも、相手が首を縦に振るまで粘る性分でもないんでな。嫌なら無理にとは言いませんが、って……まあ、そんなところだ」

でもなんか、やっぱりこの「コ」の字は気持ち悪いと思う。

夕飯の支度をしながら、その話を君江にもしてみた。

「あとほんのちょっと。その、ちょっと欠けたところだけなんとかできたら、綺麗な長方形になるんですけどね」

餃子(ギョーザ)のタネを捏ねながら、君江が笑みを浮かべる。

「へえ……梢恵ちゃんが、土地の形がどうとか、作業効率がどうとか言うようになるとは、思わなかったなぁ」

「でも、ほんと嫌な形なんですよ、それが残ってるために。あそこを繋げていいんだったら、こう、こっちのと一緒にしちゃって、向こうは向こうで繋げちゃえば、六枚じゃなくて、正方形に近い四枚にできると思うんですよね。そうしたら、ボコッて出っ張ってるところも真っ直ぐにしちゃって、耕起も簡単になるのに」

でもねえ、と君江は、やんわり首を傾げる。

「あそこら辺の田んぼは、どれもよそから預かってるものだからね。分かるのよ、まとめちゃった方が効率的だっていうのは。真四角にしちゃった方が簡単だっていうのは。でも、そうしちゃったら返せって言われたときに、すぐには返せなくなっちゃうじゃない。やっぱりね、土地っていうのは財産だって、いまだにそういう意識があるのよ。大規模農法とか、効率化とか、みんな頭では分かってるんだと思う。でも、踏み切れないんだな。自分とこの土地に、いつか道路かなんかが通ったら、それだけで莫大なお金が転がり込んでくるんじゃないか。それでなくたって、農地はあまり税金が掛からない。だったら誰にも渡さずに持っていよう。価値が上がるまで抱えていよう……なんかそういう幻想、あるんじゃないかな」

それは、梢恵にも分かる。その場に立ち、自分の目で見る農地がいかに広いものか、こっちに来て実感した。逆に、東京で一軒家が建つ土地がいかに狭いかも思い知った。両者を比べたら天と地ほどの差がある。それほど田舎の土地は大きい。「地方に道路」という幻想が、今この時代にどれほどの神通力を持つかは分からないが、それでも土地を手放すというのに並々ならぬ決心が要ることは、容易に想像できる。

これは、法律の問題なのだろうか。あるいは税制、それとも農政の問題なのか。「農水族」なんて言葉もある。選挙における票田としてのからくりが、この問題にも関係しているのだろうか。梢恵はあまり政治のことは詳しく分からないが、でも、そんな気はする。利権とか補助金とか、何かそういう、茂樹のように純粋に農業をやろうとする人間とは別の意思が働いて、問題を複雑化しているように思える。

「ねえ、君江さん。あそこの土地を任せてくれないのって、どういう人なんですかね」

「あそこって、どこ？」

どこ、と訊かれても、梢恵には上手く説明できない。車で行ったら十分くらい。やたらとだだっ広い、田んぼばかりのところの、舗装された真っ直ぐな道路沿いにある——。

「……ああ、分かった。それ、往郷の辺りだね、きっと。っていうことは、任されてない土地ってのは、たぶん……文吉さんのところじゃないかな。田中文吉さん」

往郷の田中文吉といえば、休耕田を貸してもらえないかと、長野入りした初日に訪ねた家の一軒ではないか。しかも農業機械の営業と間違われて、訂正してバイオエタノールの説明をしようとしたら、すぐに戸を閉めてしまった、あの、一番感じの悪かった老人ではないか。

2

育苗ハウスというのは、まさに苗を育てるためだけのビニールハウスだから、そもそもそんなに大規模なものである必要はない。実際「あぐもぐ」のそれは、真ん中の一番天井が高いところで、大人がギリギリ直立できるくらいしかない。だからこそ、茂樹と梢恵の二人きりでビニールを張ることもできたのだ。

しかしこれが、定植用の大型ハウスとなると話は違ってくる。

「健介ェーッ、もっと引っ張れェーッ」

「はいィーッ」

社員総出でないとビニール張りができない。健介と知郎がビニールの端を持ったままハウスの骨組に上り、茂樹と行人が下からビニールを送って、徐々にハウス全体にかぶせていく。ビニールも、前に梢恵が張ったような短いものではない。最短でも十七メートル、長いものなら四十メートル、幅だって十メートル弱はある。厚みも倍くらいある丈夫なものだ。それをある程度上に送ったら、茂樹と行人も骨組に上る。そうなると、下から送るのは君江と梢恵の役目になる。

「声出せェーッ。イッチニィーッ」

「はい、いっちにぃーっ」

朝子は、言われたらいつでも持っていけるように、留め具のパッカーを持って待機している。でも、なかなかお声が掛からないので、さっきから大欠伸（おおあくび）を連発している。

しかし、ようやく出番がきた。

健介が屋根の上で手招きする。

「朝子、二つッ」

「はいよッ」

今度は行人だ。

「朝子ちゃん、こっちにも四つ」

「はいっ……ほいっ……もういっちょ」

六ヶ所全部に張り終わる頃には、もう完全に日が暮れていた。

ただ、こんなふうに全員で作業をするのはやはり稀（まれ）なことで、別々に行動する日の方が圧倒的に多い。茂樹と健介が田起こしに行っている間、行人と知郎は育苗ハウスで土作り、梢恵は君江と籾摺り、とか。茂樹と行人が畑の耕起に行った日は、健介と君江でズッキーニの定植、知郎と梢恵は育苗ハウスで苗作り、とか。

難しいのは、「あぐもぐ」にはトラクターも田植え機も、コンバインも二台ずつしかないということだ。一台は茂樹が使うとして、もう一台は健介と行人、どちらかということになる。

ときどき君江もボヤいている。

「トラクターだけでもね、もう一台あったら仕事もはかどるんだろうけど、農業機械って、なんだかんだ高いからね。それに、もう一台増やしたからって、収量がアップするわけじゃないし。単に、やってる人が楽になるっていうだけで。だからなかなか、手が出ないんだよね」

最近はこんなふうに、育苗ハウスでポットに種を入れているときが、一番落ち着いて君江と喋れる時間になっている。

「『あぐもぐ』って、年間何トンくらいのおコメを収穫するんですか?」

「何トン、か……何トンくらいだろう」

君江が何やらぶつぶつ言い始める。

「えっと……一俵が、六十キロだから、えっと……でも一反が、約十俵で、ってことは、えっと……」

「あの、そんなに正確でなくてもいいです。適当の、大体で」

そもそも、そんなに意味があってした質問ではない。

「うん。ほら、百姓って、トンではあんまり数えないから。収量の話だと、大体単位は

『何俵』だし、仕事量を計る場合って、なんとなく広さで言っちゃうからね。去年は五反歩作った、とか」

去年ジャガイモを五反歩作って死にそうになった、という話は何度も聞かされている。

「たぶんね、うちが持ってる田んぼは、全部合わせたら五町歩くらいあると思うのね」

反にしたら、五十反歩か。

「で、一反歩から約十俵穫れるとして、一俵が六十キロだから、六百キロでしょ。それの……何倍すればいいんだ。五十倍か……ってことは、何トン？　三トン？　いや、三十トンか」

「うん、三十トンですね」

「でもたぶん、うちは一反から八俵くらいしか穫ってないから、それだったら二十四トンか……それくらいか、ひょっとしたらもうちょっと少ないかも」

それでも二十四トンか。

「なんで一反から八俵しか穫れないんですか？」

「んー、穫れないんじゃなくて、穫らないようにしてるの」

「でも、収穫はなるべく多い方がいいわけですよね」

君江が、ニヤリとしてみせる。

「……そう、とも言いきれないんだな。収量を多くしようとして肥料を多く撒くと、かえって稲が倒れちゃう場合が多いらしいのね。頭が重いからか、茎がひ弱なんだかは分からないけど。あと、日当たりが悪くても倒れるか……で、倒れちゃった稲って、やっぱり味が落ちるんだって。だからうちは、肥料は控えめにして、代わりにある程度隙間を空けて植えて、風通しをよくして新鮮な空気を吸わせて、日光もたっぷり浴びさせて、最後まで立っていられるような強い稲を育てるようにしてる。そうしてできたコメって、やっぱり味もいいのよ。でもその代わり、どうしても反十俵は穫れない……当たり前だよね、隙間空けて植えてんだから。大体八俵か、それ以下になることもあるみたい」

なるほど。

「収量よりも、食味を上げることを優先している、と」

「そう。美味しいおコメを、ちょっと高めに買ってもらって、うちは帳尻を合わせている、と」

非常によく分かった。

「つまり、農業をビジネスとしてどう捉えるか、ということなんですね」

なんだろう。君江は急に目を丸くし、梢恵を見た。

「梢恵ちゃん、なんか急に、行人さんみたいなこと言うようになったわね」

「え、いや……あ、そうですか？」

そうか。これを言ったのは、そもそも行人だったか。

朝子がどのように交渉したのかは分からないが、ある日突然、「あぐもぐ」に真っ赤なスクーターがやってきた。

「やったァーッ。お父さん、ありがとォーッ」

梢恵はそのとき初めて、朝子が茂樹にハグするのを目撃した。それを「よせよ」と、さも迷惑そうに引き剝がす茂樹。まあ、照れているだけだとは思うが。

白いワンボックス車の横にちょこんと停められた、やや丸みを帯びたデザインのスクーター。早速、新品の赤いヘルメットをかぶった朝子がシートに跨る。朝子はすらりと脚も細いので、なかなか様になっている。

「これさ、梢恵さんも乗っていいんだからね。誰が乗ってもいいってことで、買ってもらったんだから」

そうは言っても。

「私、原チャリなんて乗れないよ。もう何年も、触ってもいないもん」

「大丈夫だって。一応、免許は持ってるんでしょう？　だったら簡単だって。ちょっと練習すればすぐ乗れるって」

腕を組んで見ていた茂樹も頷く。

「新品だと、傷つけちゃいけないような気がして、案外乗りにくいもんだが、いずれ必ず、誰かが最初の傷をつけることになる……なんだったら、俺が二、三回すっ転ばして、適当に傷モノにしてやろうか」

やだッ、と朝子が覆いかぶさり、ヘッドライトの辺りを守ろうとする。うりゃうりゃ、と足跡をつけようとする健介の足を、逆に朝子が蹴飛ばそうとする。

こういう場面で、決まって助け舟を出すのが行人だ。

「まあ、これがあれば、もう一人別ルートで水見に回ることもできるし、田植えの時期は、これでお弁当くらい運べるから、便利になるでしょう。瀬野さんも、ちょっと練習しておいてよ」

「はあ……まあ、努力します」

だが、その必要に迫られる場面は意外と早くやってきた。

数日後、健介や行人はズッキーニとパプリカの苗をハウスに定植、梢恵は茂樹と田んぼの畦塗りに行くことになった。場所は例の変形地、文吉の土地が喰い込んで「コ」の字になっている、あそこだ。

いきなり、茂樹が真っ赤なスクーターを指差した。

「おい、あんたはこれで追いかけてこい」

むろん「あんた」というのは梢恵のことだ。

「そんな無茶な……今日は、遠慮しておきます。助手席に乗せてってください」

駄目だ。あんたは強制的にやらせないと、運転の練習なんていつまで経ってもやらないタイプだ」

なぜ、見抜かれてしまったのだろう。

しばらく粘ったが勘弁してもらえず、なぜか朝子まで「がんばって梢恵さん」と向こうに回ったので、結局、梢恵はスクーターで田んぼに行かざるを得なくなった。まあ、試しに近所を二周くらいしてみたら、なんとなく勘は戻った。

「じゃあ、行ってきます……」

「気をつけてね、梢恵さん。絶対に転ばないでね」

「うん、なるべくそうする」

一度走り出したら、もう手を振り返す余裕もない。

そもそも、そこまでして自分が田んぼに行く必要はあるのか、という疑問がある。茂樹も言っていたが、田起こしだろうが畦塗りだろうが、梢恵が田んぼでできることなど一つもない。だったらハウスで苗作りとか、他のハウスへの定植とか、そういうのを手伝う方が効率的ではないのか。

だが、それでも助手に意味はある、と行人は言う。一人で作業に没頭していると、どうしても事故が起きやすくなる。でも誰かがそばで見ているだけで、助手の目があるというだけで、簡単な事故なら未然に防ぐことができる、と。では、誰がその役に適しているかというと、力があるわけでも、技術があるわけでもない梢恵、となるわけだ。

とりあえず、現場までは無事に着いた。

「はい、おーらーい、おーらーい……大丈夫でーす」

荷台からトラクターを降ろすときの助手も、立派に務めた。そして今日は畦塗りなので、後部にはロータリーではなく、畦塗り専用のアタッチメントが付いている。

田んぼの様子を見ていた茂樹がこっちを向く。

「畦塗りってのがなんだかは、分かってるな」

梢恵は大きく頷いてみせた。

「はい。田んぼに水を溜められるように、周りに土手を作ることです」

「よし……まあ、見ておけ」

茂樹はいったんトラクターに向かったが、なぜかポケットを触りながらこっちに戻ってきた。

「……忘れてた。これ、バイブが壊れてるんだった」

かなり年季の入った水色の携帯を取り出し、トラックの荷台に置く。

「ポケットに入れといても気づかないから……これ、鳴ったら出てくれな」

「私が出ても、いいんですか」

「別に、あんたに出られて困るような相手からはかかってこない。安心しろ」

どういう意味だろう。自分にそういう後ろめたい部分はない、という意味か。それとも、そういう相手はこの携帯にはかけてこない、ということだろうか。

そう、梢恵は前から不思議に思っていたのだ。君江と「ひろみ」のママ、ユミは、なぜあんなに似ているのだろうと。君江は、自分とよく似た女がいる飲み屋に茂樹が通っていることについて、どう思っているのだろう。梢恵は決して、茂樹を疑っているわけではない。ただ、君江の心境は複雑だろうと思うのだ。でも、だからと言ってそれを誰かに確めることはできない。君江さんとユミさんって、似てますよね。なんででしょうね。そんなこと、行人にも健介にも訊けやしない。

「なに変な顔してんだ」

「いえ……別に。変な顔では、ありません」

茂樹は、フンッと鼻息を噴いて、トラクターの方に向かった。

そう、畦塗りである。

これに限らず、農作業の手順や仕組みというのは、聞けば聞くほど、知れば知るほど、論理的にできているのだなと感心する。

たとえば水田。畑と違って水を張るのだから、いわばプールのように水を溜めるのだから、当然水が漏れるのを防ぐ「立ち上がり」が必要になってくる。それが「畦」であり、それを作るのが「畦塗り」である。具体的にどうやるのかというと、まさに、いま茂樹が実際にやっている作業だ。

今回、トラクターに装着されている畦塗りアタッチメントには、ふた通りの役割がある。土を掘り返すのと、その土を塗り固めるという二つだ。掘り返す部分はロータリーとよく似ている。幅は狭いが、やはり回転軸に鎌が何枚も仕掛けられていて、それが土を刻むように掘り返していく。そのすぐ後ろには円盤状のパーツが縦に控えている。これにも軸があって、作業中はぐるぐる縦に回っている。この円盤部分が立ち上がりの側面を押し固め、その軸部分が上から土を押して平らに整える。ミニロータリーが掘り起こし、円盤が押し固める。この連携によって、田んぼの周りに、カチッと角張った畦は作られていく。

しかし、それがどんなに論理的な仕組みでも、尊敬すべき人物の仕事でも、ただ見ているだけというのは、やはり退屈なものだ。

一人、農道に残された梢恵は、ときおり小さな声で言ってみる。

「……ふれー、ふれー、しゃ、ちょ、お」

一度始めると、これが案外クセになる。止まらなくなる。

「がんばれ、がんばれ、しゃ、ちょ、お」

やがてそれに妙な節がつき、適当な歌詞がつき、次第に作業を応援する内容でも、茂樹を励ますものでもなくなっていくのだが、たいていは完成する前に、一周作業を終えた茂樹が梢恵のいるスタート地点に戻ってくる。

畦を乗り越え、よっこらしょと農道に出てくる。

「お疲れさまです」

「……うん」

そして、畦塗りの終わった田んぼを振り返り、決まって茂樹は梢恵にこういう。

「どうだ。男前になっただろう」

「はい。とっても男前です」

どうやら「あぐもぐ」では、畦塗り後の田んぼを「男前になった」と表現するらしいのだ。

問題が起こったのは、さて夕飯を食べようかとなった頃だった。

「……あれ、そういや、俺の携帯がねえな」

いつもの如く食堂には君江、健介に行人、知郎、朝子もいるのだが、今日一日、茂樹と行動を共にしていたのは梢恵だけ。当然、携帯の行方を知っているのも茂樹か梢恵、ということになる。

「社長、バイブが壊れてるからって、私に出ろって、トラックの荷台に置きましたよね」

ああ、と隣で健介が頷く。どうやらバイブの故障は周知の事実らしい。

「でもそのあと、移動する前に自分でとった。ポケットにしまったのは覚えてる」

「だったら、そのあとは私、知りませんけど」

「あれ……そのあと俺、またあんたに預けなかったか」

「いえ、言われたのは最初だけです」

「言わなかったかもしれないけど、黙って預けなかったか」

「いや、預かってないですよ。荷台に置いたのも、最初しか見てません」

「じゃ、まだ荷台に載ってんのかな」

茂樹はいったん外に見にいったが、首を傾げたまま戻ってきた。

「荷台にはねえな。運転席にもなかった……ちょっと誰か、鳴らしてみてくれないか」

「ああ、あたしが鳴らす」

君江が携帯を構え、いくつかボタンを押して耳に当てると、みんななんとなく無言になって、どこにともなく耳をそばだてた。知郎まで、呼び出し音が聞こえないか辺りを見回している。

「……この近所、じゃないわね。どっか、田んぼの方にでも落としてきたんじゃないの?」

君江が携帯を閉じると、チッ、と茂樹が舌打ちした。

「マズったな。今夜、バイクの改造パーツの見積もりの連絡が入るはずなんだよな」

「あんた、いつのまにそんな見積もり出したの」

だが梢恵の記憶の限りで言うと、茂樹はたぶん、トラックの荷台から携帯を回収してはいない。可能性があるとすれば、最初にトラクターを降ろした辺り。あそこでまたトラクターを載せて、次の田んぼに向かった。そのときに荷台は確認したはずだから、落としたとすればそれより前だ。荷台をオープンにして、アルミブリッジを引っ張り出した、あのときだ。

「社長。私はやっぱり、最初のところだと思うんですけど」

「いや、あそこでポケットにしまったのは、なんとなく覚えてる」

「そう、ですか……でも私は、社長はしまわなかったような気がするんです」

「むしろ、次のところで一服しただろう。あのときに、落としたような気もするんだよな」

一服のときに落としたのなら、梢恵だって気がつく。

「じゃあ私、ちょっと行って、見てきましょうか」

半日乗っただけだが、けっこうスクーターには慣れていた。

「そうか……悪いな。申し訳ないが、俺はもう……」

茂樹がすまなそうに、空っぽになったコップを上げてみせる。

もう、一杯飲んでしまった、と。

そしてたまたま、梢恵はまだビールに口をつけていなかった、と。

夜道が怖くない、と言ったら嘘になる。田舎の真っ暗は本当に真っ暗だ。視界はヘッドライトが照らす範囲のみ。暗がりから何か出てきたら、襲い掛かってきたらどうしよう。いつのまにかそんなことを考えている自分がいる。でもそれも、山を下りて大きな道に出るまでだった。そうなったら間遠でも一応街灯はあるし、たまには信号もある。遠くには集落の明かりも見える。全くの暗闇ではなくなる。

むしろそういう地域を抜けて、再び農地に入っていくときの方が怖い。農地に街灯はない。夜の海のように、だだっ広い闇が横たわっているのみである。

「イチ……二本目を、左」

例の田んぼへの行き方は再三、茂樹と行人に確認してきた。梢恵が覚えている行き方で間違いないようだった。健介が一緒に行くと言ってくれたのだが、今日の助手は自分だったのだから、と遠慮した。そう。茂樹のうっかりとはいえ、預かったという意味では、梢恵にも責任はある。捜しにいくくらいは、自分がしなければと思う。

昼と夜とではむろん見える景色はまるで違うが、それでも、この辺じゃないかな、という辺りまではたどり着いた。山の近くにある民家との位置関係。数は少ないが、たまに立っている電柱。確か、こんな景色を見ながら自分は、適当に作った社長の歌を口ずさんでいたのではなかったか。

そんなことを思いながら田んぼを見ていたら、妙なものが視界に入った。

しゃがんだ、人？　誰かの、背中？

　メガネの位置を微調整し、よく目を凝らしてみたが、やっぱりそう見える。こんな時間に誰だか知らないが、雑草だらけの田んぼの真ん中に、こっちに背を向けて縮こまっている人がいる。そう、畦も塗っていない、耕起もしていないその田んぼは、茂樹が預かりたくても預けてもらえなかったという、あの邪魔っけな田んぼだった。

　どうしたのだろう。ひょっとしてあの人は、具合でも悪いのか。黒っぽい作業用ジャンパーの背中は、固まったままピクリとも動かない。

「……あのォ、どうかされましたかァ」

　声をかけてから、逆に自分で怖くなった。急に相手が振り返って、ゾンビのように襲い掛かってきたらどうしよう。でも、大丈夫か。こっちはスクーターだ。全力で逃げれば追いつかれることはない。はず。

「あの……大丈夫ですか？　どうか、なさいましたか」

　すると、ふいに相手は立ち上がった。手に何か持っている。アルミ製のバケツ、だろうか。それをぶら下げて、梢恵のいる方ではなく、むしろ少し離れる方向に歩き始める。ヘッドライトが、無遠慮にもその横顔を照らし出す。

　見覚えのある老人だった。

　たぶん、田中文吉だ。

「あの……」

老人は田んぼの端っこまで行き、バケツをいったん農道の方に置いた。何かが、ガラガラッと鳴る。そこはもう、ヘッドライトの明かりが届かない場所。農道に這い上がるときの表情も、バケツの中身がなんなのかも、梢恵には分からなかった。

農道に立つと、黒っぽい背中は真っ直ぐ、暗い山の方に進んでいった。融けるように、徐々に闇へと吸い込まれていく。最後まで見えていたのはバケツの銀だったが、それもまもなく、闇に呑まれて見えなくなった。

ふと、いま見たのが幽霊だったら、という想像が脳内に湧いた。

いや、それはない、と思いたい。

3

茂樹の携帯は結局、「あぐもぐ」内で見つかった。

暗がりに落ちていたら分かりづらいだろう。でも鳴らしたら光るから分かりやすくなるだろう。そう考えた行人がずっと鳴らしていたら、朝子が「やっぱりどっかで鳴ってる」と言い出し、よくよく探してみたら、トラックの荷台の端っこで泥だらけになっているのが発見された、ということだった。

電話をくれたのも朝子だった。

『お父さん、もうほんと最悪。早く帰ってきて、梢恵さん』

携帯が見つかったのはよかった。梢恵自身、田んぼに行くだけは行ったが大して一所懸命探したわけでもないので、骨折り損と言うほどくたびれてもいなかった。

問題は、あの男の影だ。

真っ暗な田んぼにいた小柄な男。作業ジャンパーを着て、アルミのバケツを持ってしゃがんでいた男。彼はあそこで何をしていたのか。あそこに何か植わっていたのなら、まだ話は分かりやすい。つまりは作物泥棒だ。でも実際は、耕起すらしていない田んぼ。いや、今のところ耕作放棄地といった方が正しい状態。さらにあれが田中文吉だったとしたら、不法侵入ですらない。自分の田んぼなのだから、そこに入ろうが何をしようが勝手だ。じゃあ、なぜあんな時間に？　分からない。梢恵にはさっぱり想像もつかない。

こういう話ができる相手は、やはり君江しかいない。

「……なんだったんですかね、あれ」

翌日。ズッキーニの苗をハウスに定植しながら、なんとなく見たままを君江に話して聞かせた。まあ、こんな話をされたところで、君江もコメントのしように困るだろうが。

「なんだろうね。まさに梢恵ちゃんの想像通り、幽霊だったんじゃないの？」

君江は意外と、人を怖がらせるのが好きなようだ。

「やめてくださいよ。ちゃんと足だってありましたよ」

「いや、本当の幽霊って、足あるらしいよ。見える人はたいてい、そう言うよ」

「わざわざジャンパー着込んで、アルミのバケツ持ってですか」

「そう。わりと普通なんだって」

「幽霊は田んぼから上がるのに、いったんバケツを道に置いて、よっこらしょ、みたいにするんですか」

「そこまでは知らないけど」

これであとから、文吉はあの夜に亡くなっていた、なんて話を聞かされたら怖過ぎる。本物だ。

「……なんか、段々心配になってきました。私、文吉さんのところ、行ってみようかな」

「生きてるかどうか確かめに？」

「そういうふうに言うと、すごい失礼な感じに聞こえますけど」

「でも、そういうことなんでしょ？」

「……まあ」

「じゃあさ」

君江は立ち上がり、腰を伸ばしながらハウスの奥の方を見やった。

ここ四十メートルハウスには今、三本の畝がある。畝というのは、四十センチくらいの幅で盛り上げた土の峰で、それがハウスの端から端まで通っている。畝には「マルチ」と呼ばれる黒いビニールが掛かっており、梢恵たちはそのマルチに一定間隔で穴を開け、ポットから出した苗を植えつけている。

「……あの、真ん中辺りまでやったらさ、梢恵ちゃん、町まで行ってヤキソバの麺と豚肉買ってきてよ。で、そのついでに文吉さんの家、覗いてくればいいじゃない」

スクーターに乗るようになってから、梢恵は自分の立場が微妙に変化したのを感じていた。君江は最初、梢恵は農作業だけやっていればいいと言っていたのではなかったか。まあ、役に立てる場面が増えるのは喜ばしいことだ。

「でも、覗いてくるって……なんて言って覗けばいいんですかね」

「だって梢恵ちゃん、前に一回、文吉さんとこ行ったことあるんでしょう？　だったら、お元気ですか、お変わりありませんか、とか言えば、全然変じゃないじゃない」

そうか。それは、いいかもしれない。

買い物袋を提げていくのも変なので、先に文吉の家に行ってみることにした。

昨日、あれだけ暗い時間でもたどり着けたのだから、昼間に来るのはなんの問題もなかった。「あぐもぐ」のある山を下りて、平野部を少し北に走る。見渡す限り田んぼという景色の中、ひたすら真っ直ぐな農道を走る。まもなく、例の変形地に着いた。

こうして見ると、手入れをしていない文吉の田んぼは、なんともみすぼらしいものに映った。それでなくとも、三方を男前にしたばかりの田んぼに囲まれている。すっかり崩れた畦、雑草だらけの地面。農地というよりは、ただの空き地のような有り様だ。

でもそこは眺めるだけで素通りし、今日はそのまま山の方に向かった。文吉の家は山の麓、坂をちょっと上った辺りにある。同じ形の家が二軒並んで建っている、あれだ。田んぼからあそこまで、スクーターならどうということはないが、年寄りの足で歩いたらけっこうかかるのではないか。そんなのは大きなお世話か。

敷地に入る手前でスクーターを停め、エンジンを切る。振り返ると、あちこちの田んぼでトラクターが作業しているのが見渡せる。あれは耕起、あっちは畦塗り、そっちも畦塗り。いつのまにか見分けがつくようになっている自分を、梢恵は少し誇らしく感じた。

ひと息つき、気持ちを整える。

前に来たときと、今現在ではちょっと違う。少しは自分も、農家の立場でものを考えられるようになった。そもそも、今日はバイオエタノールの話をしにきたのではない。そんなに緊張する必要はない。

そう自身に言い聞かせながら、梢恵はガラス戸をノックした。応答がなかったので、二回、三回。嫌みにならない程度に間隔を空け、四回目。するとまた前回のように、曇りガラスの向こうに人影が現われた。

「……はい、どちらさん」

　ガラリと引き戸が開き、つるりと禿げ上がった額、全体に皺の寄った顔が覗く。前回、長野入り初日に見たのと変わらぬ表情であり、また昨日の夜、暗闇で見たのとよく似た顔だった。

　とりあえず、生きていることだけは確かなようだった。

「あの、こんにちは。えっと……もう二ヶ月くらい、前なんですが、一度こちらにお伺いしました、瀬野と申します。覚えて、いらっしゃいますか」

　文吉は数秒、微かに眉をひそめて梢恵を見たが、やがて「ああ」と漏らし、ぽかりと口を開けた。

「……あの、茂樹んところで、手伝いを始めたってのが、あんたさんか」

　さすが。農村の情報ネットワークは侮れない。

「はい。何しろ、農業についてあまりにも不勉強なまま、こちらにもお伺いしてしまったので。今は、一から勉強させていただくということで、安岡社長のところにお世話になっております。その節は、大変失礼いたしました」

　梢恵が頭を下げると、文吉は「ふうん」と、感心したのか馬鹿にしているのか、よく分からない調子で頷いてみせる。

「それで、あの……大変、立ち入ったことをお伺いしますが」

「また、バイオの話か」

「いえ……えっと、昨日の夜、八時過ぎだったと、思うのです……が」

言っている途中から、すでに文吉の表情は変わり始めていた。

悪鬼の形相、と言ったらいいだろうか。皺の寄った皮の下に、怒りの熱で溶けた鉄を流し込んだような。そんな、暴走寸前の憤怒（ふんぬ）が、梢恵の目の前に出現した。

「……あれは、あんただったのか」

低く押し殺し、それでも震えを抑えきれていない声。

梢恵は、すぐには返事ができなかった。

「あんた、昨夜のこと、もう茂樹には喋ったのかッ」

大人になってからも、自分の失敗を責められたことはある。泣くほど怒鳴られたことも、頭を思いきり叩かれたこともある。でも、こんな理由の分からない怒りを、真正面から向けられたことはなかった。にわかに身の危険すら感じる。こんな、不条理な怒りって――。

「もう、茂樹に喋ったのかって訊いてんだッ」

でも、黙ってるのはマズい。何か言い返さなければ。

「ちょっと、田中さん、落ち着いてください……あの、昨夜の、というのは、私が、その田んぼに、スクーターで来たこと、でしょうか」

「そうだ。そのことを茂樹は知ってんのか」

「あ、はい……私が来たことは、知ってます。でも、そこで田中さんをお見かけしたことは、まだ話してません」

ふっ、と憤怒の色が引く。

「……茂樹には、喋ってねえのか」

君江には話してしまったが、でもそれを今ここで言う必要はあるまい。茂樹への口止めも、帰ってからすればいいだろう。

「はい。安岡社長には、話してません」

「本当か」

「はい、本当です」

文吉は一つ溜め息をつき、両肩から力を抜き、俯くようにして視線を足元に落とした。

その姿勢のまま、嗄れた声で絞り出す。

「……頼む。昨夜見たことは、茂樹には喋らねえでくれ。頼む」

両手を膝につき、肩をすぼめて梢恵に頭を下げる。

打って変わって、とはこのことだろう。プライドも何もない、悲しいまでに潔い、懇願の姿勢だった。

梢恵は何か、自分が文吉にひどいことをしているような、そんな気分になった。

「田中さん、分かりました。あの……どうぞ、お顔を上げてください。私、社長には話しませんから。ですから、もう……」

二の腕に手を添えると、文吉は小さく頷き、姿勢を戻した。落ち窪んだ目には、少しだけ滲むものがあった。

「あの、でも、田中さん……あんな時間に、ご自分の田んぼで、何をしていらしたんですか。しかも、あんな真っ暗なまま……何かあったら、危ないじゃないですか。この辺は、たまには猛獣も出ると、聞いています」

熊はさすがに珍しいようだが、イノシシの被害は毎年必ずあるという。

文吉は少し、ふて腐れたように口を尖らせた。

「……真っ暗なわけねえさ。あんたが来るまでは、ちゃんと懐中電灯を点けてた」

「ああ、そうだったんですか。じゃあ、私が来たから消した、と」

つまり、見つからないように？

文吉が溜め息をつく。タバコの残り香が、微かに漂う。

「……どうしても、何してたか喋らねえと、駄目か」

「いえ、駄目、ってわけではありませんけど、でも、お見かけしてしまった以上、危険かなっていうのもあって、やっぱり、ちょっと……心配は、心配です」

そういえば、この家には他の人の気配がない。奥さんはいないのか。お孫さんや、息子夫婦と行き来はないのか。

「なんで、あんたが俺の心配するんだ」

「なんでって……理由は特に、ありませんけど」

「東京から来た、余所者のあんたが、なんで」

「ええ……余所者は、余所者なんですけど、でも私なりに、ここで真面目に農業を学ぼうという気持ちは、あるんです。そういった意味では、この一帯の農家の方は、みなさん、私にとっては先生です。私は余所者ですけど……でも無関係とは、思ってないです」

文吉は、しばらく黙ってから、そうですか、と呟き、梢恵に背を向けた。

そして、上がってください、と短く続けた。

文吉は茶の間に上がるよう、梢恵に言った。梢恵はツナギのまま来てしまったので、汚れているのでと遠慮したが、文吉は、そのままでいいから上がりなさいと繰り返した。土は汚れではない、それを気にしていたら百姓は務まらない。そう付け加え、笑みを浮かべた。

まもなく、お茶と煎餅を出された。

「いただきます……」

奥さんは、いないようだった。

「もう、亡くして六年になるかな。心臓を悪くしてね……こき使ってばかりで、いい思いなんて、一つもさせてやれなかった」

文吉の背後には仏壇がある。見ればそこには、奥さんの写真もあるのだろう。

「あんたは、茂樹の親父を知ってるか。タイゾウさん」

「いいえ、お近くにいらっしゃることは伺いましたが、まだ、お会いしたことはありません」

そうか、と漏らし、文吉はテーブルの端にあった、タバコの包みに手を伸ばした。

「……タイゾウさんは、立派だった。長男は勤め人になったが、茂樹という跡取りを育てた。茂樹は大したもんだ。広い田んぼをやりてえとか、もっと大きくやりてえとか、そういうことは一切言わねえで、小さくても、遠くてもいいから、遊ばせるくらいだったら俺に任せろって、ここいらの田んぼ、一手に引き受けて回ってる。普通、人間ってのは楽をしたがるもんだ。つらいこと、面倒なことは避けるもんだ。でも茂樹は違う。ああいいよ、はいよって、面倒をわざわざ引き受ける。軽く引き受ける……全ては村のためだ。この穂高村の景観を守るために、奴は身を粉にして働く……見上げた男だよ。私も、もう十若かったら、茂樹と一緒にやりたかった……あいつと、組みたかった」

銜えたタバコに火を点ける。マッチの硫黄。暮らしの匂いが染み付いた、部屋の空気。なんとも優しく、そして懐かしい。

「……それに比べて、うちは駄目だ。上のは隣に住んでるが、次男は大学で村を出てったきり、正月も碌に戻ってこない。そんなもんだ。残った長男だって、百姓なんて、まるっきりやる気がねえ。田植えと稲刈りを、散々文句垂れて、嫌々手伝う程度だ。だったらもういいって……何枚か、田んぼを干した。そのときも、それなら俺がやるって茂樹は言ったが、でも、頼まなかった。頼めなかった……つまらん意地さ。うちが減反すれば、村には補助金が入る。そのためだって笑ってはみせたが、肚ん中じゃ泣いてた。悔し泣きさ。なんでうちは駄目なんだ。なんであいつらは茂樹みたいに、百姓の尊さを分かってくんねえんだ。どうしてああいうふうに、うちは育てられなかったんだ、って……」

静かだった。東京ならどこにいても、車の音、建築現場の音、工場の機械音、店舗が流すBGM、いろんな音が耳に入ってくる。でもここは違う。耳を澄ませても、トラクターの音すら遠過ぎて聞こえてこない。

聞こえるのは、文吉の、煙交じりの溜め息だけだ。

「でも、ただ土地を遊ばせるわけじゃねえ。土壌改良をするんだと、意欲だけはあるように見せてた。けどそれが、間違いのもとだった……どこで聞きつけたのか、長男がある日、業者を連れてきた。いい土入れますよ、見違えるほどいい田んぼになりますよ、って……頭では分かってた。田んぼってのは先祖代々、受け継いできたものだ。土もそう。いわば預かり物だ。それを、どこの代物だかも分からない土と入れ替えるなんて、していいはずがない。そんなものに頼ったって、いいコメなんて作れない。それは分かってた。でも、倅の連れてきた業者だからって、顔を立ててやろうかって、親心もちょっとはあった。進歩的なところを見せようって、変な見栄があった……その結果が、あれさ。あの田んぼさ」

あの田んぼが、どうしたというのだ。

「……建築廃材。私が見てないときに、コンクリートやら鉄筋やら、どっさり捨てていきやがった。その上に、ちょろちょろっともとの土をかけて、見えないようにして、終わりましたァって、さっさと帰っていきやがった」

「そんな……」

思わず、梢恵はテーブルに身を乗り出した。

「それ、息子さんには」

文吉が、ゆるくかぶりを振る。

「……言ったが、そのときにはもう、連絡もとれねえって言うし、そもそも、そんなに深い付き合いでもなかったんだって……以来、口も利かなくなりました。他人ですよ。ただ隣に住んでる、顔は知ってるけど……でも、他人です」

もう一服、長く吐き出す。

ようやく、梢恵の中でも話が繋がった。

「じゃあ、その廃材を、お一人で？」

「……ええ。相談できる人も、おらんしね」

そんなはずはない。

「だったら、安岡社長に」

だがそれも、文吉は一層強くかぶりを振って遮った。

「……言えませんよ、みっともなくて。土壌改良しようとして、息子が連れてきた業者に騙されて、廃材捨てられたなんて。しかも、安くない金まで渡して……あれでもね、茂樹は私に、一目置いてくれてるんです。昔はうちも、大きくやってましたからね。それもあって、会えば声もかけてくれるし、いつでも手伝うよ、遠慮なく言ってよって、言ってくれるんですが……でも、だからこそ、奴には頼めない……つまらん意地です。下らん見栄です。でも、捨てられんのです。文吉さんとこは、広くていいなあって、そういう茂樹の、顔色が変わるのが、怖いんです。奴に、哀れみの目で見られるのが、耐えられんのです……」

梢恵も、段々悲しくなってきた。

「でも、だからって、一人でなんて無茶です。しかも、あんな時間に……もしかして、夜やってたのって、他の人に見つからないためですか」

「そりゃ……真っ昼間に自分の田んぼから、コンクリートやら鉄筋やら、引っ張り出してくるわけにゃいかんでしょう」

この老人は、懐中電灯とバケツを持ってあの田んぼまで行き、一人息を殺して、建築廃材を地面から掘り出していたのか。そして誰かが通りかかったら懐中電灯を消し、闇に紛れ、その誰かが行き過ぎるのを待ち、作業を再開させる。息子にも頼れず、仲間であるはずの農家にも打ち明けられず、ただ黙々と、一人闇の中で、先祖から受け継いだ田んぼを汚してしまったと、自身を責めていたのか。

事情を知らなかったとはいえ、自分はそんなところに、バイオエタノール用のコメを作付けしてくれと頼みにきてしまった。よりによって、コメを作りたくても作れない、文吉のところに。

「……分かりました」

梢恵が姿勢を正すと、文吉もつられたように顔を上げた。

「私も、お手伝いします」

文吉が、ぽかんと口を開ける。

「あんたが……なんで」

「私は、農業は素人です。そういった面では、お役に立てないと思いますけど、でもゴミ拾いなら、プロも素人もないでしょう。私みたいなのでも一緒にやれば、きっと早く終わりますよ。半分の日数で済みますよ。もちろん、社長には黙ってます」

梢恵自身、意外だった。なぜこんなことを気前よく言い出したのか、自分でもその理由が分からなかった。でも、嘘ではなかった。君江にさえ事情を話しておけば、夜抜け出してくることも不可能ではない。そこまで考えていた。

だが、文吉は大袈裟に手を振る。首を振る。

「そりゃ駄目、駄目だよ。いくらなんでも、あんたに手伝ってもらうわけにゃいかない」

「なんでですか。私だったら……」

「気持ちは嬉しいよ。嬉しいけど、でもやっぱり、そんなことはさせらんないよ。だって、あんたは茂樹んとこの人だもの。それを茂樹に黙ってなんて、道理に合わんよ」

しかし、すぐに文吉は何か思いついたように、ぽんと手を叩いた。

「じゃあ、だったらあんたに頼みたいことがある。それならあんたにも迷惑にならんし、何しろ簡単だ」

さて、なんのことだろう。

4

なるほど。文吉の提案は確かに簡単なことだったし、ある意味、絶大な効果が期待できた。

「朝一番で、茂樹の予定を知らせてほしい。他のどこに行くかは問題じゃない。ここ、往郷の、あの田んぼをやりに来るかどうかだけ、教えてほしい。茂樹さえ来なければ、他の近所の連中はなんとか誤魔化せる。でも茂樹だけは、あいつにだけは見られたくない。あいつに見られたら、すぐにバレる。産廃埋められたろうと、たちまち見抜くだろう。それだけは、なんとしても避けたい。しかもあいつの場合、いつ田んぼを見にくるか分からん。田植えをしちまったら最後、奴は毎日でも水見に回ってくる。そうなる前に、私も田んぼを綺麗にしちまいたいんだ」

若干、内通者っぽい行為だとは思ったが、別にそれで「あぐもぐ」が不利益を被るわけではない。ただ、作業時間を融通し合うだけのことだ。こっちが田んぼに行くときは、文吉の方が自主的に遠慮をする。それだけの話だ。何も悪いことではない。

「分かりました。こっちに来るときは、いち早くお知らせします。こちらにお電話すればいいですか」

「携帯に電話をくれてもいいし、メールをくれてもいい」

この歳でメールが使えるとは。なかなか進歩的ではないか。しかも、赤外線通信もちゃんと使いこなしている。

「瀬野、梢恵さんか。可愛らしい名前だね」

「ああ、ありがとうございます……あんまり、言われたことないですけど」

急激に文吉と親しくなったような気がしたのは、決して梢恵だけの錯覚ではあるまい。

心配しているといけないので、茂樹が往郷に行く日も行かない日も、文吉にはメールをした。

【おはようございます。今日はハウスでマルチ張りです。往郷には行かないので大丈夫です。梢恵】

するとと文吉も、ちゃんと返事をくれる。

【了解です。昼まで片づけをしようと思います。文吉】

しかし、昼頃になって急に予定が変わることもある。

【大変です。社長が午後から田んぼを見にいきます。シロカキの順番を決めるために、田んぼの状態を見るのだそうです。細かい時間は分かりません。スミマセンッ。梢恵】

【了解しました。大丈夫です。片づけは午前中にして、午後は畑に行くことにします。いつもありがとう。文吉】

たまには文吉からメールをくれることもある。

【夜、田んぼに行かなくなったので、このところは体が楽です。梢恵さんのお陰です。ありがとう。今朝ハウスで、今年初めてトカゲを見ました。今夜はビールを飲もうと思います。文吉】

トカゲとビールの繋がりはよく分からなかったが、なんとなく梢恵も楽しい気分になり、

【私もビール好きです】と打って返した。

だが、梢恵は気づいていた。

最近自分がメールをやり取りする相手は、ほとんど「あぐもぐ」のメンバーか文吉に限られてきている。あとは実家の母親に【元気です】とか、たまに片山社長に【進展なしです】と書いて送る程度。

本当に、これでいいのか。二十四歳女子。


夕飯どきに、茂樹から発表があった。

「明日、スジマキをする」

健介、行人が納得した顔で頷く。知郎は無反応。

待っていても説明がなさそうだったので、梢恵は手を挙げた。

「はい。スジマキとはなんでしょうか」

「スジマキとは、つまり……コメの種播きだ」

コメの、種播き？

「あの、おコメって、種を播くんですか」

「まあ、正確に言うと、ちょっと違うかもしれない」

「ですよね。稲って、植えるもんですよね」

「最終的には植えるんだが、その前に種は播く」

「じゃあ、やっぱり播くんですね」

「でもたぶん、あんたの思ってる『播く』とは、だいぶ違うと思う」

　君江は向かいの席でくすくす笑っている。朝子はどちらかと言えば梢恵の味方で、眉を段違いにして茂樹を斜めに見ている。

「……まあ、明日見れば分かる」

「おいッ、今日は説明しないんかいッ」

　朝子の見事なツッコミも空振りに終わり、その場で「コメの種播き」の謎が明かされることはなかった。

　翌日。母屋隣の屋根付き通路で、その作業は行われた。

　通路中央には何やら、ベルトコンベア的な機械がすでに設置されていた。ベルト、というよりはレールか。全長四メートルくらい。その中間辺りには、箱型の機械が三つ載っている。

　茂樹が一つ、咳払いをする。

「ンッ……ええと、今年、ついに新しい土入れ機を、導入することになった。正確に言うと、ハシュプラントだ」

「プラント」は梢恵にも馴染みのある言葉だが、「ハシュ」というのはなんだろう。

「……ハシュが分からない、という顔をしているのが、約一名いるようだが」

「はい。ハシュってなんですか」

「んん。手偏に番号の『番』、で『播く』という字になる。『播く種』と書いて『播種』と読む。ついでに昨日しなかった説明をしておこうか」

茂樹はレールの中央部に移動した。

「そっちの端から、この苗箱を送り込む」

箱といっても、三十センチ×六十センチくらい、厚みは二センチか三センチくらいだから、むしろ見た目は板に近い。それが最初の箱型機械の下に達すると――。

「ここで、床土が入る。作業中は土が足りなくならないように、常に上から補充する。床土が入ったら、次のここで、水が撒かれる。その次がこれ。ここに種籾を入れておくと、均等に床土に播かれた状態で出てくる。で、最後にここ。土をかぶせる。覆う土、と書いて『覆土』という。これで作業自体は終わりだ。あとはまとめて、育苗機に入れて温め、発芽させる」

つまり、三つの箱型機械は土や種籾のタンクであり、その下を通ると自動でそれらが入れられる。最初の箱では床土、ちょっと水分補給をして、次の箱で種籾、最後の箱が覆土。そして常に材料が不足しないように、土や種籾は人の手で補充しなければならない、と。

「……確かに『種播き』というイメージではないですね。ちょっとした工場というか」

「しかし、こういう機械で大量に、しかも短時間でやらなければ、とてもじゃないが売るほどのコメは作れない。出番は年に一回。ほとんど今日一日しか使わないが、これがないとコメ農家は話にならない。それくらいこれは、重要な農業機械だ」

出番は、一年で今日だけ？

「今日一日で、何箱これをやるんですか」

「約千五百枚だ。一時間に約二百五十枚入れられるから……健介、ぶっ続けでやったら何時間で終わる」

「えっ？　あ、すんません。聞いてませんでした」

横から朝子が「六時間だよ」と耳打ちする。健介が中学や高校時代にどんな生徒だったか、今ので大体想像がついてしまった。

いったん作業が始まると、箱をセットする係、材料の補充係、できた箱を積み上げる係、それを育苗機に持っていく係と、それぞれが休みなく動かなければならなくなった。梢恵は覆土の補充係。途中で土が足らなくならないように、また一定量きちんと土が出ているかどうか、上から横から常に見張っていなければならない。

大変なのは土が足りなくなったときだ。二十四リットル入り袋の口を開け、胸の高さまで持ち上げて、ザーッと一気に入れるのだが、足りなくなったらいけないという意識ばかりが先に立ち、つい梢恵は早め早めに土を入れてしまう。むろん、早過ぎれば土は箱に入りきらず、溢れる。実際に溢れさせはしなかったが、こんなことにも性格って出るよな、私っていつもそうだよな、と一人、静かに自分の計算能力の低さを嘆いた。

母屋の前で怒声がしたのは、昼休みになるちょっと前だった。

「……お前、何度言ったら分かるんだ。やる気あるのかッ」

茂樹の声だった。君江は床土係、朝子は種籾係でこっちにいる。健介は箱をセットする係、行人はできた箱を積む係。つまり怒鳴られたのは、茂樹と箱を育苗機に運んでいた、知郎ということになる。

数秒して、積み重ねられた苗箱の向こうを横切る知郎の姿がチラリと見えた。走り去ったという感じではない。スタスタと、何か次の作業にでも向かうような足取りだった。

だが、そうでないことは明らかだった。

「おい、知郎、戻ってこいッ」

そう茂樹が怒鳴っても、戻ってくる気配は一向にない。いつもなら行人がとりなしに行くところだろうが、あいにく今は機械が回っていて、行人も持ち場を離れられない。健介も君江も、みんな動けない。梢恵の位置からでは、知郎が表の道に出てどっちに向かったのかも見えなかった。見えるのは、その後ろ姿を睨んでいるのであろう、茂樹のしかめっ面だけだ。

「……何も、あんな言い方しなくたっていいのに」

君江が溜め息交じりに呟いた。

でも、それだけだった。誰一人、知郎を追いかけようとはしなかった。


茂樹がなぜ知郎を怒鳴ったのか。その理由は、少なくとも梢恵には知らされなかった。

翌朝、知郎は「あぐもぐ」に来なかった。月曜日で、朝子も学校に行ってしまったので、やけに人が少なくなったように感じられた。

健介、君江と一緒にパプリカの定植作業をしていても、微妙に空気が重い。いつもなら一番、無駄話に花が咲くメンバーなのに。

「知郎さん、またふて寝してんのかな……なっちゃんに怒られながら……なっちゃんも、当たりキツいからな……おちおち、寝てもいらんないんじゃないかな」

そんな健介の呟きを、梢恵は脳内で一々映像化してしまう。イラついた表情で洗濯物を干す夏子。頭まですっぽり布団をかぶって丸くなっている知郎。もういい加減にしてよ、と怒鳴る夏子。その表情も声色も、まるで見てきたかの如く克明に想像できる。怖い。怖過ぎる。自分だったら、絶対に同じ部屋になんていられない。

その、夏子本人が「あぐもぐ」を訪れたのは、夕方五時になろうかという頃だった。作業を終え、母屋前にみんなが集まっていたところに、真っ赤なジムニーで乗りつけた。

「あの……知郎さんは」

メンバーを見回し、泣きそうな顔でそう訊く。

君江と目を見合わせてから、茂樹が答えた。

「珍しく、今日は無断欠勤したけど……なっちゃん、知らなかったのか」

夏子が、小さく首を横に振る。

「昨日、知郎さん、戻ってこなかったんです。あたしがお店に出る時間になっても、終わって帰ってきても、戻ってなくて……まだ、こちらに泊まり込む時期じゃないけど、でも何か、そういうことでもあったのかなって、思ったんですけど、でも、携帯も通じないし」

やだ、と君江が自分の携帯を構える。

「だったらなっちゃん、あたしにでも電話くれたらよかったのに」

「はい……でも、お恥ずかしい話ですけど、ちょっとこの前、知郎さんと喧嘩したときに、あたし、自分の携帯を、投げつけてしまって……それが運悪く、お風呂場まで飛んでいって、ほんと最悪なんですけど、湯船に落ちてしまいまして……知郎さんの番号以外は、全部分からなくなってしまったんです」

知郎にかけてみたのだろう。携帯を耳に当てていた君江が「ほんと」と呟き、それを閉じる。

「繋がらないわ……なっちゃん。立ち入ったことを訊くようだけど、ひょっとして、知郎さんと何かあった？」

夏子は下唇を噛み、薄暗い、車庫の入り口辺りを横目で睨んだ。

君江が続ける。

「社員は家族も同然……なんて、綺麗事は言わない。あなたたちにはあなたたちの生活があるんだし、それに余計な口出しはするつもりない。でもね、なっちゃん。困ったときは、頼っていいいんだよ。あなたたちは、こっちに親戚がいるわけでもなんでもないんだから。一緒に働く仲間に甘えるくらい、したっていいんだよ。あたしで駄目ならユミさんだっていい。相談しなさい」

見る見るうちに、夏子の両目に涙が溢れてきた。梢恵はポケットのハンカチを探ったが、行人が差し出す方が断然早かった。

すみません、と夏子が頭を下げる。

「あの、実は……一週間くらい前に、知郎さんに……子供ができたって、妊娠したって言ったら、なんか……それから、すごい、ギクシャクするようになっちゃって。一緒にいても、口も利いてくれないし……あたし、どうしていいか」

俺、探してくる、と健介がバイクに向かった。茂樹も行人も、自分の車に向かう。

夏子は君江に肩を抱かれながら、男三人に深く頭を下げた。

一台のバイクと二台の車が見えなくなるまで、ずっと、頭を下げていた。

茶の間に入り、君江と二人で、夏子の話を聞いた。

「……自分でも、どうしてこんなふうになっちゃったのか、分からないんです。あの人はあの人で、サラリーマン生活に疲れて、東京を離れたいって言ってたし、あたしはあたしで、もうキャバクラは嫌だったし。じゃあ、田舎に行って農業をやろうよってなって……決して、軽い気持ちで来たわけじゃないんです。あたしたちなりに覚悟を決めて、ゼロから出発するつもりで、こっちに来たんです」

分かってる、と君江が頷く。

夏子が続ける。

「そりゃ、思ってたよりつらい部分だって、あるとは思います。でもそれくらい、彼だって分かってたはずなんです。常識的に考えて、そんな、農業が楽して儲かる仕事なわけないじゃないですか。つらいこともあるけど、でもその分充実感も得られるよねって、そういうところで気持ち通じ合ったから、だから一緒にこっちに来たわけじゃないですか。じゃなかったら、とっくに別れて、あたし一人で東京に戻ってますよ……そりゃ、あたしは農繁期にちょっと手伝うだけですから、一年通しての大変さは分かりませんけど、だからってあの人のお尻叩けるの、あたししかいないじゃないですか。もしあたしが、行きたくなかったら行かなくていいよ、なんて言ったら、あの人、ほんとに家から一歩も出なくなりますから。それが分かってるから、あたし……」

梢恵は一瞬、そんな根性なしがなんで農業なんか志したのかな、と疑問に思ったが、慌てて打ち消した。根性のなさについては、自分も相当なレベルにあることを、図々しくも忘れかけていた。

君江が、こくりと小さく頷く。

「でも、あたしは知郎さんの気持ちも、分からないではないな。うちはほら、ワンマン社長に、土地っ子の健ちゃんに、勉強家の行人さんでしょ。ちょっとついていけてないところ、あったと思うんだ。たとえば梢恵ちゃんみたいにね、なんにも分かりませーん、って素直になれたら、まだ楽だったんだろうけど」

それでもけっこう、大変な思いをしてますが。

「でも知郎さんは、自分で起農するつもりだったわけでしょう。理想と現実のギャップじゃないかな。自分より相当できる行人さんが、まだまだ勉強中だって言って、安岡の下にいるんだもん。じゃあ俺はいつになったら独立できるんだ、って……そりゃ不安にもなるよ。本当はなっちゃんと一緒に田んぼやったり、畑やったりしたいんだろうけど、それも実現できてない。スナックとはいえ、なっちゃんをお店で働かせてる。そこにさらに、赤ちゃんでしょ……もう、容量オーバーになっちゃったんじゃないかな」

そんな、と夏子が喰いつくように身を乗り出す。

「じゃあ君江さんは、あたしはどうしたらよかったっていうんですか」

うん、と君江はこともなげに頷く。

「いいんだよ、今のままで。ただ、お尻を叩いて働きに出すのも大事だけど、ちょっと変だな、って思ったら、話を聞いてあげるのも必要かな」

それには、夏子がかぶりを振る。

「訊いても、何も言わないんですよ。あの人」

「それでも訊くの。ゆっくり、話すのを待ってあげるの」

「駄目なんですよ、あたし、そういうの。イライラしちゃって」

「そこはちょっと我慢して、訊いてあげて。本当は知郎さんだって、なっちゃんに聞いてほしかったんだと思うよ。もしかしたら、話したら楽になれるってこと自体に、気づいてないのかもしれない……とにかく、様子が変だなって思ったら、喋らせるの。それが、男を上手く操縦するコツだよ」

そうなのか。全然知らなかった。

君江の携帯が鳴ったのは、ちょうど朝子が帰ってきた夜七時頃。

連絡は健介からだった。

「ほんと？　いたの？　見つかったの？……うん、うん……分かった。二人にはこっちから連絡しとく」

いったん切り、健介から聞いた話をしてもらう。

「ナカノのインターネットカフェにいたって……まあね、午前中にここを出て、そのまま泊まれるところっていったら、そういうところってことになるよね」

それから茂樹と行人に連絡をし、それぞれ戻ってくるよう伝えた。

最初に帰ってきたのは行人、次が茂樹、最後が健介と知郎だった。

意外だったのは、玄関に入ってきた知郎に、行人がいきなり摑みかかったことだった。

「ちょっとユキさんッ」

健介が止めようとしたが、それをまた茂樹が止めた。

行人に襟を吊り上げられた知郎は、観念したように目を閉じていた。

ゆっくりと、行人が話しかける。

「……知郎くん。私はね、夏子ちゃんを連れてここに飛び込んできた君を、ずっと、骨のある奴だなって、尊敬もしていたし、羨ましいとも、思っていたんだよ。知識や経験は、あとからでいい。とりあえず君は、パートナーにも職場にも恵まれ、申し分ないスタートを切ることができた。だからこそ、がんばってほしいと思っていた。諦めてほしくなかった。私は私なりに、君を支えてきたつもりだ。それなのに、君は一体、何をやってるんだ。これから子供ができるっていうのに、この期に及んで、君は何を、フラフラしているんだッ」

閉じた知郎の目尻から、ひと雫、流れ落ちる。

「職場があって、パートナーがいて、自分の子供をこの環境で育てられて、それの一体、何が不満なんだ君は。え？　言ってみろよ。何が不満なんだ。私に言ってみろ。私が納得いく説明をしてごらん。なあ、知郎くん」

知郎の唇が、震えながら、言葉を紡ぎ出す。

「……不安、だったんです……夏子一人、満足に、養えない僕が……親になんて、なれるわけ……」

「馬鹿を言うな。誰だって不安だよ。みんな不安なんだよッ」

より一層、行人の手に力がこもる。

「誰だって親になるのは不安なんだ。最初は誰だってそうなんだ。でも不安でもなんでも、やるしかないんだよ。やってみろよ。生んでみろよ。育ててみろよ。絶対に分かるから。その尊さが分かるから。むしろ君は、この環境でそれができることを、幸せに思えよ。感謝しろよ。君が、夏子ちゃんが、この先子育てで悩んだとして、でもそれを、ここの人たちが放っておくとでも思ってるのか。手も差し伸べず、見て見ぬ振りをするとでも思ってるのか」

吊られたまま、知郎が小さくかぶりを振る。

「……だったら、小さなことで一々ヘソ曲げるなよ。男だろ。ここに来たときの君はどこに行った。もう、恰好つけたってしょうがないだろう。今だよ、いまガムシャラになれよ。真正面から来いよ。私にでも、社長にでも、健介くんにでもいい、喰らいついてこいよ。なあ、知郎くん」

行人が力を抜き、手を離すと、知郎はその場に崩れ落ち、動かなくなった。

隣にぴったりと寄り添った夏子が、知郎の背中を撫でる。

梢恵は初めて、知郎と夏子が直に触れ合っているのを見た。

なかなか、悪くないカップルだと思った。

5

あの日を境に、知郎は見違えるほどのやる気を見せるように——なってくれたらよかったのだけれど、人間、そう簡単に変われるものではないらしい。

「知郎、それくらいさっさと終わらせろよッ」

相変わらず茂樹には怒鳴られ、

「……はい」

行人には呆れられ、

「知郎くん、そこは昨日植えたところじゃない。まだビニール剝がしちゃ駄目だよ」

「……すみません」

健介には励まされ、

「まあ、三年やれば慣れますよ。俺もそうだったから」

「……はあ」

休憩中も特に自分から発言することはなく、君江との会話も、

「どう、なっちゃんの体調は。気持ち悪いとか言ってない？」

「……はい。特に」

「なんでも相談してよ。たいていのことは答えられるから。なんたって、母親としては大先輩なんだから」

「……そうですね」

嚙み合っているのやらいないのやら。横で聞いている朝子は何かツッコミたくて仕方ない顔をしていたが、さすがに彼女も知郎を弄ることはしなかった。

まあ、総じて言えば、そこそこ温かい目で見守られている、といっていいと思う。

そしていよいよ、茂樹が例の懸案事項に答えを出した。

「去年、大口の注文をくれたレストランチェーンの会社が、今年は、さらに二割増しで発

注したいとの連絡をくれた……というわけで、今年はジャガイモを一反歩増やし、六反歩植える」

　行人は表情を険しくしつつも頷いた。健介は天を仰ぎ、マジか、と呟いた。知郎は洟をすすっていた。君江はアメリカ人のように両手を広げ、ワカリマセーン、のポーズをしてみせた。それを見て、梢恵はちょっと笑ってしまった。

「とりあえず今日は、全員で種芋のカットをする。切って切って、切りまくれッ」

　どこかで聞いた台詞だな、と思ったが、あえて梢恵は指摘しなかった。

　作業はライスセンターの奥、以前トラクターなどが収められていた農具庫で行うことになった。プラスチックカゴ一杯にジャガイモを空け、木箱を並べて作業台とする。あとは古くなった包丁やナイフで、ひたすらジャガイモを切り続ける。

　梢恵の右隣は君江だ。

「ジャガイモは、縦に切ります。こう見ると、いくつも芽があるでしょう。それが両方に、均等にいくように切ってね」

「はい……っていうか、ジャガイモって、切ってから植えるんですね」

「うん。切れば二個に増えるじゃない。ってことは、種芋が半分で済むじゃない。それだけのことよ」

　この日はとにかく切り続けただけ。実際に植えたのは、その二日後だった。

まずは茂樹が耕起した畑に、切った大量のジャガイモを運び込む。切って二日経ったジャガイモの断面はすでに乾燥しており、カピカピにひび割れていた。

「君江さん。こんなんなってますけど」

「わざと。ちゃんと乾かさないと、植えた途端に腐っちゃうから」

「なるほど」

行ってみると、耕起したばかりの田んぼは真っ黒になっていた。適度に搔き混ぜられて、湿った土が表面に出てくるからだろう。つまり、あの黒い部分が六反歩ということか。はっきり言って、果てしなく広い。梢恵にはどれくらいという喩えすら浮かばない。とにかく、だだっ広い。

また茂樹が全員を集めて指示する。

「今年はまず、俺がこれで、スジを付けていく」

これ、というのは、何かは分からないが手押し式の器具だ。校庭で使う白線引きのアレに似ている。

「あとはひたすら植えるだけだ。植えて植えて、植えて、植えまくれッ」

あまりにもお気に入りのようなので、一応反応しておく。

「社長、その台詞って……」

「もちろん、役所広司だ」

やっぱり。『十三人の刺客』からの引用だったか。ひょっとして茂樹も、映画や小説に影響されやすい性格なのだろうか。

早速、茂樹がその手押し器具でスジをつけていく。要はちょっとした溝を掘っていくわけだ。あとから種芋のカゴを抱えた健介が、追いかけるようにして植えていく。それを見ながら、君江が説明してくれた。

「間隔は三十センチを目安に。そうね……梢恵ちゃんの手だったら、親指と人差し指を開いて、十五センチくらいだから、その倍だね。種芋は伏せて置く。その方が芽も出やすいし、切り口も腐りづらいから」

「はい。分かりました」

行人が知郎の肩を叩く。

「じゃあ、私たちはあっちに行こうか」

「はい」

それはまるで、水泳のリレーのようだった。茂樹が折り返してつけてきたスジには、向こうで待機していた行人が植えつけを始める。その次のスジ、いわば第三コースは君江、その折り返しの第四コースは知郎、梢恵は第五コースになった。

種芋は、そんなにいっぺんには持てないから、なくなったらまたもとの地点に取りに行かなければならない。作業は屈（かが）んで行うことになるので、けっこう腰にくる。たまに腰を伸ばしながら辺りを見回すと、茂樹はもうだいぶ遠くまでスジつけを進めていた。健介は第一コースを終え、いつのまにか第六コースに入り、梢恵を後ろから追い上げてきていた。第二コースの行人ももうゴール間近だ。

「梢恵ちゃーん、もたもたしてると、お尻ペンペンだぞォ」

「健介さん。それ、セクハラです」

まあ、健介にしてみたら、前を向いたら常に梢恵の尻があるわけだから、その気はなくてもなんとなく叩いてみたくなるのだろう。

しかし、ジャガイモの植えつけは一日で終わるものではなかった。

午後二時頃になって、茂樹が行人を呼びつけた。

「ユキさん。悪いけど、今から農協行ってきてくれるかな」

抱えていたカゴをその場に置き、行人がコースを戻っていく。

「……やっぱり、足りませんでしたか」

「うん、どうも去年とは勝手が違うな。急いであと五ケースくらい、買ってきてくれるか」

「分かりました」

次に呼ばれたのは君江だった。

「お前、ユキさんが種芋買ってきたら、またそれ切って、乾かしといてくれ」

「はいよ」

「あいつと一緒に」

そっちを見ていなかったので定かではないが、たぶん「あいつ」というのは梢恵のことだ。

そう。まだ梢恵は、茂樹に名前で呼んでもらっていない。


全員でジャガイモの植えつけをしたのは最初の一日だけで、その後はまた、みんなバラバラに作業をする日が続いた。

茂樹は田んぼのシロカキを始めた。正式には「代掻き」と書くらしい。それにも「荒代」「中代」「植代」と三段階があるが、「あぐもぐ」は荒代と植代だけで済ませる「二段階方式」を採用しているという。

「社長、今日はどちら方面に」

「お前、このところやけに、俺がどこに行くかを気にするんだな」

マズい。文吉のスパイであることがバレてしまう。

「いえ、何事も勉強ですので」

「そうか……今日は下木島だが」

「そうですか。行ってらっしゃい。お気をつけて」

行人と知郎は近場の田んぼの畦塗り。健介は野沢菜の種播き。梢恵は君江とジャガイモの植えつけ。

「そういえば梢恵ちゃん、あの日は聞きそびれちゃったけど、文吉さんとこ行ってどうだったの？　幽霊じゃなかった？」

なぜだろう。君江は普段、他人に対して滅多に意地の悪いことなど言わない人なのだが。

「……あのぉ、君江さんって、もしかして文吉さんのこと、嫌いなんですか？」

ギクッ、としたように君江が上半身を反らす。目を見開く。

「梢恵ちゃん、案外鋭いのね」

「いえ。私は、基本的には鋭い人間です」

あはは、と笑われたが、そこは軽く流しておく。

「なんでですか。文吉さん、そんな悪い人じゃなかったですけど」

「うん。あたしも別に、悪い人だとは思ってないけど、なんか、何かにつけて上からものを言うからさ、あの人。あたしらの結婚式にも来てくれたし、付き合いもそれなりにはあるんだけど、なんかね……昔はけっこう、手広くやってたらしいけど、あたしが嫁に来たときは、もうそうでもなくなってたし。なのに、なんで威張ってるのかな、この爺さん、みたいな」

確かに、ちょっと横柄なところはあるかもしれない。でもそれは、この辺りの年寄りはみんなそうだったような気がする。あくまでも梢恵の、長野入り初日の印象ではあるが。

「……でも、安岡はそうでもないんだよね。昔は凄かった、みたいに今でも言うし。尊敬してる部分もあるみたい。知識もあるし、田んぼも畑もいっぱい持ってたって言うし。あたしは、苦手なタイプだけど……梢恵ちゃんは？　この前、なんか話したの？」

君江が文吉をあまりよく思っていないのなら、あえて話す必要もあるまい。

「まあ、ちょいちょい、身の上話は伺ったんですけど……やっぱり、息子さんと一緒に農業をできなかったことの、なんていうか、思い通りにならなかった悔しさ、みたいなのがあるんじゃないですかね。それだけに、こちらみたいに上手く代替わりできたところが、羨ましいんだと思いますよ」

なるほどね、と君江は頷いた。

「……で結局、夜、田んぼにいたのはなんだったの？」

マズい。その言い訳は考えていなかった。

「あ、あれは……なんだったんでしょうね。文吉さんも、携帯か何か失くしちゃったんですかね。私も、そこんとこを確かめるの、忘れてました」

君江は軽く笑い、なんか梢恵ちゃんらしいわね、と付け加えた。

なんだ。自分は、基本的にはおっちょこちょいな性格だと思われているのか。心外だ。

事件はその週の、土曜の夜に起こった。

東北大震災関連の報道は依然、ニュース番組の中で大きなウェイトを占めてはいたけれど、決して全てではなかった。相撲の八百長問題もあった。統一地方選挙もあった。元キャンディーズの田中好子さんが亡くなったことも、安岡家では夕飯どきの話題になった。

「……お父さんとか、好きだったクチじゃないの？」

からかうように訊いた朝子に、茂樹は大真面目な顔で答えた。

「俺は、ランちゃん派だった」

「誰よ、ランちゃんって」

「伊藤蘭だよ。今ふうに言うと、センターだった娘だ。あれだ、水谷豊の嫁さんだな」

「へー、そうなんだ」

今一つおちょくり甲斐がないと思ったのだろう。朝子が話題を適当に流そうとしているのが、梢恵には手に取るように分かった。

廊下にある固定電話が鳴ったのは、そんなときだった。

はいはい、と君江が席を立って食堂を出ていく。すぐに受話器を取り、高い声で二、三言挨拶を交わすのは聞こえたが、まもなく保留にしたのか電子音のメロディが流れ始めた。

食堂の戸口に戻ってきた君江の顔は、妙に強張って見えた。

「あんた……福島の、マコトさんから」

茂樹の従弟が福島県内にいることは、前に聞いて知っていた。でも津波被害に遭うような沿岸部ではないし、原発からも遠いので心配ないということだった。その従弟が、どうかしたのだろうか。

茂樹も君江の表情で何か悟ったのだろう。口を真一文字に結んで席を立った。

廊下に出ていき、もしもし、と低く言い、その後しばらくは相槌しか聞こえてこなくなった。

五分ほど、してからだろうか。

「……もういい。マコト、みんなを連れて、こっちに避難してこい」

君江がハッとして戸口を見る。行人、健介、知郎までが驚いたように同じ方を向く。

「いいか、自棄(やけ)になるんじゃないぞ。大丈夫だ。お前の家族くらい、俺がいくらでも食わしてやる。お前がやる田畑だって用意してやる。だから自棄は起こすな。いいか、マコト。お前がしっかりしなくてどうする。もう、すぐにでも荷物をまとめて、こっちに来い……心配すんな。学校なんかどうにだってなる……いらねえから。そんなもんこっちにいくらでもあるから。もう、何日分か着る物があればそれでいい……ああ、分かってる。心配いらないよ。いいから、なるべく早く来い。いいな」

受話器を置く音と、長い溜め息。

戻ってきた茂樹に訊くのは、やはり君江の役目だった。

「どうしたの、マコトさん。なんだって」

茂樹は自分の席に戻り、また長く息を吐き出した。

「……震災の被害も、ほとんどなかったし。緊急時避難準備区域に入るとか入らないとか、そこまでは前に聞いてたが、入ったってどうせ、準備区域だからって、この前は笑ってたんだが……昨日正式に、稲の作付制限区域に、指定されたそうだ。今のところ、野菜は作付制限を受けないようだが、マコトのところは、うち以上にコメ農家だからな……稲の作付けができないんじゃ、とてもじゃないけど、生活は立ち行かなくなるだろう」

朝子も真剣な目付きで、茂樹の顔を覗き込む。

「それで、こっちに呼んだの？　おじさんたち、来るって？」

「……朝子。お前は反対なのか」

ハッ、と朝子が強く吐き出す。

「そんなわけないじゃん。マミちゃんもモエちゃんも、あたしの部屋で一緒に寝ればいい。そうしたら、勉強だって見てあげられる。穂高小に転入するんなら、あたしが毎朝送ってく。服だって、なんだって貸してあげるよ。だから……」

君江も深く頷く。

「マコトさんのところ、叔父さん叔母さん入れたら六人よね。それくらい大丈夫よ。なんとでもなる。離れもまだ、空いてる部屋あるし。今年はジャガイモも多めに植えたわけだし。そこら辺はいいとしても……」

分かっている、というように、茂樹も頷く。

「それが、いつまで続くのかってことだな。今年作付けできないのは、もう決まったことだから仕方ないにしても、来年以降はどうなるのか……放射能汚染も、実際はどこまで広がっているのか。原状回復は、いつまでに、誰が、どうやってやるのか……早く、なんらかの方針が示されるといいんだがな」

そう。ここ穂高村にいると、ついつい今の日本が置かれている状況を忘れそうになってしまう。余震もほとんどない。津波も土砂崩れも、放射能汚染の心配もない。いつのまにか、この自然の中で生きられるという幸福に浸りきってしまう。

でも、それでは駄目なのだ。自分だって、被災地の人に農作物を届けたい。そういう仕事で役立ちたいと思ったから、震災後まもなく長野入りしたのではないか。

忘れては駄目だ。

自分たちは東北を、片時も忘れてはいけないのだ。

第五章　最後の奉公

1

茂樹の従弟、西田誠の一家は六人家族。しかし茂樹の叔父叔母に当たる、誠の両親はどうしても福島を離れたがらないらしかった。

「蓄えもある、年金だってある、自分たちは福島で死にたいって、あの気丈な叔母さんが、誠に土下座して泣いたっていうんだ……そうは言ってもな。誠には真美ちゃんと萌絵ちゃんがいる。一年や二年で綺麗さっぱり、放射能が除去できるとも思えない」

ここ数日、夕食時はその話題が中心だった。

健介からお代わりの茶碗を受け取った君江が、眉をひそめる。

「自分たちの土地を離れたくないのは分かるけど、でもこういう緊急事態なんだから」

「そんな理屈で折れるくらいなら、とっくに俺が説得してる。誠だって苦労しない」

結局、西田家が長野入りしたのは例の電話から一週間が経った四月三十日、土曜日の夕方だった。両親はやはり、福島に残ることになったという。

「シゲちゃん、君江さん、朝子ちゃん、健ちゃん、それからみなさん……すんません。これから、お世話になります。よろしくお願いします」

初めて見る西田誠は行人と同じくらい背が高く、人懐っこそうな丸い目をした、誠実そうな男だった。だが表情に浮き出た憔悴(しょうすい)の色は如何(いかん)ともしがたく、それは妻の五月(さつき)も同じだった。二人の娘、真美と萌絵の表情が明るいのが唯一の救いか。

茶の間の入り口。畳に額がつくほど深く土下座した誠の背中を、君江が優しく撫でる。

「誠さん、あなたが悪いわけじゃない。これは自然災害なんだから。どこが被災するかは誰にも分からなかったんだから。それに、あたしらは同じ百姓。他の誰が飢えたって、あたしらが飢えることはない。でしょう？　元気出して、一緒にやってこう。で、叔父さん叔母さんにも、おコメと野菜、送ってあげよう」

ようやく顔を上げた誠も、隣で同じようにしていた五月も「はい」と返すのが精一杯で、あとは涙で言葉にならなかった。

気を利かせたのか、朝子が真美と萌絵のリュックに手をかける。

「狭いんだけどさ、あたしの隣の部屋、二人で使えるようにしておいたから見においで。

洋服も、少し揃えといた。サイズが合うか分かんないけど、早い者勝ちだよ。ほら、見にいこう」

真美は小学三年生、萌絵はまだ一年生になったばかりだという。服は近所の知り合いから譲ってもらったものと、一昨日、君江と梢恵が長野まで行って買ってきたものと半々くらいだ。

うん、と立ち上がった二人の肩を抱え込むようにして、朝子が茶の間を出ていく。残ったのは茂樹と君江、健介と行人、それと梢恵だ。知郎は夏子を病院に連れていくというので、もう先に帰っていた。

お茶を一杯飲むと、誠も少し落ち着いたようだった。

「今でも、信じらんないよ。震災当日は、そりゃ揺れたけど、簞笥が倒れたわけでも、窓ガラスが割れたわけでもなかった。外に出てみたら、自転車は倒れてたけど、機械類はびくともしてなかった。箱と、積んでた米袋が崩れたくらいで、トラクターもコンバインも、何一つ壊れてなかった。原発だって……そりゃ同じ福島県内だけど、何しろ、うちは三十キロも離れてる。あれは、俺たちには関係ないと思ってた。津波の映像を観たときだって、信じらんなかったからね……あんなことが、同じ県内で起こったなんて。景色としちゃ、ここらと変わんないじゃない、うちの方は。すぐ後ろは山だし、景色は、何一つ変わってない……それなのに」

湯飲みを握る誠の手に力がこもる。ここが自分の家だったら思いきり拳を落としそうな、そんな力の入り方だ。

「コメ……作っちゃいけないんだってさ。仮に作って出荷したら、罰則が与えられる可能性があるんだってさ……ひどいよね。俺たちが何したっていうの。原発で作った電気使ってたの、俺たちじゃないじゃない。東京の人じゃない。東京の工場とか、大企業とかじゃない。俺たちはさ、ガソリンだってできるだけ使わないようにして、地面とお天道様とで、仕事してきたんじゃない。なのに、なんでよ。なんで俺たちが、田んぼ奪われなきゃなんないの」

そう。福島第一原発はあくまでも東京電力の施設だ。東北電力のものではない。作られた電気を使っていたのも東北の人ではない。関東の人間や企業だ。梢恵の生まれた千葉も、働いていた街も、むろんこれに含まれる。

「あとさ……たった、あと三百メートルなんだよ。あと三百メートル、うちが西にずれてたら、作付制限受けなかったんだ……憎いよ。ほんと、原発が憎い。やってらんないよ……」

再び、誠が頭を抱え込み、うなだれる。

そう、そうなのだ。この人たちの農地を奪ったのは、故郷を奪ったのは、地震でも津波でもない。東京電力という一企業であり、それを長年利用し続けてきた関東圏の人間なのだ。

そして自分も、その中に含まれる。

いたたまれなかった。

梢恵は、急にこの場から逃げ出したくなった。自分が関東の人間であることを知られずに済ませることはできないか。そんなことまで考えてしまった。

でも、それをしては、いけない。

それをしたら、自分はきっと、もっと駄目になる。

そしてもう、自分はここには、いられなくなる。

言うなら、今だ。

「……ごめんなさい」

そう漏らすと、視線が一斉に、梢恵に集まった。

隣にいた君江が、さっと梢恵の膝を押さえようとする。

「ちょっと、梢恵ちゃん」

でもそれより、梢恵が両手をつき、頭を下げる方が少しだけ早かった。

「ごめんなさい……今まで、原発がどこにあるかとか、どこから電気が来てるかとか、そんなこと全然考えもしなくて。原発も、原理は原爆と同じなのは分かってたけど、平和利用なんだって、大企業がやってるんだから、たぶん大丈夫だろうって、高を括ってました。

ごめんなさい……無関心でした。無責任でした」

しばしの沈黙ののち、茂樹が「東京から手伝いにきてる人だ」と言った。誠が「えっ」と漏らし、梢恵は頭を下げていたから見えなかったが、彼がこっちに近づいてくる気配は感じた。

「す、すみません。あの、ここに、東京の人がいるなんて、思ってなくて。てっきりみんな、親戚か近所の人だとばかり思ってて。そんな、あの、そんなんじゃないんです。ほんと、あの……」

そのままかぶりを振ると、額が、畳にこすれた。

「いいんです。本当なんです。そういうこと、なんにも知らないで使ってたの、事実なんです。こんな事態になって、初めてこういうことに気づいたんです。地元の人だって、みんな原発、怖かったと思うんです。嫌だったと思うんです。それなのに……」

「あの、頭、上げてください。そういうの、違いますから。こっちこそすみません。そういうつもりじゃなかったんです」

ンンッ、と茂樹の、大きな咳払いが聞こえた。それだけで、ぴしゃりと部屋の空気が引き締まる。

「……もういいよ。あんたも顔上げろ。あんた一人の責任でもないし、あんた一人が謝ったところでどうなるもんでもない。誠も気持ちは分かったって言ってんだ。今日んところはそれでいい」

言われてみれば、その通りだ。謝るのは簡単だ。頭を下げるのは簡単だ。でもそれで気が済むのは、梢恵一人だ。そんなのは自分勝手な、自己満足に過ぎない。

「……すみません」

「だから、もういいって」

茂樹がタバコに火を点ける。

「……誠。こいつは、東京の会社の人間でさ。最初はバイオエタノールに使う稲の作付け農家を探しにきたんだが、紆余曲折あって、農業を一から学ぶってことで、今うちで預かってる。震災直後から、コメや野菜作りの役に立ちたいって、住み込みで、雪掻きからやってる。決して半端な気持ちじゃねえんだ。そこは、分かってやってくれ」

ハッとするようなひと言だった。

自分が東京人であるという恥ずかしさに、頭が熱くなっていた。でもそこに、山風のようにひんやりとした何かが吹き込んできた。

今、茂樹はなんと言った。

「……梢恵ちゃん。とりあえず、買い物行こう」

君江に促され、誠と五月に頭を下げて立ち上がり、茶の間を出るときになっても、梢恵はまだ考えていた。

さっきの茂樹の言葉を、一字一句違わず、思い出そうとしていた。

翌日曜日は早速、誠と五月を入れた大人八人で農作業。朝子は子供二人の面倒を見るということで、これを免除された。

しかし――。

「真美ちゃん、萌絵ちゃん、何して遊ぼうか。ゲームする？　それともどっか、街の方に連れてってあげようか」

「んー。私たち、田んぼでカエル見つけたい」

朝子はその後もしばらく二人を他の遊びに誘ったが、彼女たちの意志は固かった。最後には朝子も折れ、ツナギに着替えるため自室に上がっていった。

まもなく、茂樹から作業の説明があった。

「今日は、稲のおっぱなしをする」

また分からない単語が出てきた。でも梢恵が訊く前に、君江が説明してくれた。

「育苗機で芽を出した苗箱を、表の田んぼに並べるの。稲は数が多いから、ハウスで育苗ってわけにいかないでしょ。だから、田んぼに並べて、シートをかけておくの」

「なるほど」

作業内容は至って単純。農具庫に設置されている育苗機から、例の三十センチ×六十センチの苗箱を取り出し、道を渡って「あぐもぐ」の正面にある田んぼまで運んでいく。ただし、種播きをした苗箱は約千五百枚。それを全て運び出すのだから、かなりの重労働になることは覚悟しておくべきだろう。

「君江とあんたで育苗機から出す。健介とユキさん、知郎で田んぼまで運ぶ。五月さんはトロッコに載せる係、俺と誠で田んぼに並べる。以上」

またもや聞き慣れない単語が。

「……すみません、君江さん。表の田んぼに、トロッコなんてありましたっけ」

「うーん、トロッコって言っても、あれよ。田んぼの脇に一本、ちっちゃなレールがあって、それに台車を載っけてあるだけよ」

「レール？　ありましたっけ、レールなんて」

「雑草に埋まってて分かんなかっただろうけど、あるのよ。道から田んぼの奥の方まで、つーっと延びたレールが。昨日だか一昨日、安岡が一人で整備してたわ。いま行ったらちゃんと見えるよ……でね」

ふいに君江が、悪戯っぽい笑みを浮かべる。

「できたら必ず、安岡はそれに乗るの。腹這いになって、スチャーッて。馬鹿みたいに、ウルトラマンだー、とか、スーパーマンだー、とか言って。子供の頃は、朝子にもウケてたけどね……」

「今年も、乗ってたんですか」

「うん。誰も見てなかったけどね。あたしがたまたま、そこに通りかかっちゃったってだけで。ほんと、いい歳してやんなっちゃう」

虚しい。というか悲しい。そしてかなり恥ずかしい——などと思っていたら、

「こらァ、いつまでも無駄話してんな、お前らァ」

遠くから茂樹に怒鳴られてしまった。

「はァーい、すみませェーん」

「ごめんごめん」

慌てて、君江と農具庫の方に向かう。

そう。梢恵の見ているところではたいてい、茂樹は半ば怒ったような、真面目腐った顔をしている。でも君江の話を聞いていると、どうもそればかりではないと分かってくる。むろん、この家にとっての梢恵がまだ新参者であるというのもあるだろう。その他の社員の手前というのもあるかもしれない。ただもう一方の理由として、朝子の年頃があるのでは、と梢恵は思う。

きっと小さな頃の朝子は、パパ、パパ、と茂樹にまとわりついて離れない子供だったのだと思う。でもいつの頃からか、そういうことは徐々に少なくなり、今ではすっかりなくなってしまった。代わりに朝子は年相応の自由を求め、茂樹はそれに見合う責任を求める

ようになった。自然と二人の顔から笑顔は消え、逆にぶつかり合うことが多くなった。
分かる。梢恵にも似たような時期があった。自分を大人として扱ってくれない苛立ち。年頃の娘から自由を奪おうとする父親の理不尽。でもこうやって、他の親子を端から見ているとよく分かる。これは父親が悪いわけでも、娘が悪いわけでもない。ただの過渡期なのだ。大人になろうとする、子供。子供の親から、大人の親になろうとする、親。双方が不安定な時期なのだ。

「梢恵ちゃん、この台、そっちに出そう」

「はい」

その一方で茂樹は、君江にだけは昔と変わらない顔を見せる。君江がトロッコに乗る茂樹を目撃したのも、ひょっとしたら偶然ではないのかもしれない。茂樹はわざと、君江に見せたのかもしれない。娘の前ではできなくなった、年甲斐もない悪ふざけ。それを笑って許してくれるのは、今の茂樹にはおそらく、君江だけなのだ。

いい夫婦だなと、素直に思う。

「この台に、十段ずつくらい重ねて置いていこう」

君江が、農具庫の出入り口に設置した台をぽんと叩く。

「はい」

二人で育苗機から苗箱を出し、その台に積むと、男衆三人がやってきて、せっせと田んぼに運んでいく。要は、苗箱のバケツリレーだ。

　こういう単純作業をしていると、

「……あの安岡がさ、バラの花束持って、モジモジしてるわけよ」

「えーっ、すっごい意外」

　つい無駄話に花が咲く。

「ほら、その頃はまだ、今ほどヤマアラシみたいな見てくれじゃなかったから。もうちょっとマシだったから」

「はは……ヤマアラシって」

　けっこう当たってるかもしれない。梢恵的には、茂樹はヒグマのイメージだったが。

「あとでさ、昔の写真見せてあげる。たぶん、たぶんだけど、梢恵ちゃんがいま想像してるのよりは、若干イケてたと思うんだ」

「そんなそんな。社長は、今でも充分……イケてます、よ」

「またまた、梢恵ちゃんたら。心にもないこと言っちゃって」

　そんなことで笑っていると、苗箱を取りにきた健介が「なになに？」と話に入ろうとする。

「なんでもないわよ。ただのガールズトーク」

「えっ、君江さんって、まだガールなの？」

「あ、そういうこと言うと、健ちゃんの初恋とか、昔のカノジョのこととか、梢恵ちゃんに全部バラしちゃうわよ」

「あっ……それは、ちょっと、勘弁してください」

「だったら男子は首突っ込まないの。ほらほら、運んだ運んだ」

シッシッ、と追い払う仕草をする君江。振り返りながら、マジやめてくださいよ、と念を押す健介。なんとなく状況を察したのか、笑みを浮かべながら健介とすれ違い、こっちにくる行人。

「……なんか、楽しそうですね」

「うん。健ちゃんの恋愛遍歴、梢恵ちゃんにバラそうかと思って」

「はは、あの話ですか……君江さん、意外と意地悪だな」

それだけ言って、さっと苗箱を抱えて行人は戻っていく。

いや、意外なのは君江の意地悪より、行人まで健介の恋愛遍歴を承知しているという、そのオープンな関係性だ。あけっぴろげというか、なんというか。

そうか。ここって、みんなそういう感じなのか。

梢恵は、ふとあの疑問について思い出し、君江に訊いてみたくなった。訊いてみても大丈夫なんじゃないか、と思えた。

「あの、君江さん……私、実は前々から、気になってたことがあるんですけど」

「ん、なに？」

「えっと……君江さんと、『ひろみ』のママって、親戚とか、なんか、そんな感じなんですか？」

育苗機に手を伸ばした君江が、そのまま目を丸くする。

「え、なんで？　全然、赤の他人だけど、どうして？」

「いえ、なんか、お二人って、よく似てるなって、思ってて」

「エエーッ、あたしとユミさんが？　似てる？　うっそォ」

ちょうどそこに来た知郎に、君江が訊く。

「ねえねえ、あたしとユミさんって、似てるの？」

「何が、ですか」

「親戚みたいに、見た感じ似てる？」

「……いえ、別に」

それだけ言って、知郎は苗箱を抱えて行ってしまった。

次に来た健介にも、君江は同じ質問をした。

「は？　君江さんとユミさん？　似てないでしょう。なんでそんなこと思ったの」

「だって、梢恵ちゃんがそう言うんだもん」

「梢恵ちゃん。メガネ、新しくした方がいいんじゃないの？」

ははは、と笑いながら健介は去っていった。

むろん、行人にも訊いた。

「いや、似てないでしょう。ユミさんは猫顔だし、君江さんはどっちかっていうと……」

「どっちかっていうと、何よ。犬？」

「うーん……キツネ顔？」

「えっ、あたしってキツネなの？」

「いや、もちろんいい意味で」

行人がいなくなると、今度は梢恵に訊いてくる。

「ねえちょっと、あたしってキツネ顔なの？　やだ、あたしそんなこと、今まで一度も言われたことないわよ。ちょっとやだわ、行人さん」

なんというか、この話題、梢恵的にはもう、どうでもよくなってしまった。


何往復かした頃、息を切らした健介が言った。

「梢恵ちゃん、悪いけどこっち入って。ユキさん、並べる係に入っちゃったから」

「はい、分かりました」

というわけで急遽、梢恵は運ぶ係に配置替え。

健介のあとに続いて、苗箱を抱えて農具庫から出る。

「ちょっと……重たいですね」

「いいのに、梢恵ちゃんはもっと少なめで」

籾殻山の脇を通り、表の道を渡る。

正面にあるのは、ちょうどテニスコートくらいの、縦に長い田んぼ。

「わぁー、すごーい」

そこはすでに耕起も畦塗りも終わっているが、まだ水を張っていないので真っ黒な地面が露出している。その奥の方から、苗箱は隙間なくぎっしりと敷き詰められている。すでに二百枚、いや三百枚はいっているのではないか。

苗箱一つひとつは白い芽がぷちぷちと出た段階で、まだ緑には程遠い。でもあの芽が伸び、葉が緑に色づいて苗になるかと思うと、なんだか今からわくわくする。見ると田んぼの畦の外側には、確かに一本、幅の狭いレールが通っている。そこに載せた台車に苗箱を積み込み、奥まで押していっているのは五月だ。

真美と萌絵は田んぼのちょうど真ん中辺りにしゃがみ、何やら熱心に足元を見つめている。観察対象はカエルか、ミミズか。あるいは蛇という可能性もあるかもしれない。

おそらく、彼女たちにとってはこれこそが日常なのだ。晴れた日は両親と一緒に田んぼに出て、カエルや虫を追いかけて遊ぶ。泥んこになりながら、野原を駆け回る。しかし先の原発事故は、彼女たちからそんな日常まで奪ってしまった。

だからこそ、だったのだろう。したい遊びは、お父さんとお母さんがいる田んぼでの、カエル探し、虫捕り、泥遊び。テレビゲームより、街へのお出かけより、その方が彼女たちには貴重なのだ。

おや。ということは、朝子はどこにいるのだろう。メガネを掛け直してよく見てみても、田んぼの奥にいるのは茂樹と誠、行人の三人。トロッコ係は五月、真ん中辺りで遊んでいるのが真美と萌絵。振り返ると、苗箱を取りにいく知郎が、ちょうど苗箱を抱えた健介とすれ違うところだった。まさか、真美と萌絵に相手にされなかった朝子は、拗ねてどこかに隠れてしまったのか。

そんなことを思ったときだった。

母屋の玄関が勢いよく開く音がし、続いてパタパタと忙しない足音が聞こえてきた。朝子だ。サンダル履きで、道の左右も確かめずこっちに渡ってくる。危ないな、と思ったが、梢恵が注意する間もなかった。

「健兄ちゃん、大変、大変だよッ」

朝子は、細い両腕を滅茶苦茶に振りながら駆けてくる。見ると、よっこらしょと苗箱をトロッコの載せ口に置いた健介が、ちょうど朝子を振り返ったところだった。

「健兄ちゃん健兄ちゃん、大変なんだってばッ」

「……んあ？　なんだよ。パンツにウンコでも付いてたか」

「そんなん言ってる場合じゃないってッ。今カワカツさんから電話があって、健兄ちゃんの田んぼに、農薬積んだラジコンヘリが墜落したって」

それまで、朝子をからかうのにニヤついていた顔が、一瞬にして、炎に巻かれる閻魔の形相に転じた。

「なんで、こんな時期に農薬なんかッ」

「知らないよ。あたしだって、分かんないよ……」

急に泣き出す朝子。どうした、とこっちに声をかける茂樹。心配そうに見ている行人。しかし健介は誰にも何も言わず、いきなり踵を返して走り始めた。ゆるい坂道を下り、ライスセンターの手前に駐めてある自分のバイクの方に一直線。

「おーい、なんだーッ。なんかあったのかーッ」

そんな茂樹の声も届かないほど、健介はもう遠くに走り去ってしまっていた。

2

梢恵や君江が事故現場に行ったところで、どうなるものでもない。

とりあえず現場には茂樹が向かい、おっぱなし作業は行人と誠を中心に、朝子を加えた七人で続けた。

八百枚ほど並べた辺りで母屋に戻り、昼休みをとることにした。何度か君江は連絡をとろうと試みたが、茂樹も健介も電話には出ないようだった。変に話がこじれていなければいいけど。そんなふうに案じながらの昼食になった。

大人六人に、朝子と子供が二人。それだけいるにも拘わらず、茂樹と健介のいない食卓は、なんとも寂しい感じがした。火の消えた、なんてものではない。肉の入っていないハンバーガー。タイヤのはずれた自動車。スポーツだったらなんだろう。ピッチャーもバッターもいない野球だろうか。

今さらだが、茂樹と健介こそ、この「あぐもぐ」の主役なのだと思い知らされる。梢恵にとっては君江も朝子も、行人も同じくらい重要な存在だけれど、「あぐもぐ」という農業法人単位で考えると、やはり茂樹が頭、それに次ぐのが健介ということになる。

箸を置き、ひと口水を飲んだ君江が、溜め息をつく。

「……健ちゃん、ちょっと喧嘩っ早いところあるからな。カッとなって、おかしなことになってなきゃいいけど」

朝子も箸を止め、力なく頷く。今日の昼はラーメンだが、まだ朝子は半分も食べていない。

「健兄ちゃん、すごいがんばってたのに。農薬ヘリなんかが落ちたら、もう……全部台無しだよ。ようやく、今年が三年目だったのに」

そうか、三年目だったのか、と誠が溜め息をつく。何が三年目だったのだろうと思っていたら、君江が説明してくれた。

「健ちゃんはね、おコメでＪＡＳのオーガニック認定をとろうと思ってたのよ。簡単に言うと、農薬を使わないで、有機肥料だけで育てたおコメ、ってことになるんだけど。農薬もね、ただその年使わなかっただけじゃ駄目なの。その田んぼは三年無農薬じゃなきゃいけないとか、農薬を使ってる田んぼから何メートル離れてなきゃいけないとか、いろいろ小難しい決まりがあるの」

なるほど。そういう意味での「三年目」か。

「……じゃあ、農薬へリなんか落ちたら」

「また来年、一からやり直しだね。今年はもう無理だから」

茂樹に、今年も無農薬でやるのかと訊かれ、不安げに、もう一年チャレンジしてみる、と答えたときの健介の顔を思い出す。去年は反三俵しか穫れず、それじゃ全滅も同じだと言われたときの、悔しげな表情も。

ふいに朝子が、うっ、と嗚咽を漏らした。

「……健兄ちゃん……健兄ちゃんが、無農薬に拘るの、あたしのせいなの……」

朝子の、せい？

梢恵は意味が分からず、向かいにいる君江を見ると、彼女は固く口を結びながら頷いた。

「……まあ、確かに。最初は、そうだったよね……この子がまだちっちゃい頃、うちでネコを飼っててね。朝子も、それをすごく可愛がってた。それがある日、急に泡噴いて死んじゃって。本当は、原因なんて分からないんだけど、そのときお祖父ちゃんが、農薬でも飲んじゃったかな、って、朝子の前で言っちゃったのよ。そしたらもう、この子は農薬なんて嫌い、捨てて、全部捨ててって狂ったように泣き出しちゃって。挙句、ご飯も野菜も農薬が入ってるからイヤ、って食べなくなっちゃって。それ見てね……健ちゃんが、約束してくれたんだよね。朝子が安心して食べられるように、俺が無農薬のコメ作るって。この子は、そんなことすぐ忘れちゃって」

「忘れてないよッ」

いつのまにか、真美と萌絵も泣き出していた。朝ちゃん可哀相、ネコ可哀相。それを五月が、苦笑いでなだめる。

「でもあんた、すぐ菓子パン食べ飽きて、三日もしないうちにご飯ちょうだいって食べてたじゃない」

「食べたけど忘れてない。ちゃんと覚えてるのッ」

まさか、健介の無農薬米への拘りにそんな経緯があっただなんて。梢恵は全く、想像もしていなかった。

子供の頃の朝子にとって、健介はきっと、大きくて強くて、さぞ頼り甲斐のあるお兄ちゃんだったことだろう。

今はまあ、あんな感じだけど。

その日、健介は「あぐもぐ」には戻ってこず、直接家に帰ったということだった。一人で帰ってきた茂樹は、君江が作ったお握りを一個頬張っただけで、午後には作業に復帰。夕方までおっぱなしを続けた。

ようやく事情が聞けたのは夕飯時だった。

「……誠は、よく知ってるだろうが、農薬散布の無線ヘリってのは、こーんなにデカいんだ」

言いながら、茂樹が両手を広げる。それも決してオーバーな表現ではないらしく、誠はうんうんと頷いてみせた。

「まあ、尻尾の生えたスクーターが空を飛ぶ、くらいに思っておいたらいいかな」

「だな。ちょうど、本体はそんなもんだ。その両側にタンクが付いてて、真下に農薬を噴霧する……」

でも、と君江が割って入る。

「なんでこんな時期に、農薬なんか撒いてたの。田んぼじゃないにしたって、畑にしたってまだ早過ぎるでしょう」

「無線ヘリの認定証を取ったから、練習でやってみてたんだってさ。モリタんとこの次男坊だ。あそこら辺、何軒かで金出し合って、無線ヘリ買ったんだよ。一千万くらいしたらしいけど。それが一発でオシャカだってさ……さすがの健介も、殴るに殴れなかったみたいだ。三十過ぎの大の男がさ、ごめんなさい、ごめんなさいって、農道で土下座して泣きじゃくってんだから」

　こっちに顔を出したくないくらいだから、相当健介は落ち込んでいるのだろう――と、思いきや、

「おっはよォーございまァーすッ」

　翌朝出社してきた健介は、いつにも増して元気な様子だった。ちょうど梢恵が長靴を履いて外に出たところだったので、ちょっとびっくりした。

　メガネがずれた。

「ああ、おはよう、ございます……」

　よかった、元気そうで、と梢恵が言う前に、健介から勝手に説明し始めた。

「いやァーッ、なんかさァ、無農薬できなくなったら、逆に肩の荷が下りたっていうか。やっぱ、ちょっとプレッシャーに思ってたとこ、あったんだよね。口で言うのは簡単だけど、なかなか難しいもん。農薬使わないで、有機肥料だけで作るのって。別に諦めたわけじゃないんだけど、でも今は社長の言う通り、一人前に美味いコメ、安定して作れるように腕磨いてさ。無農薬は、それからまたいつか、チャレンジすればいいかなって……」

それで、いいと思う。もう学校に行ってしまったが、朝子もその方がいいと言うに決まっている。カラ元気でも、負け惜しみでもいい。健介には、健介らしくいてほしい。

「よォーし、今日は昨日サボった分まで、おっぱなすぞッ」

その言葉通り、健介は朝一番からモリモリ働き、

「うりゃーッ、どけどけどけェーいッ」

おっぱなしが午前中で片づくと、

「社長。俺、下木島のあの辺の、水路直してくるわ。梢恵ちゃん連れてっていい？」

午後一番から軽トラックに乗り込み、各地で水路を調整して回り、

「あーッ、あとあれだ、マルチが足りないんだった」

帰りは農協に寄って買い物をし、

「梢恵ちゃん、おやき好き？」

「はい、好きです」

「じゃあ、土産に買って帰ろうか」

飯山駅近くのお店でおやきを買い込み、二人で一個ずつ食べながら「あぐもぐ」に戻った。

「はい、お疲れェ」

「お疲れさまでした。私これ、ちょっと君江さんに」

梢恵が、母屋で夕飯の支度を始めている君江におやきを渡して、屋根付き通路まで戻ってくると、ちょうど見覚えのある軽トラックが「あぐもぐ」の前に停まるのが見えた。見覚えと言っても、軽トラックなんてどれも似たようなものなのだが、なんとなく、それは知っている車に思えた。

ところが、運転席にいたのは、梢恵にも意外な人物だった。

ヘッドライトを消し、エンジンを切り、運転席側のドアを開け、ゆっくりと片足ずつ地面につき、降りてくる。

「……文吉さん？」

そう。訪問者はあの、田中文吉だった。

「やあ、梢恵ちゃん。久しぶりだね」

「どうしたんですか、こんな時間に」

健介も驚いた顔で寄ってくる。

「どうしたんすか、文吉さん。珍しいじゃないっすか」

「んん。ちょいと、話があってな……いるかい」

文吉が、ピンと右手の親指を立ててみせる。オヤジ、の意味なのだろう。むろん、ここでは茂樹を指すことになる。

梢恵が答える。

「まだ、畑から戻ってないみたいなんですけど……じゃあ、ちょっと中で、お待ちいただけますか」

「いや、いいよ。奴が外なら私もここで待つ。梢恵ちゃんたちは、どうぞ。残りの片づけをしちまってください」

「ああ、はい……じゃあ、失礼して」

梢恵は一礼し、水路の修理に使った道具を片づけ、農協で買ってきたマルチ、肥料などを軽トラックから下ろし、屋根付き通路の入り口に積んだ。途中、健介に「梢恵ちゃんて文吉さんのこと知ってるの？」と訊かれたが、そこは「ええまあ」と適当に誤魔化しておいた。

そんな梢恵たちを、文吉はちょっと離れたガードレールに腰掛けて、ずっと眺めていた。もう薄暗いし、距離もあるので表情までは見えない。メールを交わすようになり、少なからず文吉には親しみを覚えるようになっていたが、不思議なことに、直に会うとなんだか緊張した。表情の見えないこの微妙な距離感が、さらにその緊張を強くさせる。

そこに、茂樹が現われた。

「……ん」

前に停まっている軽トラックを見て怪訝な顔をし、眉をひそめてガードレールの人影を注視する。

「……文吉さん、か？」

「ええ。あの、ちょっとさっきお見えになって。社長に何かお話があるそうで」

そう梢恵が言っているうちに、文吉の方からこっちに近づいてきた。

「よう、茂樹。相変わらず精が出るな」

「ご無沙汰してます。珍しいですね。文吉さんから、訪ねてきてくださるなんて」

「ああ。ちょっと今日は……話があってな」

言いながら、茂樹と梢恵を見比べる。それを見て、茂樹がまた怪訝な顔をする。

「話、って……なんですか」

「どうやら、本当に梢恵ちゃんは、なんにもこいつには話してないらしいね」

梢恵ちゃん？　と茂樹は訊き返したが、文吉はかまわず続けた。

「私はね、もう、下手な意地を張るのは、やめにするんだ……茂樹。残ってるうちの田んぼ、全部、お前がやってくれ」

えっ、と漏らしたきり、茂樹はそのまま固まってしまった。隣にいる健介も、驚いた顔で文吉と茂樹を交互に見ている。

「恥ずかしながら、うちの田んぼは去年、土壌改良詐欺(さぎ)に遭っちまってね。しかも、その業者を連れてきたのはうちの倅だ。お前は聞いてないかもしれんが、田んぼに投棄された建築廃材をしばらくの間、私は夜の闇に紛れて、一人で片づけていた。でもそれを、この梢恵ちゃんに、見つかっちまった……そんなこと、自分から言うのも恥ずかしかったが、でもこの娘が、お前に知らせるんじゃないかって、私はその方が心配でね。だから恥を忍んで、この娘には事情を話した。かくかくしかじか、こういうわけで、私は夜中にこっそり、田んぼの片づけをしてるんだと。そうしたらお前、この娘はなんて言ったと思う」

茂樹は、ただ「さあ」と首を捻った。

「……私も手伝うって、言ってくれたんだよ。農業は素人だけど、ゴミ拾いならプロも素人もない。一緒にやりますよって……どう思う、茂樹。この娘は、バイオエタノールの作付け農家を探しに来たんだろう。でもどこ行っても断わられて……詳しく経緯は知らないが、最終的にお前んところで百姓修業することに落ち着いたんだろう。東京から来たお嬢さんがさ、こんな田舎で農作業するだけだって大変なことさ。現にうちの二人の倅は、両方とも百姓なんざ馬鹿にして、手伝いもしない。でも、梢恵ちゃんはそれをやった上で、なお係わりのない私んところの廃材処理を手伝うって、そう言ってくれたんだよ」

このままいくと、毎朝していた茂樹の予定密告までバラされてしまうのでは、と案じたが、文吉は、そこのところは上手く端折ってくれた。

「……平たく言ったら、感動したわけさ。それでまあ、ちょうど廃材の片づけも一段落したんでね。ここらで一つ、けじめをつけようと思ってな……だいぶ減らしはしたが、うちだってまだ一町歩かそこらの田んぼはある。それを全部、茂樹、お前に預ける。機械も一緒に預ける……ただし」

そこで文吉は、ジャンパーのポケットから何やら取り出した。細長い角封筒を、半分に切ったような代物だった。ちょっと膨らんでいるように見えるが、中に何が入っているのかは分からない。ポケットでずっと握っていたのか、紙は皺々によれている。

茂樹が小首を傾げる。

「……なん、ですか」

「これは『ユメユタカ』という、多収量米の種籾だ。こいつを、うちの田んぼに植えてくれ。イモチ病に強く、茎も太くて倒れにくい。粒が大きいのが特徴で、食用としては、よっぽど水分を多くして炊かないとバサバサして不味いんだが、でも、むしろこういう用途には持ってこいだろう」

「……こういう用途、というのは？」

文吉が、片眉をひそめてニヤリとする。

「茂樹、お前にしちゃ鈍いな。バイオエタノールだよ。パソコンで調べたところによると、実際こいつは、新潟のバイオエタノールプラントでも採用されている品種らしい。それで興味を持ってな、試しに農協から取り寄せてみたんだ。うちの田んぼに、こいつを植えてくれ……収穫できたら、それからバイオエタノールを精製する」

エエーッ、と声をあげたのは梢恵だけではない。健介も、もしかしたら茂樹も、似たような声を発していたかもしれない。

でも、と気を取り直した茂樹が訊く。

「文吉さん。バイオ用に稲なんて植えたって、全然、採算合いませんよ」

「そんななぁ、やる前から採算のことなんか考えてたら、何もできゃしないよ。採算が合わないんだったら、合うように工夫すればいい。品種を吟味し、作業工程を単純化し、肥料も農薬も節約し……やるべきことはいくらだってある。何しろ、食用米にするつもりがないんだから、減反云々を言われる筋合いもない。単なる休耕田対策だと思えば、採算もクソもないだろう。それに、休耕田を誰より嫌ってたのはお前じゃないか、茂樹」

何か反論しようとした茂樹を抑え、文吉は「それとな」と続けた。

「これはまだ、未確認情報なんだが……ある大手自動車会社が、近々バイオ燃料の実用化に向けて動き出すという話もある。なんでも、新たな酵母菌の開発に成功して、従来より効率的に糖をアルコール発酵できるようになるらしい……な、茂樹。こんな時代だ。いつまでも石油に頼ってはいられない。かといって原発なんざ当てにはできない。これからは太陽光、風力、火力、水力、バイオ、いろいろあっていい。そういうのを、少しずつ持ち寄るのがいいんじゃないかね。何か一つの方式に偏るから、それが駄目になったときに混乱が起きる。そもそも、安くて爆発的なエネルギーなんて、危ないに決まってるんだ。何十分の一、何百分の一かもしれないが、自分たちで使う燃料くらい、自分たちで作ろうじゃないか。まずは自給自足。それができない百姓に、一体誰を食わせられるというんだい」

茂樹が頷きかけた、その瞬間だった。

「アアーッ、チッキショーッ」

健介がいきなり、かぶっていたキャップを地面に叩きつけた。

「……そ、そういうのさァ、俺が今日さァ、夕飯のときに、言おうと思ってたんだよなァ。俺んとこ、無農薬できなくなったからさァ、だったらいっそ、エネルギー方向に転換してさ、梢恵ちゃん喜ばしてやろうとか、密かに思ってたのにさァ、文吉さんさァ……いきなり現われてさァ、それはちょっと、ないんじゃないの？　種籾まで持ってきてさ……準備万端過ぎるぜ、ちょっとよォ」

なんと。

梢恵は突然、男性二人から告白されたような錯覚を覚えた。

もちろん、間違いなく錯覚なのだが。

さらに驚いたことに、すでに文吉は「ユメユタカ」の播種を終え、発芽段階まで進めているという。それもたった一人で、苗箱二百枚を作ったという。

これには逆に「あぐもぐ」側が慌てることになった。何しろ「あぐもぐ」の持っている田んぼは五町歩、よそから預かっているのがやはり五町歩、そこにさらに一町歩加わるのだから、作業日程も大幅に見直さなければならなくなる。

「俺と誠、健介は、しばらく耕起と代掻きに専念する。野菜はユキさんが中心になってやってくれ。よろしく頼む」

本来の目的を忘れていた、わけでもないのだけど、文吉という意外な人物の意外な英断で、いきなり梢恵に課せられたミッションは達成されてしまった。

バイオエタノール用の稲を、農家に作付けしてもらう。しかもいきなり、一町歩もだ。二月の中頃、初めて長野に来たときは分からなかったが、今なら分かる。一町歩といったら約一ヘクタールだ。一万平方メートルだ。これは大変なことだ。梢恵にとっても、「あぐもぐ」にとっても。むろん、片山製作所にとっても。

電話で報告すると、片山も興奮気味にまくし立てた。

『本当か？　梢恵……よし、よくやったッ。しかし、よく間に合ったな。一町歩ってことは、つまり何キロ穫れるんだ。こっちの試算だと、百キロのコメに対して……』

「でも社長、実際はまだ、その苗は田んぼに植えられてもいませんし、田んぼ自体、耕起も代掻きも終わってない状態なんですよ。品種としては多収ですけれど、本当に予想される反収が得られるかどうかは、天候や立地という条件だって絡んできますから、今は分かりません。それに、今回はご厚意と、エネルギー問題に対する危機意識から植えてくださることになりましたけど、肝心なコストの問題は何一つ解決していないんです。だから、あんまり先走って喜び過ぎないでください」

『……へえ。お前も、一人前なこと言うようになったじゃねえか』

そう。自分でも不思議なくらい、今の梢恵は冷静だった。

長野入りした時点では、農家の人がバイオ燃料用に植えてくれればいいとしか思っていなかった。でも、今は違う。播種も育苗も耕起も代掻きも、おっぱなしも知っている。その一つひとつの苦労を体で知っている。そして、実際の田植えはまだこれからであり、収穫はさらにその何ヶ月もあとになる。無責任なことは、逆に言えなくなっていた。

とにかく、今は日々の作業を地道にこなしていくだけだ。

その後の梢恵は、ハウスで育った苗を畑に定植させる係になることが多かった。ズッキーニとか、キュウリとか、トマトとか。

各畑、何本もの真っ直ぐな畝にかぶせられた、黒いマルチシート。そこに一定間隔で穴を開け、ハウスから持ってきた苗をポットから出し、その穴に定植していく。元気に育って、美味しい野菜を実らせてね。そうお願いしながら、丁寧に植えていく。

かと思うと、急に茂樹から呼び出しがかかる。

『向かいの田んぼから斜め右に上がってきて、ワラの片づけを手伝ってくれ』

「はい、了解しました」

言われた通りに行くと、茂樹は斜面の中腹にある棚田で代掻きをしていた。トラクターに乗ったまま、梢恵に大声で指示する。

「この上にィーッ、ワラが束になって置いてあるからァーッ、その軽トラにィ、積んどいてくれェーッ」

「はァーい、分かりましたーッ」

巨大な階段状の棚田。梢恵が片づけをするのは、いま茂樹が代掻きをしている田んぼの一つ上だ。当然、茂樹の代掻き作業を上から見下ろす恰好になる。

薄っすらと水が張られた田んぼ。トラクターの後ろに着いているのは、耕起のときと同じアタッチメント「ロータリー」だ。あの赤い箱型カバーの中では、鎌のような刃が何本もぐるぐる高速回転しているはずだ。それが土を掘り起こし、掻き混ぜていくのだが、今回は田に水があるため、耕起のときみたいな土埃は立たない。むしろ作業としては、表面にある土と水を捏ね合わせている感じだ。

茂樹はその理想的な仕上がりを「チョコレートフォンデュ」と表現するが、同じチョコレートで喩えるなら、梢恵は「チョコレートケーキ」の方が近いと思う。スポンジケーキの上に、ヘラでチョコレートを平らに塗り伸ばしていくような。ロータリーが通ったあとの土が、ちょうどあんな感じなのだ。真っ平らで、トロトロしていて、テカテカしている。

そう。代掻きの重要な目的の一つに、田んぼの地面を平らにする、というのがある。それをしないと田植えをしたとき、苗が均等に水面から出なくなってしまうからだ。

軽トラにワラを積んだついでに、もうちょっと近くで見てみることにする。

今くらいぬかるんだ田んぼだと、当然トラクターは自分の重みで地面に沈み込むことになる。前輪も後ろの三角キャタピラも、十センチくらいは水面より下にもぐっている。トロトロの土に浸かりながら、それでも前に進んでいく。ロータリーを引っ張り、土と水を捏ね、田んぼを平らに仕上げていく。

そしてトラクターが通った場所は、その重みで少し低くなる。当然その低くなったところには、周囲から水が集まってくる。

「……あ」

集まってくるというか、流れ込んでいく。周りにあった様々なものが、流れに乗ってロータリーを追いかけていく。水面に浮いていたワラくず、雑草、その根っこ。あるいは――カエル。

「キャアアーッ」

ダメッ、そのまま流れに乗っていったら、ロータリーに呑まれちゃう。呑まれちゃったら、やだ、ちょっと、考えたくない。

「ダメェエエーッ」

可哀相過ぎる。ロータリーの中では、何枚もの刃が回転している。それも、物凄い高速回転だ。そんな中に、あんなちっちゃなカエルが吞み込まれたら、そんなの、そんなの――。

「イヤァァァーッ」

「なっ……なんだ、どうしたッ」

トラクターをストップさせた茂樹が運転席で振り返る。梢恵は畦道を早歩きし、ロータリーの真後ろが見えるところまで急いだ。トラクターの前進は止まったが、ロータリーそのものはまだ回転を続けている。

田んぼの表面にできた流れ。水は高いところから低いところに流れるという、誰にも変えることのできない絶対的な法則。その変えることのできない流れに翻弄される、一匹の小さなカエル。すーっと流れていくその先には、あのあまりにも獰猛な、機械の刃が待ち受けて――。

「……ん？」

確かに、ロータリーは待ち受けているのだが、掘り起こされたお陰で、その辺りの地面は若干、周囲より高くなっているようだった。よく見ると、ロータリーの真後ろは島のようになっており、地面が露出している。

流されていったカエルは、やがて何事もなかったように、その島に上陸した。何歩か歩いて、数秒辺りを見回したあと、今度は向こう側にジャンプし、悠々と泳いでいった。

茂樹が悪鬼の形相で怒鳴る。

「おい、どうしたッ」

いや、あの、カエルが――。

「何かあったのか、はっきり言えッ」

いえ、なんでもないです。

社長。どうぞお気になさらず、作業を続けてください。

3

ゴールデンウィークも過ぎ、いよいよ農作業も本格化してきた。

早くも収穫されたアスパラガス、これの受注と出荷は君江が担当するようだった。

「梢恵ちゃん、段ボールの組み立て手伝って」

「はいッ」

「あー、君江さん、駄目だよぉ。梢恵ちゃんは俺と農協行くんだからぁ」

近頃は、梢恵程度の労働力でも取り合いになるくらい忙しい。

誠や五月とも仲良くやれている。

「瀬野さん、うちの人、どこにいるか知りません？」

「ああ、誠さんだったら往郷の田んぼに行きましたよ。軽トラックに乗って」

「んもォ、また携帯持たないで行っちゃうんだからッ」

知郎とは、

「飲み物、ここに置きますね」

「……ああ、はい……すみません」

相変わらずな感じだが、行人とは、作業が一緒になればよく話をする。

「瀬野さん、籾殻の炭、掻き混ぜといてくれた？」

「あっ、すみません、忘れてました」

そのとき行人に頼まれていたのは、以前健介に説明してもらった、大きなラッパのような器具で作る籾殻の炭、それの世話だった。ラッパの笠の中に火を仕掛け、周りに籾殻をかぶせて、しばらく放置。焦げてきたらスコップで掻き混ぜて、全体に馴染ませ、また焦げたら馴染ませて――これを繰り返していると、最終的には全体が真っ黒な炭に仕上がる。ずっと付きっきりでいる必要はないけれど、でも長時間放置していると本当に燃え始めて、あっという間にただの灰になってしまう。目が離せるようで離せない、なかなかデリケートな仕事なのだ。

「あーあ、ちょっと灰になっちゃった」

掻き混ぜていたら、後ろから行人がやってきた。

「あら……ま、それくらいだったら、混ぜちゃえばいいよ」

「はい、すみません」

笠にかぶせた部分を掻き落とし、焦げたところとまだ白いところを混ぜ合わせ、再び笠にかぶせる。その間も、ラッパでいったら吹き口の部分、一メートルくらいある煙突からはモクモクと煙が出ている。

行人は少し離れたところ、脱穀してできたばかりの、綺麗な籾殻の山に近づいていった。梢恵が、暇があるとつい弄ってしまうアレだ。

行人はそこにしゃがみ、ひと掴み、手にとってはパラパラと撒いて山に戻した。

「……私はさ、これこそバイオ燃料向きじゃないかと、思うんだよね」

「えっ?」

ちょうど炭をかぶせ終わったので、梢恵もそこに行った。

「この籾殻を、ですか」

「うん」

梢恵自身は、あまり考えたことのないパターンだった。

行人がまたひと掴み、手にとってはパラパラと撒く。梢恵の手遊びと違い、こんなことでも行人がやると、何かとても意味のあることのように見える。

「知っての通り、ここでは一年の大半、籾のままコメを貯蔵している。秋冬は玄米での貯蔵を多くするけど、それだって全部やるわけじゃないでしょう。奥のタンクには、常に大量の籾がストックされている」

「はい」

「それをお客さんの注文分や、家で食べる分、そのときどきで脱穀して玄米にし、玄米をまた精米し、白米にする。現状、売り物にしているのは白米であって、脱穀によって出てくるこの籾殻、精米で出る米ヌカ、もっといえば稲ワラだって、基本的にはゴミだ。こうやって炭にして畑に撒いたり、ヌカは温床に利用したりしてるけど、とてもじゃないけど全てを有効利用なんてできない。だったら、それをまずバイオ燃料にしてみるってのは、どうなんだろう」

ふいに、頭の後ろ辺りにあるスイッチがオンになり、脳内に電球が灯った。

そう、そうだった。

「確かに、うちの社長も言ってました。材料は、糖質やデンプン質さえあれば、雑草でもなんでもいいんだ、って。ただ、効率と大量生産を考えたらコメがいいだろう、ってだけで」

「そうなんだよね。原発がこんなことになって、また化石燃料で発電しなきゃいけないんだとしたら、二酸化炭素排出量は今後大きく増大することになる。それにバイオ燃料で貢献しようと思ったら、やっぱりコメとか海藻とか、大量に作り出せる原材料が必要になってくる。けど、農家の基本が自給自足なのだとしたら、まずそこが出発点なのだとしたら、むしろこのゴミ処理でしょう。これを有効活用して、トラクターやその他の農機具を動かす燃料にする。こんなに合理的なことってないと思うんだよ」

脳内電球が、さらにその明度を増していく。

「ですよね。ここで出るゴミをここでバイオ燃料にする。そのために機械を小型化して、各農家に置いてもらう……そうですよ。うちの機械って、そういうことにこそ向いてるんですよ」

しかし、行人は「けどね」といって人差し指を立てた。

「社長に聞いたんだけど、瀬野さんの会社で開発した機械って、日本酒状態の液体を、燃料として使える純度にまで濾過(ろか)するものなんでしょう？　問題はさ、その日本酒状態に誰がするのか、ってことなんじゃないかな。少なくともここじゃ、できない。見て分かる通り、農家の働き手は種を播き、生長を管理し、収穫し、梱包(こんぽう)して売るだけで手一杯だ。とてもじゃないが、コメやその他の植物を糖化、発酵させて、アルコールを作るなんて時間はとれない」

なるほど。それも確かに、その通りだ。

その夜、梢恵は離れの自室に戻ってから片山に電話を入れた。誠も五月ももう寝ているので、部屋の隅に寄って小声で話す。

「……要は、バイオ燃料にする資材は探せばいくらでもあるんです。野菜の茎や葉っぱだって、ムシの食っちゃったクズ米だって、アルコールにしちゃえば関係ないわけですから。問題は、それを糖化、発酵させる手段なんです。むしろそれさえできれば、小型バイオ燃料プラントの各戸配備は、ぐっと現実味を帯びると思うんです」

片山はクスクスと笑い始めた。

『各戸配備とは……また、すげえ言葉を使ったな』

「笑い事じゃありませんっ」

おっと。ちょっと興奮して声が大きくなってしまった。

「……とにかく、農家の現状と、この計画の問題点はそこに集約されることが分かりました。ここからははっきり言って、農家の問題ではありません。開発者サイドの問題です」

『まあ……そういうことに、なるかな』

「なるかな、じゃないです。そうなんです。ですから社長、お願いします。籾殻でも米ヌカでも、稲ワラでも葉っぱでも、なにぶっ込んでも糖化、発酵させてくれる、そういうドリームマシンを作ってください」

片山は『なにぶっ込んでもって』と言葉を詰まらせた。

「大丈夫。社長ならできますよ」

『お前、いつのまにそんな、人並みなおべっか使えるようになりやがった……そんななぁ、なにぶっ込んでも日本酒状態になるなんて、口で言うのは簡単だが、技術的には相当高度なもんが要求されるぞ。それぞれの材料を粉砕し、糖化酵素を添加、加熱後、糖化するまで一定時間置いて、その後に酵母を加えて……』

どうした。その先は知らないのか。

「社長。酵母を加えて、それからどうするんですか」

『いや、もしかしたら……案外、簡単にできるかもしれねえな……よし、分かった。また連絡する』

ぶちっ、といきなり切られてしまった。

なに。ちょっとどうなの、この態度。

まったく、相変わらず勝手な人だ。

五月も半ば。ここ穂高村にも、すっかり緑の季節が訪れていた。

連日収穫される、丸々と太ったアスパラ。ズッキーニの畑では、濃い黄色の花が一斉に咲き始めた。田んぼにおっぱなした苗も、シートの下で逞しく緑に色づいていた。たまにシートをはずして、茂樹が水を撒いているのを見かける。

暖かくなれば、作物以外の植物も当然元気になってくる。大変なのは草刈りだ。畑や田んぼの周り、耕起していない場所にはどんどん雑草が生えてくる。油断していると農地にまでその生息地を広げようとしてくる。いや、実際種を飛ばしたりもしているのだろう。畑のマルチを張っていないところ、畝と畝の間や、下手をすると作物の根元から生えてきたりもする。

「駄目よぉ……こんなところに生えてきちゃッ」

そういった雑草を手作業で抜いて回るのも、梢恵に与えられた重要な仕事だった。ちなみに、機械を使っての大掛かりな草刈りは五月が担当している。毎日どこかしらで、ブーン、シャリシャリシャリ、と小気味よい音が鳴り響いている。

梢恵自身は、かなりの広範囲にわたって農地に派遣され、雑用とはいえそれなりに手広く仕事をしてきたつもりだが、それでも全くタッチしていない作物もある。ニラとか、ウドとか、ヤーコンとか。一体誰が、いつどこに植えて、いつ収穫しているのだろう。ウドなんて、君江が天ぷらにしてくれるまで「あぐもぐ」が作っていることすら知らなかった。っていうか、ウドってちょっと苦味があるけど、シャキシャキしてて美味しいものだと、初めて知った。

そしていよいよ、五月十八日。記念すべき田植え初日を迎えることになった。

まずは健介と軽トラックに専用のラックを設置し、そこに、田んぼにおっぱなした苗箱を積み込む。苗はすでに十二、三センチまで生長しているので、これまでのように直に重ねることはできない。一枚一枚、ラックの棚板に並べていく。

「とりあえず、五十枚ね」

「はい」

積み終わったら田んぼに出発。今日は道の向かいの集落、その向こうにある田んぼに植えるという。

「梢恵ちゃんは原チャで追いかけてきて。で、現場に着いたら、俺がそれに乗って帰るから」

「はい」

「そんで、残りが少なくなったら電話して。また別のに積んできて、空になった軽トラは俺が乗って帰るから」

「はい」

現地に着いてみると、田植え機に乗った茂樹がすでにスタンバイしていた。

「遅いぞ」

「はァーい、すみませーん」

今まで梢恵は、農具庫にしまわれている田植え機しか見たことがなかった。外に出て、実際に動くのを見るのは今日が初めてになる。

　こうして見ると、田植え機というのは案外小さなものだ。車高こそ高いが、車体そのものはゴーカートくらいしかない。もちろん仕様は一人乗り。車輪も驚くほど薄っぺらい。自動車についているノーマルタイヤの、三分の一くらいの厚みしかない。

　ゴーカートと違うのは、運転席の左右にまたラックが付いているところ。ここに苗箱を置くのだろう。それと、当たり前だが車体後部には田植えのシステムを背負っている。横にしたベニヤ板くらいの大きさだろうか、白い樹脂製のボードが少し傾斜をつけて設置されており、それ自体は縦に、五つにコース分けされている。

「梢恵ちゃん。苗箱のまま、社長にパスして」

「はい」

「空になった苗箱も順番に回収して」

「はい」

　健介の指示通り苗箱を手渡すと、茂樹は白い大きなヘラで、苗箱の中身を一発で綺麗にすくい取った。中身とはつまり、三十センチ×六十センチ、高さが十二、三センチに生長した苗の塊だ。塊はそのまま田植え機の後部、白いボードの第一コースに入れられる。

「ほい、梢恵ちゃん」

「はい、社長」

　次から次へと、渡すそばから茂樹はヘラですくい取り、苗の塊をコースにすべらせていく。あっという間に、白かったボードは苗で埋め尽くされた。触ったら、緑の絨毯(じゅうたん)みたいで気持ちよさそう。

「これも社長に渡して」

「はい」

「これ」というのは、またまた重たそうなビニールの袋だ。十キロ入りのおコメの袋に似ている。いや、二十キロ入りって書いてある。

「よいしょォーッ」

「ほお。だいぶ、力もついたみたいだな」

茂樹はそれを片手で受け取り、口をブリッと破いて開けた。

「……社長、それは」

「肥やしだ。苗を植えながら、この肥やしも同時に、自動で撒いていく」

運転席のちょうど背もたれの辺り。横長でフタ付きのプラスチックケースが設置されており、茂樹はその中に袋の中身を空けた。白とか黒の粒が交じった、ちょっと見は鳥の餌みたいなものだ。

運転席サイドのラックには、苗箱をそのまま置いておく。全部で六枚。どうしてそうするのかは不明。

「よし、いくぞ」

「はい、がんばってください」

　エンジンを始動し、よっこらしょ、といった感じで畦を乗り越え、田んぼに入っていく。スタートは左端。

　そこで、田植え機から自転車の補助輪のようなものがパタンと出てきた。しかも、右側に一本だけ。軸がやたらと長い。

「健介さん、なんですかあれは」

「あれは、ラインマーカー。あの車輪が、土を引っ掻いて筋をつけてくれるんだ。で、次に向こうから来るときに、あの線を正面に見ながら植えてくるわけ……見てな。行きは植えないで、ただ進んでいくだけだから」

　その通りだった。茂樹は苗を植えず、ただ補助輪のようなマーカーで右側に線を引いただけだった。

　しかし向こう側でUターンし、こっちに折り返したところから作業は始まった。正面から見ているとよく分からないが、ちょっと斜めに移動して見れば分かる。田植え機が通った跡に、ちょんちょんと緑色のものが筋になって並んでいる。

「すごいっ、健介さん、ちょっとずつ植わってますよ」

「うん。田植え機だからね」

　そしていつのまにか、ラインマーカーは反対側、田植え機の左側に出ていた。そりゃそうか。折り返すたびに、次のコースは反対向きに変わるのだから。

一往復終わって、また方向転換。田植え機が背中を向けたことで、ようやく梢恵は苗を植える機械部分を見ることができた。

「なんか……可愛い」

「そうかなぁ。可愛くは、ないと思うけどな」

白ボードの下、地面ギリギリの辺り。縦に回転する小さな鉤爪(かぎつめ)が、緑の絨毯の底辺を少しずつ、掻き取っては地面にちょこちょこ差し込んでいく。一本が差す頃には、次の鉤爪が上で苗を掻き取っている。回転式の鉤爪は横並びに五セット。なるほど。だから苗箱も、五コース分セットされていたのか。

エンジン音に交じって、ちゃぷんちゃぷんと、苗を植える音が聞こえてくる。小さな水車が回っているようにも見える。非常に長閑(のどか)な眺めだ。トロトロの土に真っ直ぐ並ぶ、緑の点線。よく見ていると、白ボード全体は少しずつ右に、端まで行くと逆向きに動く仕組みになっていると分かった。それによって鉤爪に掻き取らせる部分を調節しているらしい。そのタイプライターみたいな動きも、なんともユニークだ。

「……梢恵ちゃん。質問なかったら、もう俺、帰っていい？」

すっかり田植え作業に見入っていて、健介の存在を忘れていた。

「ああ、すみません。大丈夫です。補充の要領は分かりましたんで、あとは任せてください」

「うん。じゃあ、よろしくね」

スクーターで去っていく健介を見送ってから、また梢恵は田植え作業を見る体勢に戻った。こっちに向かってくるときは茂樹と向かい合う恰好になって気まずいので、なんとなく雑草を抜いてみたり、空の苗箱を積み直したりして過ごすのだが、方向転換して背を向けると、梢恵はその真後ろに陣取り、「ちゃぷんちゃぷん」をじっくり眺める。

そうか、田植えってこうやるものだったのかと、初めて梢恵は納得がいった。

野菜は種を畑に播いて、お水をあげて。おコメは水を張った田んぼに、手で苗を植えて――全く違った。実際の農業とは、全然そんなものではなかった。農機具の構造なんて全く知らなかったけど、見れば見るほど面白い。よくできてるな、と感心してしまう。田んぼの水だって、自然とああなっているわけではない。水路を整備して、入る量と出る量を調節して、一杯に張ったり、抜いて水位を下げたりしてあの状態を保っている。ちょっと考えれば当たり前のことだけど、その当たり前を今まで、考えてみることもしなかった。

田んぼの真ん中辺りで田植え機を停めた茂樹が、ラックに置いていた予備の苗をコースにセットし始めた。そうだよな。あれだって、予備がなかったらこっちまで戻ってくるか、歩いて取りにこなきゃいけないんだもんな。

なんだかんだ、農業ってすごい。

4

農作業のプロセスというのは、いっぺんに何かが終わって、またいっぺんに何かが始まる、というのではないようだ。

確かに茂樹は田植えを始めた。でも他の田んぼでは、まだ健介や行人、誠が代掻きをしていたり、うっかり耕起し忘れていたところを茂樹が慌てて耕したりもしている。畑では、君江がジャガイモの整枝をしていたり、知郎がキュウリにネットをかぶせていたり、ハウスでは五月がトマトに水をやったりしている。梢恵は田植えの補助とか、畑の雑草取りに回ることが多い。あと、アスパラやウドの出荷作業を手伝ったり。

往郷の田んぼにもよく行く。あっちでは文吉の機械が借りられるので、「あぐもぐ」から運ぶ必要がない分、楽だった。

茂樹が作業をしていると、文吉もときどき様子を見にくる。

「文吉さァーん、こんにちはーッ」

「よう、梢恵ちゃん。今日も元気だね」

周りは代掻きまで終えていたので、例の田んぼは結局そのまま。喰い込んだ状態で使用されることに決まっていた。それでも、ほとんど空き地状態だったあの場所が、綺麗に畦塗りされているのを見られたのは嬉しい。

「ここも、男前になりましたね」

男前？　と文吉は首を傾げたが、すぐにうんと頷いた。

「梢恵ちゃんと、茂樹のお陰だよ。もう、田んぼは引退しようかと思ってたからね……でも、よかった。またこうやって、田植えができるまでになったんだから」

そんなことないです、と梢恵はかぶりを振ってみせた。

「私はただ、社長の予定をメールしてただけですから……あ、これはまだ、内緒にしといてくださいね」

「うん、分かってるよ。あれは、私と梢恵ちゃんだけの秘密だ」

二人して、田植えを進めている茂樹の方を見る。

コシヒカリと交じってはいけないので、文吉が用意したユメユタカは最後に植える予定になっていた。最後に植えれば、少なくともコシヒカリの田んぼにユメユタカが混入する心配はない。

だから、いま茂樹が田植えをしているのもコシヒカリ用の田んぼだ。ちょうど梢恵と畦塗りに来て、携帯を失くしたと言って騒ぎになったところだ。

茂樹の乗った田植え機がこっちに戻ってくる。

「……私、苗の補充してきますね」

「はい。がんばって」

田植えの補助にもかなり慣れてきた。田んぼの広さを見れば、大体どれくらいで苗の補充が必要になるかとか、一枚にどれくらい時間がかかるかとか、分かるようになった。茂樹がどう「ひと筆ライン」を設定しているかを予測するのも、けっこう楽しい。特に変形地の場合、あの出っ張りは最後に残すだろう、とか考えるのはかなりパズル的で面白い。

まあ、たいていは茂樹が考えるラインの方が合理的で、結果も美しいのだが。

田植えも、六月の十日には最終日を迎えた。

「今日、ここを植えたらお終いだ」

「はい」

そこには、文吉が用意したユメユタカの苗を植える。とはいっても、苗箱に入った状態ではコシヒカリとなんら変わらない。むしろ違うのは田植え機の設定だ。

「あぐもぐ」は粗植(そしょく)といって、苗と苗の間隔を離し気味にして植えている。それによって日光と空気を多く取り入れ、コメの食味を上げるのが狙いだが、このユメユタカは違う。食味ではなく収量を上げたい。よって「あぐもぐ」での方式より少し間隔を詰めて植えられるよう、機械の設定を調整してある。

当然、苗箱の減りは早い。

「おい、あと二枚くれ」

「はい」

しかも文吉の田んぼは広くて形も綺麗な四角をしているため、茂樹の作業自体が早い。あっという間に三枚、計五反の田んぼを植えきってしまった。

これには文吉もえらく感心していた。

田植え機から降りてきた茂樹に、自ら握手を求める。

「お疲れさま……いや、さすがだな。見事な植えっぷりだ。うちの機械なのに、まるで自分の手足のように扱う」

「いや、うちが前に使ってた機械と同型だから、勝手が分かってただけですよ」

茂樹の対応も、実に紳士的だった。

疎遠（そえん）になっていた二人の関係。その修復に自分は貢献したのだと考えると、梢恵は少しだけ誇らしい気持ちになれた。

とにかく、これにて田植えは終了。

そしてそれは、同時に本格的な野菜シーズンの幕開けを意味してもいた。

あるときは君江に呼ばれ、

「梢恵ちゃん、ズッキーニの収穫手伝って」

「はい」

またあるときは、健介に電話で呼び出され、

『梢恵ちゃん、トマトのハウス来て、整枝手伝って』

「はい、今すぐ行きます」

ハウスに行く途中で出くわした、茂樹にも仕事を言いつけられる。

「ちょうどよかった。今、車庫でユキさんが野菜セットの箱詰めやってっから、手伝いに行ってやってくれ」

「すみません。私、これから健介さんのところに、トマトの整枝のお手伝いに行くんです」

「いいよ、トマトの整枝くらい一人でやらせろ。あんたはユキさんとこに行ってくれ」

「え、でも、そういうわけには……」

健介は案外、こういうことですぐイジケるのだ。

「いいよ、俺が言っとくから」

その場で茂樹は携帯を出し、健介にかけた。

「……ああ、俺だ。トマトの整枝な、しばらく一人でやれ。梢恵はユキさんとこに行かすから……情けねえ声出すなよ……暑いのは関係ねえだろう。ビニール捲(めく)って空気入れ替えろ……知らないよ、そんなことは。いいから一人でやれ。いいな、切るぞ」

通話が終わるまで聞いていたら、梢恵まで睨まれた。

「なに、ボーッとしてんだ。さっさと行けよ」

「ああ、はい……すみません」

　別に、ボーッとなんてしていない。ただ、茂樹は電話で誰かに説明するときは、ちゃんと自分のことを「梢恵」と呼んでるんだなと。それが分かって、ちょっと嬉しかっただけだ。

　車庫に行くと、大量のズッキーニ、大量のスナップエンドウ、残りわずかのアスパラに囲まれて、行人が箱詰め作業をしていた。

「行人さん、お手伝いに来ました」

「ああ、よかった。助かるよ。じゃあ、瀬野さんは箱を組み立てて。もうすぐなくなっちゃうんだ」

「はい。分かりました……間に合いますか」

「うん、たぶん大丈夫だと思う」

　通信販売用野菜セットの箱詰めにはタイムリミットがある。ウィークデーはほぼ毎日、夕方四時に宅配便の人が集荷に来てくれる。それまでに受注したものを箱に詰めてラベルまで貼っておかないと、発送が丸一日遅れることになってしまう。

　早速、行人の後ろに重ねてある箱を取り、開いて組み立てる。この作業はもう何回もやっているので、けっこう慣れている。こういう、黙々と手だけを動かす時間も悪くないと、梢恵は近頃思うようになった。

特に行人と組むと、そう感じることが多い。

Tシャツ越しに見る、行人の背中。厚みがあって、大きくて、ピンと伸びていて、でもどこか優しい。行人はこのところずっと髪を伸ばしていて、最近は後ろで一つに括れるくらいの長さになっている。それもまた、なんだかお侍っぽくて恰好いい。つい見惚れてしまう。まあ、手を休めない程度にだが。

「……瀬野さんって、もうずいぶん、東京に帰ってないんじゃない？」

ふいに低い声で言われ、ちょっと、ドキッとしてしまった。

「え、あ、そういえば、そうですね……誠さんたちが来るちょっと前に、夏物をとりに日帰りしたのが最後ですね。もう一ヶ月半くらい、帰ってないです」

「大丈夫なの？　帰らなくて」

「何がですか？　会社の方は全然大丈夫ですよ。私がいなくなって、清々してるんじゃないですかね」

「そんなことは、ないと思うけど」

ふふふ、という行人の控えめな笑い方も、梢恵はけっこう好きだった。

まあ、自分でも不思議に思うくらい、長野での暮らしに馴染んでいる感はある。

「なんていうか……社長も誠さんを呼ぶときに言ってましたけど、ほんと着る物さえあれば、ここでの暮らしってあんまり不自由を感じないんですよね。食べ物はあるし、テレビだって、みんなでワイワイ言いながら見れて楽しいし。暇潰しとかって、あんまり考える必要ないじゃないですか、ここにいると。夜はお風呂入ったら、すぐ眠くなっちゃうし。ほんと健康的」

そっか、と行人が小さく頷く。

「だったらいいんだけどさ。でもたまには、渋谷とか六本木とかに、遊びに行きたいんじゃないの？」

「いやぁ、東京にいても、私ほとんど、そういうところには出かけなかったんで。それはあんまり関係ないです」

「カレシとか、いたんじゃないの？」

それ、今になって訊きますか。

「うーん……一応、いたんですけどね。今も、いるんですかね。実は私も、よく分からなくなってるんです。こっちに来てから、ほとんど連絡もとってないし。だからって寂しいとか、そういうのもないし……落ち着いて考えてみると、そんなに好きじゃなかったのかもしれません。学生時代から、なんとなく続いてたってだけで。もう、どっちでもいいっていうか……たぶん向こうも、そんなふうに思ってるんじゃないですかね」

行人は「ふうん」と、興味あるようなないような、微妙な相槌を打った。

「今のそれ聞いたら、喜ぶ人がいるね。ここには」

げっ。健介のことだろうか。

「はは、いないですよ……誰ですか、そんな」

マズい。間違って、逆に訊いたみたいになってしまった。そんなつもりじゃなかったのに。健介くんだよ、とかしれっと言われたら、コメントのしようもない。

行人がほんの少し、こっちを振り返る。

「……朝子ちゃんだよ。あの子、瀬野さんがいつ東京に帰っちゃうか、もう心配で心配で仕方ないんだ」

なんだ、朝子か。よかった。

「瀬野さんのいないところで、よく君江さんとかには言ってるんだ。きっとカレシとかいて、本当は会いに帰りたいんじゃないか。こんな田舎じゃつまんなくて、バイオ用の稲が収穫されたら、もう二度とこんなところに来ないんじゃないかって」

「そんなこと、ないですよ。東京って別に、そんなに面白いところじゃないですし……まあ、行人さんは、よくご存じでしょうけど」

そうだね、と行人は小さく頷いた。

「確かに東京には、いろんなものが揃ってるけど、それが必要かどうかは、また別問題だからね。少なくとも私に必要なものは、あまり都会にはなかったかな」

ぺろりと剝がしたラベルを、行人が箱の上面に貼る。一丁上がり。それを横に置くついでのように、行人は梢恵に向き直った。

「……そうそう、健介くんもきっと喜ぶよね、瀬野さんがフリーだって聞いたら。きっと、全力でダッシュして告白しにくるんじゃないかな」

ああ、そういうずらしたタイミングで言いますか。

それ、すっごいズルいです。

日中の野菜仕事とは別に、朝と夕方には「水見」という重要な仕事がある。百数十枚ある田んぼ全てを回って、水位が適度に保たれているか、雑草は生えていないか、苗は病気にかかっていないかを点検してくるのだ。

むろん梢恵のような素人が行っても、最初はよく分からない。茂樹に同行し、田んぼの状態の良し悪しを見分けられるようにならなければならない。

「……ちょっと、水が抜け過ぎてるな」

たとえば、排水口が壊れていたら、田んぼから水がじゃんじゃん抜けてしまう。排水口といっても、栓のようなものがあるわけではない。ベニヤで仕切ってあったり、水道管のようなパイプで流れを調節していたり、形式は様々だ。だから、壊れる理由も様々ある。猛獣に悪戯されていたり、畦が自然に崩れて決壊してしまっている場合もある。それらを直して回るのも水見のうちだ。なので案外、手間暇がかかる。

今日は茂樹と健介、誠が夕方の水見に行ったが、健介だけが戻ってこない。

「遅いですね、健介さん」

それ以外の男衆はみな、すでに食卓についているのに。ちなみに真美と萌絵は先に食事を済ませ、茶の間でテレビを見ている。

君江が沢庵(たくあん)を切りながら答える。

「でも、去年まではもっと大変だったのよ。ほら、健ちゃんは無農薬やってたから。雑草は生えるし病気も多かったし。水見に行ったら、三時間も四時間も帰ってこないなんてざらだったんだから」

茂樹が腕を組みながら頷く。

「あいつは、ときどきスイッチが入ると、見境なく延々それればかりやり続ける癖があるからな。八時過ぎても帰ってこないから、心配して見にいったら、懐中電灯咥(くわ)えて草取りやってた。そんなもん、明日あかるくなってからやれって言ったら、はあー、ほーえふへー、って、まともに喋れなくなってやがった。二時間も懐中電灯咥えっぱなしだったから」

よほどそのときの、健介の様子が可笑(おか)しかったのだろう。君江や行人、知郎までもが手を叩いて笑い始めた。でもそれは、ちょっと可哀相な気がした。そういう一途(いちず)なところは、健介の大きな美点だ。笑うべきではないと思う。

ようやくそこに、健介が帰ってきた。

「ただいまぁ」

まもなく、食堂の戸口に顔を出したが、

「お帰りぃ……って、ちょっと何それ。気持ちわるッ」

朝子が仰け反りながら指差す。健介は大きな虫かごのようなものを抱えており、その中に、黒いものがウヨウヨと、無数に――。

「いや、また来週辺り、隼人がくるんでしょう？　ゲンゴロウ、見せてやろうと思ってさ。で、捕り始めたら、これが止まんなくなっちゃって……懐中電灯咥えてたら、なんかまた、アゴ痛くなってきちゃった」

なるほど、こういうことか。

さっき可哀相と思ったのは、ちょっと撤回。

七月に入り、ようやく梢恵も実感するようになった。

農繁期って、本当に忙しい。

作物の収穫は明るいうちでなければできない。でも、穫っただけではお金にならない。穫ったものはどこかのタイミングで梱包して、発送しなければならない。どうしたらいいのか。

夜の間に梱包するしかないという、ごくごく当たり前の結論に行き着く。

「ウォーッ、眠てェエエーッ」

「健介さん、全然眠たそうじゃないですけど」

「……っていうか健ちゃん、子供が起きちゃうから静かにして」

今夜は健介と君江と、ジャガイモを段ボール箱に詰めている。場所は農具庫。茂樹と行人と知郎は、屋根付き通路でジャガイモの選別。誠と五月は、ライスセンターで野菜の箱詰め。

十一時を少し過ぎた頃。パジャマを着た朝子が、サンダルを突っかけてやってきた。

「……健兄ちゃん、チョーうるさい。全然勉強できない」

「なに言ってんだぁ。どうせ勉強なんかしてないくせによぉ」

「してるのッ。今日は本当にしてるの。明日から期末試験なのッ」

「へえー、期末試験なのぉ……それはそれは、大変でちゅねぇ」

「んもォ、マジムカつくッ」

こんなやり取りはまだマシな方。ふざけた健介が、泥だらけの手で朝子に触ろうとしたり、ひどいときはパンツ一丁で追いかけ回したり。でも、裸になりたがるのは健介だけではない。女性のいないところでは、あの行人や知郎ですら裸になって作業をするという。

眠気と疲労で、みんなちょっとおかしくなっているのかもしれない。

そんな作業も、女性は大体十二時くらいまで。先に上がった女性陣がお風呂に入り終わる頃には、男性陣もぼちぼち上がってきて一服したり、一杯飲んだりしている。

梢恵が離れのお風呂から出てきたとき、茶の間にいたのは誠と行人、知郎だった。

「お風呂、お先にいただきました」

こっちを向いた誠が、ちょこんと頭を下げる。

「……じゃあ、行人さん、先に入ってください」

「いやいや、誠さん、お先にどうぞ」

「いえ……だったら、知郎さん、先入る？」

「いえ……行人さん、どうぞ」

この三人の風呂の譲り合いは始まると長いので、梢恵は適当なところで二階に上がった。

朝はもう四時には起きる。まずは畑に出て野菜の収穫。主にキュウリとズッキーニ。以前君江が言っていた通り、確かにキュウリは伸びるのが早い。昨日の夕方、まだ早いかなと思って残した一本が、ひと晩のうちに見違えるほど大きくなっていたりする。

「ちょっとこれ、規格外ですね」

そんなときは、一応君江に確認する。

「そっちのカゴに入れといて。あとで食べちゃうから」

朝の収穫が一段落したら、男性陣は田んぼの水見に、女性陣は朝ご飯の支度と、その他の家事。洗濯や掃除もこの時間に手早く済ませる。

大体この頃に朝子は起きてくる。

「おはよう……あたし、朝ご飯いらなーい」

「駄目よ、朝子ちゃん。お味噌汁だけでも食べていきなさい」

しっかり者の五月は、朝子に対しても言うべきことはきちんと言う。朝子も君江に言われるより、かえって素直に従う。

「じゃあ、お味噌汁だけ……」

比べて真美と萌絵は、けっこう朝からガッツリいくタイプだ。毎朝きちんと、ご飯かパンを食べていく。

「朝ちゃん、ダイエットぉ？」

「んーん、違うよぉ……お勉強のし過ぎで、食べたくなくなっちゃったのぉ」

「へえ。じゃあ、今日のテストはだいぶ期待できそうね」

これを聞き逃さない辺り、さすが君江は母親である。

子供たちが学校に行くのと入れ替わるように男性陣が帰ってきて、朝食。ミーティングは食べながら済ませて、そのまま畑に出発。

「今日も、稼って稼って、稼りまくれ……」

「……うぃっす」

近頃はもう、みんなジャガイモの収穫にうんざり、といった様子。トラクターのアタッチメントを掘取機に付け替え、地中にあるジャガイモを表面に出してくるところまではいいのだが、それを拾い集めてカゴに入れ、農具庫に運ぶのは手作業。一日で一トン近く収穫するのだから、それが何日も続けば嫌気が差すのも無理はない。

それでもまだ女性陣は優遇されている。昼食の支度をしに、ちょっと早めに上がることができるのだから。

「じゃあ、お先でーす」

「梢恵ちゃん、美味しいお昼ご飯作ってね。頼むね」

「がんばりまーす」

そして、昼休み。これはさすがに、ちょっと長めにとる。一時間半か、二時間くらい。午後、車で遠出をする予定がなければ、缶ビールを一本飲んだりすることもある。食事が終わったら、男性陣は昼寝。女性陣は後片づけをして、昼寝よりは昼ドラを見ることの方が多い。

午後は午後で、暗くなるまで野菜の収穫。色とりどりのパプリカ、ズッキーニ、オクラにキュウリ、大きいトマトにフルーツトマト、プチトマト、スナップエンドウ。野菜は他の男たちに任せ、茂樹は知郎を連れて田んぼに行くことも多い。除草や肥料撒きをしているという。

夕方五時に女性陣はいったん上がって、買い物に行ったり、夕飯の支度をしたり、その他の家事をしたりする。期末テストが終わったあとは、朝子もいろいろ協力してくれる。昼間のうちに買い物に行ってくれたり、洗濯をしてくれたり。まあ、それくらいやっておかないと農作業に駆り出されるから、という打算も少なからずあるのだとは思うが。

夕飯は七時半か、八時になってしまうことが多い。農閑期は必ずといっていいほど毎晩お酒を飲んでいたのだが、農繁期は逆に飲む機会が激減する。理由は単純。飲むと眠くなってしまうから。

「よォーし。今夜も詰めて、詰めて……詰めまくる、とするか」

さすがの茂樹も、今ひとつ気合いが入りきらない。かなりお疲れモードのようだ。

「そうですね。もうひとがんばりしましょう」

行人の号令で九時頃、また男たちは作業に出ていく。夕飯の片づけを終えたら、女たちもそれに合流する。で、裸で作業している男たちを見ては、恥ずかしいからTシャツくらい着てよ、セクハラよセクハラ、などと言いながら作業に入る。

そしてまた、夜中近くなると健介が叫び、

「ウォーッ、めっちゃ眠てェーッ」

「……健兄ちゃん、うるさいって言ってんでしょッ」

朝子が怒鳴り込んでくる、と。

夏の間は、大体この繰り返しだった。

5

「あぐもぐ」での労働は確かにハードだが、梢恵もそれなりにこなせるようにはなっていた。

三十キロもあるコメ袋を自分の背丈と同じになるまで積み上げるなんて、去年の梢恵には到底できないことだった。

「……はっ……とりゃっ」

「瀬野さん、無理だよ。全然、届いてないよ」

ときどき、行人に助けてもらったりはするけれど。

以前は夕方五時半以降に仕事なんてしたことなかったのに、今では夜中の梱包作業だってへっちゃらだ。

「梢恵ちゃん。さっきからズッキーニばっかりになってるよ。キュウリとパプリカも、ちゃんと均等に入れないと」

「あ……ほんとら……」

「いい加減、限界なんじゃない？　もう寝ていいよ。あとは俺と知郎さんでやっとくから」

「いへ……できまふ」

たまには、健介に気遣われたりもするけど。

軽トラックの運転は無理だが、原付には完璧に乗れるようになったので、それもけっこう重宝がられている。

「これ全部積み終わったら電話ください。僕が軽トラ引き取りに来ますから」

「はい、了解です」

「ちなみに……瀬野さんって本当に、車の運転できないんですか」

「はい。免許、オートマ限定なんで……マニュアルは、完全に無理なんです」

「そうですか……じゃあ、仕方ないですね」

ごく稀に、知郎にもチクッと言われたりするけれど。

でもまあ、自分ではかなりイケてる方だと思っている。

ただ、困るのはこれだ。

「はい、梢恵ちゃん。少ないけど、今月分」

月末になると、君江がバイト代と称していくらか現金を渡そうとする。だが、それはもらえないと梢恵が受け取りを拒否して、決まって押し問答になる。

「ほんと、大した額じゃないから。Tシャツ買ったら終わりだから」

「いえいえ、ほんと。私、会社からも給料もらってるんで」

「それはそれ、これはこれ。結局、うちの仕事だってしてもらっちゃってるんだもん。買い物だって洗濯だって、お掃除だって」

「朝昼晩、お食事いただいてますもん。それくらいは」

「だから、みんなと一緒にもらうもんもらって。っていうか、もうほとんど社員と変わらないじゃない」

「ですから、ほんと……あくまでも私は、勉強させていただいてる身ですから。本当に」

でも、結局もらってしまうのだ。なんとか押し返したとしても、離れの部屋に置かれていたり、いつのまにかバッグに入れられていたり。それをあとから突っ返すのも、なんだか感じが悪いし。

「すみません、君江さん……じゃあ、遠慮なく」

「うん、そうして。その方があたしたちも、いろいろ頼みやすいし」

そんな状態だから、東京に戻らなければならない用事ができてしまうと、本当に心苦しくて仕方なくなる。何しろ、今は農繁期真っ盛りなのだ。

「社長、君江さん、みなさん……本当に申し訳ありません。一日か二日、東京に行ってきたいのですが、お休みをちょうだいするわけには、いきませんでしょうか」

夕飯どき、席についたところで切り出すと、茂樹は箸を伸ばしながら、事もなげに言った。

「……別に、こっちはかまわんが。二日でも三日でも、好きなだけ行ってこい」

実に軽く言ったように聞こえるけれど、もちろん本音は違うはず。これは梢恵が気兼ねしないようにという、茂樹なりの気遣いであり、芝居なのだと思う。

「うん。梢恵ちゃんももうだいぶ帰ってないしね。しばらく骨休めしてきたらいいわよ」

君江も、けっこう気を遣う方だから。貴重な労働力を失うのは苦しいけれど、でも基本的には他社の社員だから、無理を言ってはいけないと遠慮しているだけ、ではないだろうか。

「はーい、はい、はぁーい。あたしも梢恵さんと東京行きたーい。せっかくの夏休みだしい。ちょっとくらい遊んできたーい」

まあ、朝子に関しては表も裏もない。

しかし、それには君江がかぶりを振る。

「ダーメ、あんたはダメよ。あんたが行くって言ったら、真美ちゃんと萌絵ちゃんはどうすんの。あの子たちだって行きたがるでしょう」

確かに、それはあるかもしれない。たまたま真美と萌絵はお風呂に入っており、この場にいないからよかったものの。

そこに、味噌汁を持ってきた五月が割って入る。

「あら、君江さん。うちのことは心配しないでください。朝子ちゃんだって……ねえ？夏休みらしいことしたいわよね」

うんうん、と朝子は胸の前で手を組み、嬉しそうに頷く。

「マミモエにはいっぱいお土産買ってくるから。ねえ、いいでしょう？」

「それ以前にあんた、一緒に行きたいんだったら、梢恵ちゃんにお願いしなさいよ。一緒に連れてってくださいって」

そうだよね、と朝子がこっちに向き直る。

「梢恵さん、お願い。あたしも東京に連れてって」

「うん……まあ、私も会社に行ったり、あんまりお付き合いできないかもしれないけど。でも、携帯もあるしね。別にそんなに、困ることにはならないと思うし……あと、泊まるのが、何ヶ月も掃除してない、私の部屋ってことになるけど……」

そこは、我慢してもらうしかないだろう。

かくして梢恵と朝子で、東京一泊の旅に出発。

「行ってきまーすッ」

いつものように、君江に飯山駅まで送ってもらった。朝子はホームに立ってもまだ、飛び跳ねながら君江に手を振っていた。

「朝子ちゃん、そんなに東京楽しみ？」

「うんッ。間違いなく、今年いっち番テンション上がってる」

そうかもしれない。今朝は起こされなくてもいつもより早く下りてきたし、ご飯もしっかり食べていた。それもあって朝八時五十一分の飯山線に乗ることができ、十一時半には東京に着いた。

「やったぁーっ、ついに東京だぁーい」

「とりあえず、新宿に行こうか」

「やった。韓流ショップっ、韓流ショップっ」

夕方までは、そんな感じで朝子の買い物や新宿観光に付き合った。

その後は渋谷に移動。朝子が「マルキューとH＆Mだけは絶対に行きたい」というので、まずそこをクリアし、次は「渋い単館系の映画館で映画を見たい」というので、道玄坂の裏通りにある映画館に案内した。

でもここで、一つだけお願い。

「朝子ちゃん。この映画が終わる頃には迎えにくるから、見終わっても絶対、一人では遠くに行かないでね」

「分かってるって。小学生じゃあるまいし。携帯だってあるんだから心配ないって」

「そうなんだけど……でも、朝子ちゃんに何かあったら私、君江さんと社長になんて言ったらいいか」

「大丈夫だって。梢恵さんは梢恵さんの用事を済ませてきて……夕飯、楽しみにしてるから」

そんなわけで、朝子とはその映画館の前で別れた。

夕方五時。

文化村通りにある喫茶店に、梢恵はいた。

相手がいつ来ても分かるように、窓際の席に座って。

陽が少しだけ傾き、ビルの外壁やアスファルトの地面にほんのり赤みが差してはきたけれど、まだ外気温は、たぶん昼間と変わらないくらいある。男性でも、スーツの上着を着て歩いている人は稀だ。たいていはネクタイもはずしているか、そもそも着ているのが開襟シャツだったりする。

彼も、そうだった。

「……ごめん、遅くなっちゃった」

脱いだ上着とブリーフケースを右手に持ち、左手のハンカチで額を拭いながら向かいに座る。

「お疲れさま。急にゴメンね。忙しかったでしょう」

彼は「大丈夫」と言いながら、通りかかったウェイトレスにアイスコーヒーをオーダーした。

「……ずいぶん、今回は長かったね。もう、あっちは落ち着いたの？　契約は、結局どうなったの」

以前と変わらない調子。明るい声、明るい表情。きっと、仕事も上手くいっているのだろう。在庫が追いつかないと言っていたヘッドホンはどうなったのだろうか。相変わらず売れているのだろうか。

「うん……なんとか、いろんな人の協力を得てね。一町歩……まあ、一ヘクタールくらい、植えてもらえることになった」

「へえ、凄いじゃない。本格的な営業って、初めてだったんでしょ？　それも、飛び込みで取ってくるなんて凄いよ。梢恵、案外営業職の方がイケるんじゃない？　今の会社より、他に向いてるとこあるかもよ」

ふと、健介のことを思い出した。朝子がいない間、真美と萌絵が寂しがるといけないから、揚げたてポテトチップ大会をやってやろうと思う、と健介は言っていた。自分でスライスして、自分で揚げたポテトチップをその場で食べる。旨いんだぜと、それこそ子供のような目をして、梢恵に教えてくれた。

「私には、営業職なんて無理だよ。そういう……なんていうか、いわゆる、スキルで取ってきた契約じゃないから。ほんと、周りの人が、たまたまいい人ばっかりだったって、それだけだから」

「いや、それでも大したもんだと思うよ。だって、全然違うもん。梢恵、前とはガラッと雰囲気変わったもん……なんていうか、ちょっと、仕事できる感じ？　明らかに顔つきが変わったよ。契約取れて、自信ついたんじゃない？　一ヘクタールっていったら、けっこうな広さだもんな」

今頃はみんな、水見で忙しい時間だろう。今日の買い物は、君江が行ったのだろうか。それとも五月だろうか。

彼は、ウェイトレスが持ってきたアイスコーヒーに、ミルクとガムシロップを少しずつ入れ、ストローで掻き回した。

「なんていうのかな……日に焼けて、ワイルドになったっていうか。ちょっと、いい女になったっていうか……まあ、こんなこと、自分のカノジョに改めて言うのも、なんか、照れるんだけどさ……はは」

漠然と、分かってはいた。もう自分は、彼のことをあまり好きではないんだろうな、と。最初は、冗談半分な感じで、可愛いねって言われて。なのに、いつのまにかその気になって、大学生活の付帯要素みたいなノリで、付き合い始めた。特にトラブルもなかったから別れずにきたけれど、本当は、独りになるのが恰好悪いから、だから一緒にいただけ。そんな程度の関係だったのだと思う。

「……ごめん、智くん。私、また長野に戻らなきゃなんないんだ」

その証拠に、おそらく彼は、今も梢恵の良さを説明できない。逆に梢恵は、彼の良さを説明できない。気持ちさえあれば、不恰好でも支離滅裂でも説明しようとするのだろうけど、自分たちは、それをしようとしない。

「へえ……今度は、いつ帰ってくるの」

「分かんない。ひょっとしたら、こっちの部屋は、引き払うことになるかもしれない」

「えっ、何それ。向こうで、好きな人でもできたの？」

その驚いた顔も、なんだか他人事のようにしか見ることができない。感じられない。

「違う違う。そんなんじゃない。もっと……根本的なこと」

「なに、根本的って」

食べるものを、自分たちで作って、生きる。

それによって、他の人たちの食を支えて、生きる。

常に、大いなる自然の一部として、生きる。

季節を感じながら、雨風と闘いながら、生きる。

体力的にキツくても、暑くても寒くても、笑って、生きる。

とにかくあの場所で、みんなと笑いながら、生きる――。

「……自分でも、よく分かんない。でも、もうね、あっちで暮らしたいの。あっちには、私を必要としてくれる人たちがいる。それが実感できるの。好きな人ができたとか、そんなの全然ない。正直、考えたこともない。私はただ、田んぼを手伝って、畑を手伝って、食事を作って、みんなで食べて……でもそういうことが、今の私には何より大切なの。カレシがいるとかいないとか、そういうことよりも、なんか、よく分かんないけど……とにかく大事なの」

その後、どうやって智之と別れたのか、どうやって映画館まで歩いて戻ってきたのか、さっぱり覚えていない。

思い出せるのは、映画館の前で朝子と落ち合ったあとのことだ。

「梢恵さん梢恵さん、あたしもうチョーどビックリ仰天しまくりで死にそうッ。聞いて聞いてよ聞いてってばッ。映画館で、隣の席に座ってたのが……なんと驚くなかれ、あの、西島秀俊(にしじまひでとし)だったのッ。やっぱほら東京ってスゴいんだって。芸能人が普通にブラブラしてんだってマジでヤバいってカッコよかったんだから……あれ？　梢恵さん、なんかお化粧崩れてるよ」

あ、ほんと。ちょっと、泣いたのかな。全然、覚えてないんだけど。

翌日、朝子は一人で浅草に行くと言い出した。

「本当に大丈夫？　平日っていったって、夏休みだから凄い人出だと思うよ」

「大丈夫だって。あたしはあたしで適当に楽しんでるから、梢恵さんは梢恵さんで、大船に乗った気で仕事してきて」

　ちょっと言葉の使い方が違う気もしたが、まあ、そんなに心配もいらないのかなと、梢恵も思うようにした。

　十時前には会社に着いた。

「こんにちは。ご無沙汰してます」

「おっ、瀬野ちゃん、久しぶりじゃない」

　一階に顔を出すと、ベテラン作業員の奥村が遮光メガネをはずしながら出てきてくれた。

「長野、大変そうだね。もうずいぶんになるでしょう」

「はい。でも、なんとかやってます……社長、いますよね」

「うん、いると思うよ。今朝も、今日は瀬野ちゃんが来るからって、そわそわした感じだったぜ」

「そんな……社長に限って、それはないと思います。ちょっと、上に行ってみます」

　いつも通り外階段で六階に。暑いけど、それだけで汗だくになりそうだけど、それでもよかった。

「こんにちは、瀬野です。社長、いらっしゃいますか」

社長室を覗きながら声をかけると、すぐに応えがあった。

「おう、入ってこい」

電話越しではなく、直にこの人の声を聞くのは本当に久しぶりだ。

「ご無沙汰してます……あれ、ひょっとして、それですか」

そもそも今回帰京したのは、片山が【例のものができたから見にこい】とメールしてきたからだった。片山の机の上には、その珍妙な機械が載っている。パッと見は、付属品がいろいろ付いた小型シュレッダーみたいに見える。

「おう。やっぱり、天才ってのは違うな……お前の話聞いてたらよ、なんか、ライスブレッドメーカーが使えるんじゃねえかって、急にピンときたんだ」

「なんでまた、米粉ベーカリーなんですか」

ライスブレッドメーカー？　おコメからパンを作るという、最近流行りの、あれか。

「違う。米粉で作るんじゃねえ。生のコメから作るんだ。そこんとこ重要だから。間違えるな」

「……はあ」

「要はな、この中にコメを粉にする、臼が入ってることが重要なんだ。それと、加熱システム。粉砕と、加熱。あとは温度調節とか、密閉性とかよ。どの段階で酵母を加えるとか、そういうところよ……正直、俺は自分で自分が怖ろしいぜ。お前に言われたのが五月の初めだから、三ヶ月半、くらいか。たったそれだけの期間で、こんなもんを作っちまうんだからなぁ」

梢恵も今、これは物凄く、怖ろしいことなのではないかと思い始めている。

「……社長。以前に開発したバイオエタノール精製装置は、日本酒状の液体から、バイオ燃料を精製する機能を持っている……ということ、でしたよね？」

「その通りだ。でもそれじゃ、お前は駄目だと言った」

「はい。農家におコメは作れても、それを糖化、発酵させる手段も暇もありません。ですから、理想を言ったらコメですが、仮にそれ以外のもの……籾殻でも米ヌカでも稲ワラでも、植物ならなんでも糖化、発酵できるマシンを作ってください、とお願いしました」

「ああ。だから俺がこれを作った。装置としての耐久性にはまだまだ問題があるが、実験では一応、千切りにしたキャベツ二個からアルコールを抽出。さらに精製装置にかけて、バイオエタノールを抽出することに成功している」

「つまり、この機械におコメや糖化酵素、酵母を正しい手順で加えていけば」

「むろん、立派な日本酒ができあがる。味の保証はないがな」

「社長、それってひょっとして……法律に、違反していませんか」

うん、と片山が大きく頷く。

「……俺も、ノリで作っちまってから、ヤバいと思った。たぶん、このままの形だと酒税法違反になる。十年以下の懲役、または百万円以下の罰金が科せられ、同時に、材料や機械も残さず没収されると思う」

思いっきり、マズいじゃないですか。

まあ、そんなことは黙ってりゃバレやしねえ、と何喰わぬ顔でタバコを吸い始めるこの男は、よほど肚が据わっているのか、あるいは単に、天才と紙一重と言われる、あれなのか。

「……そりゃそうと、よくがんばったな、梢恵。この数ヶ月」

まるで「まともな人間」みたいな顔をして喋っているが、本当に大丈夫なのだろうか、この人は。

「ああ、はい……自分でも、驚いてます。けっこう私、イケるみたいです。農業」

そうか、と言って片山は、タバコを灰皿に捻じり潰した。

「じゃあ、お前はもう……クビだな」

三ヶ月前だったら、いや、一ヶ月前でも、梢恵はこんなことを面と向かって言われたら、仰け反って悲鳴をあげていただろう。机を叩いて即座に抗議もしただろう。

でも、今はもう、違う。

「はい」

自分でも怖くなるくらい、冷静に返事ができた。

続けて話すことも、できそうだった。

「社長。私は、ここでは必要とされない働き手だったかもしれません。でも向こうでは、少なくとも『あぐもぐ』では、それなりに頼られ……るところまでは、正直まだいってないかもしれないですけど、でもちゃんと一人分に数えられて、仕事も割り振られて、働けてるんです。こんな私でも、ちょっとは、必要とされてるんです」

なぜだろう。片山は、大きくかぶりを振った。

「いや、違うな。本当は、お前は必要となんてされてない」

正直、またか、と思った。「そんなことないです」と梢恵は反論しかけたが、片山は「いいから聞け」と強めに遮った。

「……そのな、必要とされてないってのは別に、お前に限ったことじゃないのさ。本当に必要とされる人間なんて、その役がその人でなくちゃいけない理由なんて、実際には、大してありゃしないんだ。ここの社長だってそうさ。俺がここを継いだのは、単に親父が死んだからだ。同じように俺が死んだら、康弘か、その他の誰かがやるだろう。そんなもんさ、社長なんて。別に俺じゃなくたって一向にかまわない。必ずしも、俺という人間が必要とされてるわけじゃない。それを言ったら、総理大臣の代わりだって大勢いる。親だって兄弟だって、いなくなったらしばらくは寂しいが、いずれ人間はその状況に慣れる。そういうもんさ」

なんで今、そんな話を――。

「むしろな、梢恵。大切なのは、誰かに必要とされることなんかじゃないんだ。本当の意味で、自分に必要なのは何か……それを、自分自身で見極めることこそが、本当は大事なんだ。俺が社長業を継いだのは親父が死んだからだが、俺がこれを続けているのは、俺の意思だ。俺はガラスを弄くって人様の役に立って、そうやって生きていくことを選んだんだよ。他でもねえ、この俺が、片山製作所の社長というポストを必要としてるんだ。それを守るためなら努力は惜しまない。死ぬまで身を粉にして働く……そういうことだよ。それと同じなんだよ、梢恵」

どうして。どうして、社長が泣くの。

「この会社がお前を必要としなかったんじゃない。それ以前に、お前が本当の意味で、この会社を必要としてなかったんだ。お前は就職に失敗して、たまたまここにぶら下がってただけで、本気でここで生きていこうとはしていなかった……実を言うと、最初はショック療法のつもりだった。農家に行って、現場の厳しさに触れれば、ここでの仕事のありがたみに気づいて戻ってくるだろう。そんな程度に思ってた……だが、そうはならなかった。お前は、俺が予想もしてなかったことに、気づいて帰ってきた」

どうしよう。震えが、止まらない。

「お前は、お前自身が必要とする生き方を、見つけてきた……違うか？　自分は、これをやって生きていきたい。これをやって暮らしていきたい。生きるって、実はこういうことなんじゃないか。そう、長野で初めて思うことができた……そうなんだろう？　分かるさ、お前の顔を見りゃ。全然違うよ、こっちにいた頃と」

片山が、こくりと小さく頭を下げる。

「……悪かったな。せっかく入ってきてくれたのに、この会社は、お前に働く楽しみも、生きる喜びも、何一つ教えてやれなかった。でも……長野に行くチャンスは、この会社が与えたものだ。それだけは忘れるな。きっちり恩に着て、謹んでクビになりやがれ」

はい、と頷くと、またメガネに雫が落ちた。

「で、恩に着るついでに、バイオエタノール精製装置のことも忘れるな。今、一体型で全自動の新型を設計している。それをまず『あぐもぐ』にタダで設置してやるから、実験データをとってレポートを書け。いいな、梢恵。それがお前にできる、この会社に対する、最後のご奉公だ」

またそんな勝手な、という言葉は呑み込んだ。

いっぱいまで深く頭を下げ、ありがとうございます、がんばります、と答えた。

なぜだか、涙がいつもより、甘く感じられた。

終章　幸せの条件

朝、暗いうちから野菜の収穫をし、田んぼの水見が終わったら朝食。日中はまたジャガイモなどの収穫をして、夕方に水見。夕飯を食べたらようやく箱詰め。二、三時間の睡眠をとったら、また野菜の収穫から始める――。

そんな日々が、秋まで続いた。

三日前に何があったのかを即座に答えることはできない。七日前の出来事は正直、覚えているとは言い難い。でも、たったひと夏でもたくさん思い出はできた。

行人の息子、隼人が遊びにきた夜にみんなで花火をやった。ある程度予想はしていたが、やはり健介が子供たちを面白がらせようと無茶をやりだした。あろうことか、打ち上げ花火をお尻に挟んだまま畑を走り始めた。君江が「真似しちゃ駄目よ」と言うと、子供たちは口を揃えて「やんないよ、あんなこと」と鼻で笑った。案外、子供って大人だと思った。

用水路で冷やしたスイカ、トマト、キュウリもよく食べた。ただし水に浸す前に、カゴに何が入っているかはその都度よく確認する必要がある。

「……あれ、ここにあったキュウリのカゴは？」

そう健介が訊くので、梢恵は表の道を指差した。

「さっき、誠さんが冷やしに、水路に持っていきましたけど」

「うっそ、俺の携帯が入ってたのにッ」

もちろんその携帯は水没で再起不能。健介はこれ以外にも田んぼに落としたりトラクターで踏んづけたりで、合計三つも携帯を駄目にした。

八月半ばを過ぎると、稲にも穂ができ、白く花が咲き始めた。それこそ線香花火みたいに、細くて小さな花が、チッチッチッと散るように咲いた。おコメの花がこんなに可愛いなんて、初めて知った。

九月に入り、朝子と二人の子供が学校に行くようになると、少しだけ日中が寂しくなった。梢恵もいつのまにか「あれ、真美ちゃんと萌絵ちゃんは？」と辺りを見回す癖がついていたが、「そっか、学校か」とひとりごち、溜め息をつく日が何日か続いた。

こんな季節に新たに始めるのか、と驚いたのは野沢菜だ。これまた校庭のライン引きによく似た機械で、種を播いていく。

「もう、とにかく真っ直ぐ。細かいことはいいから、播いて播いて播きまくれ……分かるよな、あの辺まで。耕起して、土が黒くなってるところ全部だ」

「はい、分かりました」

動力式ではない、手押し式の単純な機械だから、曲がりさえしなければ大きな失敗はない。ひたすら畑を行ったり来たりして、梢恵は黒い小さな野沢菜の種を播き続けた。

そして、早い田んぼはすっかり黄金色に色づいた、九月十五日。

ついに、茂樹から発表があった。

「まあ、俺はさほど心配していなかったが……昨日、県の農政部実施の放射能検査の結果が、ようやく出た。それによると、ここ穂高村のコメから、放射能は一切検出されず、よってめでたく、出荷することが可能となった」

ここでメンバー全員が、小さく拍手。

「この結果を受け、いよいよ今日から、稲刈りを開始しようと思う。今年は文吉さんのコンバインが借りられるから、基本的には三台同時進行になる。俺と誠、もう一台はユキさんと健介が交代で、ということになる。補助は知郎と五月さん。畑は残り二人になるが、パプリカ、ヤーコン、まだまだいろいろ残ってる……よろしく頼む」

残念ながら、梢恵は稲刈り初日にはお声がかからなかった。でも、その理由もすぐに分かった。

行人と知郎が、軽トラックの荷台に何か設置している。鉄骨のフレームに仕掛けられた、大きな布袋のようなものだ。

「行人さん、これは」

「これはね、一応、籾コンテナっていうんだ。コンバインに溜まった籾をこの中に入れて、ここまで運んでくるわけ。この下のところ、見て。ホースが仕掛けられるようになってるでしょう。ここからライスセンターのタンクに、直接落とし込む、と……ここまでが、コメの収穫なんだね」

「なるほど」

つまり、軽トラックに乗れないのでは、稲刈りの補助にもなれないということか。それでなくても、田舎暮らしは車に乗れないと何かと不便だ。最近梢恵は、とみにそのことを痛感するようになっていた。

そんな状況に助け舟を出してくれたのは、またもや文吉だった。

たまたま「あぐもぐ」に遊びにきていたとき、車と免許の話になり、

「なんだ。早く言ってくれりゃよかったのに。うちの軽トラックはオートマだよ。それを使えばいい」

そう、言ってくれたのだ。

早速その日から、夕方三十分くらい。毎日、往郷の農道で運転の練習をさせてもらった。まあ、一応免許は持っているのだから、少しやれば直進と、右折左折くらいはできるようになる。

「……というわけですので、社長。私にも、稲刈りのお手伝いをさせてください。ちょっ

と……車庫入れみたいな、緻密さを要求される運転は、できない……かも、しれないですけど」

かも、ではなく、全くできないのだが。

茂樹はしばらく腕を組んで考えたのち、仕方なさそうに頷いた。

「よし。とりあえず明日、近場の田んぼとを往復してみろ」

「はい、ありがとうございます」

そんなこんなで、ようやく稲刈りの現場に同行できることになった。

その田んぼの稲刈り担当は、健介。

「これがコンバインね。ちなみに梢恵ちゃん、なんでこれをコンバインっていうか、知ってる？」

「コンバイン」という英単語は、確か「結合する」とか「合わせ持つ」とかいう意味だったと思うが。

「いいえ、分かりません」

コンバインは、トラクターや田植え機よりかなり真四角な見てくれをしており、運転席も高いところにある。車体前面は巨大なバリカン状。そこで稲を刈り取るのだろう、ことだけは分かるのだが。

「コンバインっていうのはね、刈り取りと脱穀を……」

ああ、その作業を「結合」、機能を「合わせ持つ」機械というわけか。

「なるほど。だからコンバインなんですね」

「……えっ、もう分かったの？」

「はい、了解です。完璧です」

健介は「そう」と言いながら、とぼとぼと運転席に上っていった。ひょっとして、ちゃんと最後まで説明させてあげるべきだったのか。

ただし、肩をすぼめていたのもエンジンをかけるまで。アクセルをひと踏みすると、

「……よっしゃーッ。今日も、ガンガン刈りまくるぜッ」

勢いをつけて畦を乗り越え、田んぼに飛び込んでいく。

稲刈りとはまさに、田んぼという頭に生えたフサフサの金髪を、コンバインという巨大なバリカンで丸刈りにしていく作業だった。

「おお、すごぉい……」

いや、厳密にいうとちょっと違うかもしれない。

前面のバリカン部分で刈られた稲は、車体左側の溝を通って後ろにワシャワシャと送られていく。このときはまだ、長い茎と穂が一緒になった状態だ。だが、いったん車体後部に吸い込まれると、その直後に――こんな下品な喩えはしたくないけれど、でもコンバイン自体がゴツくて、なんとなくイノシシみたいなルックスだから、どうしてもそう見えて

しまう。

その――ちょうどコンバインのお尻から、細切れにされたワラが延々排出されてくるのだ。まさに垂れ流し状態。稲を刈り取り、いったん腹に収めて、ワラだけを後部から排出し続ける。うん、やっぱりこれは、どう見ても「垂れ流し」としか言いようがない。

そして、ある程度お腹がいっぱいになると、軽トラに寄ってくる。

「梢恵ちゃん、とりあえず危ないからどいてて」

「はい、分かりました」

バックオーライ。二メートルくらい手前で停めて、今度はコンバイン上部に設置されている太くて長いパイプを、軽トラの方に振り向ける。

「よっしゃ、いくぜ……スイッチ、オンッ」

するとそのパイプの先端から、滝のような勢いで出てくる出てくる。大量の籾が、パイプを通って軽トラックの籾コンテナの中に吐き出される。いや、もうそういう表現はやめよう。農作業に対する冒瀆（ぼうとく）のような気がしてきた。

「健介さん。ここに乗って、覗いてみてもいいですか」

「うん、いいよ」

よっこらしょ、と荷台に乗り、百五十センチくらい高さのある籾コンテナを上から覗く。

「……おお、大漁だぁ」

中は、まさに黄金の海となっていた。

あとからあとから流れ出てくる籾。いったん山となり、やがて崩れ、広がり、また山となり、崩れながら、秋の実りがコンテナ内部を満たしていく。

ひとすくい手にとってみると、刈りたての籾は、ずしりと重たかった。まだ水分をたっぷり含んだ「実」が入っているのだから当たり前だ。今まで梢恵が遊んでいた籾殻とはわけが違う。

「そっか……これが、おコメか」

除雪から耕起、苗箱作りに代掻き、おっぱなし。三週間かけて一気に田植えをしたあとは、長い長い水見の期間があった。いろんなことがあったようで、実は何もなかったような気もする。いろいろな苦労があった気もするけれど、そうでもなかった、と言えばそうでもなかった。

いつのまにか、健介が隣に来ていた。

「……どうよ。これが、俺たちの作ったコメだぜ」

「うん、ステキ。なんか、感動した」

「今日、君江さんが新米炊いてくれるって言ってた。旨えぞォ、できたてほやほやの新米は」

「うん、楽しみにしてる。じゃあ、今夜は乾杯だね」

「ああ、今夜は乾杯だ。ひゃっほォーう」

荷台から飛び降り、不恰好なスキップでコンバインに向かっていく健介。二十九にもなって「ひゃっほォーう」はないだろうと思う。ひと夏で携帯を三つ壊したことも、子供の前でお尻花火を披露したことも、バカだなぁ、としか言いようがない。

でも、それでもいいと、今日は思う。

こんなに素敵なおコメを、作った人なのだから。

こんなに素敵なおコメを、たくさん作ってくれたのだから。

ほっぺにチューくらい、してもいいんじゃないか。

梢恵は今、ちょっと、そんな気分になっている。

とはいえ、できたての新米を食べるのは、「あぐもぐ」ではさほど特別なことでもないらしく、

「……うん、旨いな。いい出来だ」

「そうですね。こう、秋が来たな、って感じですね」

茂樹も行人も、みんな普通に「ご飯」として食べている。おかずはチンジャオロース、菜っ葉の煮浸し、野菜炒めと大量のお新香。飲み物はビール、健介と朝子たち未成年組はサイダー。

でも梢恵は、おかずもビールも口にする前に、まずご飯を味わってみたかった。

「……いただきます」

真っ白で、艶々と輝くご飯を、いつもよりちょっと多めに頬張る。ここのご飯はいつもそうだ。香りと旨みが、口の中で大きく膨らむような感覚がある。でもそれを、今日はひと際力強く感じる。ひと言で言うと、やはり「濃い」ということになるだろうか。搾りたての牛乳に似ているかもしれない。甘いとかなんとか、そういう単純な味ではない。強いて言うならば、凝縮された命の味、となるだろうか。

「……美味しい」

こんなご飯を、普通に食べるという贅沢。

みんなで笑いながら、大皿の載った食卓を囲むという幸せ。

知らなかったな、と思う。

こういう生き方があることも。

こういう暮らし方があることも。

テレビも教科書も、こういうことは何も教えてくれなかった。

でも、よかった。知ることができて。出会うことができて。

一緒に、喜ぶことができて。

今、自分は幸せだ。

「……瀬野さん、もう一杯、どうですか」

「あ、すみません。いただきます」

珍しい。今日は知郎が、ビールを注いでくれた。


十月半ば。稲刈りも最終局面を迎え、ついに、往郷の田んぼに実った「ユメユタカ」を収穫することになった。

「文吉さん。よろしくお願いします」

「うん。よろしくね、梢恵ちゃん」

補助に抜擢(ばってき)されたのは梢恵、刈るのはもちろん茂樹。梢恵はこの組み合わせを、勝手に「ゴールデンコンビ」と心の中で呼んでいる。ちなみに健介とのそれは、まあ、「ずっこけコンビ」といったところか。

「……じゃ、始めます」

そんな梢恵の感慨をよそに、茂樹は淡々と作業を進めていった。

穂が重くなったせいか、田んぼの端っこではだいぶ稲が倒れていたが、そんなことはまるでおかまいなし。茂樹はほんのちょっと刈る手順と角度を変えるだけで、ほとんどペースを落とすことなく刈り取ってしまう。

「大したもんだな、茂樹は。速いし、何しろ綺麗だよ」

「はい。ほんと、見事なひと筆ですよね」

収穫したユメユタカは、コシヒカリと別に貯蔵する必要があるため、文吉の所有するタンクに運んだ。他の作業との兼ね合いもあるので、全て刈り終えるのは明後日になるだろう、というのが茂樹の目算だった。

「……じゃあ、今日はこれで帰ります」

「ああ、ご苦労さんでした。梢恵ちゃんもね」

「はい、ありがとうございました。お疲れさまでした」

せめて道中くらい、ということで、行き帰りの運転は梢恵が担当している。車はもちろん、文吉から借りっぱなしになっている軽トラックだ。最初は「お前と心中するのだけはご免だ」と渋っていた茂樹も、最近では助手席で一服するくらい梢恵の運転に慣れてきている。

「……そういや、あれが来るの、今日じゃなかったか」

「ええ、そのはずなんですけどね。君江さんから、連絡とかありませんでしたか」

「いや、ない」

夕方五時半。「あぐもぐ」に着いてみると、その他のメンバーは全員母屋の手前、屋根付き通路に集合していた。朝子に真美、萌絵も加わっている。

「……ただいま」

助手席から降りた茂樹が、人だかりの後ろに加わる。梢恵も急いでエンジンを切って車を降りた。

「ただいま帰りましたぁ」

朝子の後ろに並び、背伸びをして覗き込んでいると、行人が気を利かせて場所を空けてくれた。みんなが囲んでいるのは、地面に直置きした郵便ポストのような代物だ。色は、薄いクリーム色。

「案外、デカいな。ここに置いといたら邪魔だろう」

君江が頷く。

「そうね……持ってきた人は、この足を引っ込めれば、いつでも簡単に動かせるとは言ってたけど。でもそこ、表に出たところ。水路に発電機まで仕掛けてったんだから。それと繋がってるんだから。そう簡単には動かせないわよ」

梢恵も君江に訊いた。

「これ、誰が持ってきました？」

「んーと、けっこうガッチリ系の男の人と、もう一人はわりと小柄な人。二人とも若かったわよ」

ということは、片山ではないということか。

そう。これこそがようやくできあがった、全自動バイオエタノール精製装置の試作品だ。

上面には四角い漏斗（ろうと）が三ヶ所あり、一番大きなところは開きっぱなし、小さな二ヶ所にはフタが付いている。しゃがんで見ると、前面パネルにはレベルメーターやツマミ、スイッチがいくつか並んでいる。取り出し口は右側か。コックの付いた管が下に向けて設置されている。

朝子がぽんと手を叩く。

「ねえねえ、これが、あれでしょ、ガソリン作れる機械なんでしょう？　だったらさ、早速試してみようよ。ちょうど今、原チャがガス欠寸前なんだ」

だがそれは、茂樹が「馬鹿か」と一蹴した。

「ガソリンの代わりになるというだけで、これでガソリンそのものが作れるわけじゃない。ブラジルやアメリカでは対応が進んでるらしいが、日本ではまだ、車やバイクのエンジンがバイオエタノールに対応していない……まあ、今のところ実験的にやってみてもいい機械といったら、あれくらいだな」

茂樹は通路の奥の方を指差した。

なるほど、と梢恵は頷いた。

「……草刈り機、ですか」

「ああ。あれだったら、最悪壊れても惜しくないし、すぐに修理も利く。発酵や抽出にはある程度時間がかかるだろうから、今から仕掛けといたって、どうせ出てくるのは何日か先だろう」

　漠然と、この実験が失敗する方向で話が進んでいるところは釈然としないが、まあ気にするまい。

「はい。三、四日はかかると思いますが……ぜひ、よろしくお願いします」

「じゃあまず、原材料を何にするかだな」

　そこで手を挙げたのは行人だった。

「私、前から籾殻でやってみたいと思ってたんですが」

「ああ、籾殻か。それはいいアイデアだ」

　すると向かいから、君江が何やら差し出してきた。

「梢恵ちゃん。これ、会社の人が置いてったマニュアル……で、こっちが酵母、こっちが酵素、だったかな？」

　コピー紙を綴じたような小冊子と、白い粉末の入ったポリボトルが二本。でも、たぶん逆だ。赤いフタの容器に入っているのが糖化酵素で、青いのに入っているのが酵母菌だ。ちゃんと、マニュアルの最初のページにそう書いてある。

「ありがとうございます……じゃあ、早速、やってみましょうか」

　まずはライスセンター向かいから、できたての籾殻を運んでくる。とりあえず、コメ三十キロの袋が一杯になるくらい。

茂樹が難しい顔で指差す。

「これだけの籾殻から、どれだけのバイオができるんだ」

梢恵はマニュアルを何ページか捲った。

「ええと……あくまでも実験値ですが、おコメ百キロからできるバイオ燃料は、約四十リットル。その他の植物からだと、その半分。約二十リットルだそうです」

「ということは、これひと袋、何キロだ……仮に十キロとしたら、約二リットルか。健介、草刈り機って、満タンに入れると何リッターになる」

「確か、一・五リッターくらいっす」

「じゃあ、ちょうどいいな」

それから籾殻を少しずつ投入し、粉砕。加熱しながら、糖化。発酵と濾過に意外と時間がかかったのと、一回は梢恵の不慣れで、内部に材料をこぼしてしまったのとで、結局二リッターのバイオ燃料を作るのに、トータル一週間もかかってしまった。

そして、十月ももう終わりという、週末の夕方。

「……思ったより、面倒な作業だったな」

「いえ、私が下手だっただけです。慣れれば、もっとスムーズにいくはずです。大丈夫です」

メンバー全員が畑に集合。ここはかつて、ジャガイモが大量に植わっていた場所だ。今はすっかり雑草に覆われ、ほとんど地面が見えない状態になっている。

その原野を前にして、勇ましく手押し式の草刈り機をかまえているのは他でもない、茂樹だ。

「じゃあ、健介……入れてくれ」

「了解」

赤いガソリン缶に移してきたバイオ燃料を、惜しげもなく草刈り機に注ぎ入れる。

「……よし。エンジン、始動しろ」

「はい、エンジン、始動しますッ」

ブルルンッ、と玩具の車みたいな機体が震え、小気味いいエンジン音が響き渡った。

「あら、動いたわ」

「ええ、動きましたね」

君江と行人が小さく手を叩く。

難しい顔をしたまま、茂樹が草刈り機を押していく。

「……どうだ、刈れてるか？　ああ、刈れてるな……」

そんな茂樹の背中を見ながら、誠と五月が気の早い相談を始める。

「燃料にするコメなら、ひょっとしたら、三十キロ圏内でも植えられるんじゃないかな」

「そうね……ちょっと、考えてみる価値はあるわよね」

朝子が「ちょっと見せて」と梢恵の手からマニュアルをとる。

「原チャにこの燃料を使うには、どうしたらいいの？」

残念ながら、あまり詳しいことは梢恵にも分からない。

「たぶん、燃料の通り道とか、排気の部品の材質を替える必要があるんじゃないかな。そこら辺は今度、前の会社の社長に訊いてみるよ」

もはや片山製作所は、梢恵にとっては「前の会社」だった。先月から正式に「農業法人あぐもぐ」の社員として、晴れて一人前に給料ももらっている。

「……来年は、燃料費、浮きますね」

ぼそっ、と言ったのは知郎だ。彼も今年のクリスマス頃には、父親になる予定だ。最近会ってないが、夏子のお腹もだいぶ大きくなってきているという。

タダの燃料で草刈りできるのが気に入ったのか、茂樹は延々、機械を押して畑を行ったり来たりしている。

だが、なん往復目だったろうか。

みんながいる方に戻ってくる途中で、急にエンジン音が止まった。

「……ん？」

誰もが茂樹の方を見た。茂樹も状況が分からないらしく、何度かエンジンの再始動を試みていたが、上手くいかない。

　全員でその場に駆け寄った。真っ先に給油口を開けて覗いたのは、健介だった。

「……あれ、おかしいな。空っぽになってる」

　燃料漏れを疑ったか、茂樹は周囲を見回してくんくん匂いを嗅いでいたが、どうもそんな感じではない。健介も、地面に這いつくばって機械を点検したが、漏れた様子はないという。

「じゃあなんだ、使い切ったのか」

「そんな。そりゃ、いくらなんでも早過ぎるでしょう」

　だがそこで、朝子が「はーい」と手を挙げた。

「ここ、マニュアルにちゃんと書いてあるよ。バイオ燃料はガソリンに比べて、二割から三割燃費が落ちます。早めの給油を心掛けてください……だってさ」

　ギロリ、と茂樹がこっちを睨む。

「梢恵ェ……お前、バイオの燃費は三割減だなんて、今まで一度も言わなかったじゃないか」

「は、はい……すみません」

「まったく、しっかりしてくれよ。お前だって、会社変わってまで役立たず呼ばわりされたくないだろう」

「はい……申し訳ありません」

ああ。せっかく今、初めて「梢恵」って呼んでもらったのに。またしても「梢恵」と「役立たず」はセット、みたいな感じになってきた。

っていうか、前の会社で「役立たず」って呼ばれてたことを、なぜ茂樹が知ってるのだ。

やはり、片山が喋ったのか。

もう、ほんといい加減にしてほしい。

その十日後。ユメユタカを精製して作った燃料を持っていくと、文吉はとても喜んでくれた。

「へえ、意外と早くできるもんだね……いや、これは素晴らしいよ。茂樹から聞いたけど、コメだけじゃなくて、籾殻でも、ワラでもヌカでも作れるんだって？」

「はい。もう、植物だったらなんでもできます。効率はもちろん、おコメが一番いいですけど、でも野菜クズでも、雑草でも根っこでも、なんでもイケます」

「そうか、それは楽しみだ……そうそう。ちょっと考えたんだが、冬になったら、これで除雪機を動かすのなんて、どうだろうね」

「あ、それ、いいアイデアですね。そうしたら私、雪掻きのお手伝いにきますよ」

こう見えても、除雪の経験はけっこうあるんで。

きっと、それくらいのお役には、立てると思うんです。

-おしまい-

参考文献

『それでも、世界一うまい米を作る　危機に備える「俺たちの食料安保」』奥野修司（講談社）
『日本は世界5位の農業大国　大嘘だらけの食料自給率』浅川芳裕（講談社＋α新書）
『日本の農業は成長産業に変えられる』大泉一貫（洋泉社新書）
『農業が日本を救う　こうすれば21世紀最大の成長産業になる』財部誠一（PHP研究所）
『図解　バイオエタノール最前線　改訂版』大聖泰弘・三井物産（株）編（工業調査会）
『バイオ燃料　畑でつくるエネルギー』天笠啓祐（コモンズ）
『日本型バイオエタノール革命　水田を油田に変える地域再生』山家公雄（日本経済新聞出版社）
『世界の食料生産とバイオマスエネルギー　2050年の展望』川島博之（東京大学出版会）
『図解入門　よくわかる最新バイオ燃料の基本と仕組み』井熊均・バイオエネルギーチーム（秀和システム）
『農協との「30年戦争」』岡本重明（文春新書）
『農協』立花隆（朝日文庫）
『農協の大罪　「農政トライアングル」が招く日本の食糧不安』山下一仁（宝島社新書）

『コメほど汚い世界はない』吾妻博勝（宝島社）
『日本農業史』木村茂光編（吉川弘文館）
『日本農業の真実』生源寺眞一（ちくま新書）
『コメ国富論　攻めの農業が日本を甦らせる！』柴田明夫（角川ＳＳコミュニケーションズ）
『日本の農政改革　競争力向上のための課題とは何か』ＯＥＣＤ編著　木村伸吾訳（明石書店）
『地球と生きる「緑の化学（グリーンケミストリー）」』読売新聞科学部（中公新書ラクレ）
『夢で終わらせない農業起業　１０００万円稼ぐ人、失敗して借金作る人』松下一郎・鈴木康央（徳間書店）
『あなたにもできる　農業起業のしくみ』神山安雄（日本実業出版社）
『イラスト図解　コメのすべて　生産、流通から最新技術まで』有坪民雄（日本実業出版社）
『サトちゃんのイネつくり　作業名人になる　ラクに楽しく倒さない』佐藤次幸（農山漁村文化協会）
『ギャル農業』藤田志穂（中公新書ラクレ）
『農協の経営問題と改革方向』青柳斉（筑波書房ブックレット）
『協同組合本来の農協へ　農協改革の課題と方向』北出俊昭（筑波書房ブックレット）
『信州のことば　21世紀への文化遺産』馬瀬良雄（信濃毎日新聞社）

謝辞

本書の執筆にあたり、左記の方々にご教示、ご協力頂きました。この場を借りて深くお礼を申し上げます。

竹内昭芳様はじめ竹内農園の皆様、桐山弥太郎代表取締役（当時）はじめ有限会社桐山製作所の皆様、芳川修二村長（当時）はじめ長野県木島平村の皆様、高山光弘代表取締役はじめ株式会社総合環境研究所の皆様、そして読売新聞東京本社メディア戦略局yorimo事業部（当時）田中昌義様。

著者

新装版解説

田中昌義

『幸せの条件』は、誉田哲也さんが「農業・エネルギー問題」という異色のテーマに挑んだ長編娯楽小説だ。十余年の間、構想を温めていたという野心作で、二〇一一年七月から約一年間、読売新聞社のウェブサイト「yorimo（ヨリモ）」で連載され、翌二〇一二年八月に中央公論新社で書籍化された。当時、私はウェブサイトの担当編集者として連載に関わらせてもらった。それだけに、日頃愛読している誉田作品の中で本作には今も格別の思いがある。このたびの中公文庫新装版の刊行に当たって、本作について私なりに感じるところを綴ってみたい。

物語の主人公は、東京の小さな理化学実験ガラス器機メーカーで働く瀬野梢恵、二十四歳。大学理学部卒の「リケジョ」だが、製品開発などでは役に立たず、伝票整理を任されているものの、仕事への意欲はゼロ。そんなある日、梢恵は社長の片山から長野県穂高村への長期出張を命じられる。目的は、再生可能エネルギーとして注目の新燃料・バイオエタノールの原料になるコメを作付けしてくれる農家を探すことだ。行く先々で門前払いをくうが、農業法人「あぐもぐ」が彼女に手を差し伸べ、まずはここで農業を一から学ぶことに。不愛想な社長の安岡茂樹、理解ある妻の君江、天真爛漫な娘の朝子、そして個性的な従業員たちのいる農園で、梢恵の新生活はスタートする。ところが、それから間もなく、あの大震災と原発事故が発生する。未曽有の災害に梢恵は、農業とバイオエネルギーの必要性をあらためて知ることに。やがて季節は巡り、梢恵はある決断を下す。

誉田さんが農業とバイオエネルギーを題材にした小説を書くと聞いた時、意外なテーマ設定に少々驚きを感じた。私自身、誉田さんと言えば、『ストロベリーナイト』にはじまる姫川玲子シリーズや『ジウ』シリーズに代表される警察小説のイメージが強かったからだ。もちろん、スポーツ青春小説『武士道シックスティーン』などの『武士道』シリーズ、音楽青春小説『疾風ガール』『ガール・ミーツ・ガール』等々、多彩なジャンルで秀作を生み出している誉田さんである。今度は未開拓の分野でどんな物語を見せてくれるのだろうかと、期待が膨らんだ。

執筆開始に当たって、誉田さんから「実際に農業の現場を取材したい」と相談があった。その時、私の頭に浮かんだのが、長野県木島平村の「竹内農園」だった。

二〇一〇年の夏、ウェブサイトで『いなかびと通信』というタイトルの企画記事を書くため、この農園を営む竹内昭芳さんを取材したことがあった。竹内さんは、高品質米のコシヒカリのほか、アスパラガスやパプリカ、ズッキーニなどの野菜の栽培を手広く営む、当時三十代のやり手の農業経営者。それまで「農家の人」というと何となく寡黙なイメージを抱いていたのだが、竹内さんは実に明朗快活な人物で、農業に詳しくない私に理路整然と分かりやすく話をしてくれたのが印象に残っていた。何より、農園で一緒に働く奥さんと弟さん、元気いっぱいのお子さんら家族や従業員の人たちに囲まれて、生き生きと仕事に取り組んでいる竹内さんの姿に、私は勝手に「理想の農家像」を見たのだった。だから、誉田さんが取材するなら竹内農園がうってつけだと考えた。こうして誉田さんは、春夏秋冬、東京から木島平村に足を運んで、農家の日常を実体験することになった。

冬場の除雪にはじまり、春には耕起、代掻き、初夏の田植え、秋になったら稲刈り、脱穀等々。コメ作りの仕事はもちろん、野菜の種まきや収穫など、農園の仕事はほぼ一通り見学し、作業体験もいろいろさせてもらった。

初夏のまばゆい日差しの下、シャツを腕まくりした誉田さんが田んぼに足を埋め、身をかがめながら丁寧に苗を手植えしていく姿を思い出す。それは、ダークでハードな警察小説のイメージとはあまりに対照的で、何とも微笑ましい光景だった。

一連の農作業をどれも器用にこなす誉田さんには感心させられた。実際、竹内さんからお褒めの言葉をもらうこともしばしばだった。もっとも誉田さん自身は、初めての作業体験に驚きや戸惑いも多かったようだ。それは作中の「あぐもぐ」での梢恵を見ればお分かりだろう。

本作からは、農業がとても魅力的な職業であることがひしと伝わってくる。それも、木島平村で誉田さんがそう実感したからこそ。繁忙期には寝る間も惜しんで野菜の箱詰め作業に当たるといった苦労も描かれているが、そんなシーンですら、「あぐもぐ」の人たちの働く様子は、実に明るく、何だか楽しげだ。老齢の農家・田中文吉の姿を通じて、後継者難や休耕田の増加といった農業の「負の側面」に目を向けることも誉田さんは忘れていない。しかしそれでも本作からは、日本の農業が持つポテンシャルに明るい望みが感じられるのだ。

初めて穂高村にやって来た梢恵と出会った君江が、夫の茂樹についてこう語る。
「あの人は、農業の力を信じてる。お洒落な服より、速い車より、美味しくて安全な食べ物の方が人間には重要なんだって、いつも言ってる。そのためにも、田んぼは田んぼであり続けなきゃいけないって」。さらに続ける。「農業は人間社会の基本だと思ってる。もう少し広く社会を見て、知れば、うちみたいな仕事がいかに大切か、朝子も分かってくれると思う」。私たち日本人が真摯に受け止めるべき言葉ではないだろうか。

個性豊かな登場人物たちが集う本作だが、読者に清々しい感動を与えてくれるのは、何といっても主人公の梢恵のキャラクターによるところが大きい。

誉田さんは、これまでの作品で数々の魅力あふれる女性主人公を描いてきた。凶悪な犯罪者と対峙する刑事は言うに及ばず、困難に立ち向かうたくましいキャラクターが目立つが、本作の梢恵は、会社の上司に罵られて泣き、彼氏との関係に思い悩み、任された仕事がうまく果たせずしょげ返る、誉田作品の中でも一際か弱い主人公だ。しかしだからこそ、リアリティのある等身大のキャラクターとして、読者は梢恵に共感を覚えるのだ。

会社からも恋人からも見放され、「自分は誰からも必要とされていない」とくじけていた梢恵は、穂高村での暮らしを通じて、「自分にとって本当に必要な何か」を見い出していく。物語の終盤、農園の仕事にも慣れ始め、東京に戻って社長の片山を訪ねた梢恵に、片山は思いがけない言葉を投げかける。しかし、梢恵も負けずに自らの思いを片山にぶつけるのだ。その梢恵に片山は「幸せの条件とは何か」を語りかける。真に迫る二人のやりとりに、じわじわと胸が熱くなる。

梢恵たちが紡ぐストーリーは、様々な不安や葛藤を抱えながら、どうにか毎日を生き抜いている私たちを優しく励ましてくれる。「やりたいことが見つからない」「仕事がうまくいかない」などと悩んでいる、梢恵と同世代の若い人たちなら、なおさら梢恵の生き方から感じ取れるものがあるに違いない。

ところで、誉田さんが本作で示した社会課題は今、どんな状況にあるのだろうか。カーボンニュートラル（脱炭素）社会実現のための切り札の一つとして期待されるバイオエタノールについては、我が国では高コストという経済性の問題などがネックとなり、今のところ幅広い分野で普及しているとは言い難い。ただ、世界中でサステナブル（持続可能）な社会に向けた取り組みが進む中、国内でも新たな動きが出てきている。二〇二二年十月、自民党有志による「カーボンニュートラルのための国産バイオ燃料・合成燃料を推進する議員連盟」が発足した。岸田首相や菅前首相が最高顧問に名を連ね、バイオ燃料の活用策などを検討するとしている。また民間でも、トヨタ自動車やＥＮＥＯＳなど大手企業六社が二〇二二年七月、自動車用バイオエタノール燃料の製造技術を共同研究する施設を福島県大熊町に設立すると発表した。研究施設は二〇二四年十月に操業開始の予定だという。

そして、我が国の農業が抱える担い手不足や耕作放棄地などの問題も、依然として残されたままだ。国は改善のために様々な施策を講じているが、農林水産省が二〇一三年から展開している「農業女子プロジェクト」もその一つ。女性の農業従事者を増やして農業就労人口の底上げを図ろうと、民間企業・団体と連携し、女性のアイデアを生かした農業分野の新商品・新サービスの開発支援などに取り組んでいる。まさに、農業に身を投じてバイオエタノール用米の栽培を目指す梢恵のような存在が、我が国の農業の活性化への鍵を握っているというわけだ。

こうして見てみると、本作は今から十年以上前に発表された小説にもかかわらず、何ら古びておらず、今日へ、そして将来へとつながる大切なテーマを私たちに問い続けていることがよく分かる。

二〇二三年、誉田さんは作家生活二十周年を迎えた。その記念すべき年、人気シリーズ〈ジウ〉サーガの十作目『ジウX』や、姫川玲子シリーズの最新長編『マリスアングル』などの刊行が予定されている。

作家としてまさに円熟期にある誉田さん。人気シリーズの続編を楽しみにしつつ、『幸せの条件』のような、誉田作品の新しい一面を切り開く快作をも待ち望んでいる。

（たなか・まさよし　読売新聞メディア局編集記者）

『幸せの条件』二〇一五年八月　中公文庫

中公文庫

幸せの条件
——新装版

2015年8月25日　初版発行
2023年5月25日　改版発行

著　者　誉田哲也
発行者　安部順一
発行所　中央公論新社
〒100-8152　東京都千代田区大手町1-7-1
電話　販売 03-5299-1730　編集 03-5299-1890
URL https://www.chuko.co.jp/

DTP　ハンズ・ミケ
印　刷　大日本印刷
製　本　大日本印刷

Published by CHUOKORON-SHINSHA, INC.
Printed in Japan　ISBN978-4-12-207368-5 C1193

中公文庫既刊より

各書目の下段の数字はISBNコードです。978－4－12が省略してあります。

ほ-17-14
新装版 ジウⅠ 警視庁特殊犯捜査係 誉田 哲也
人質籠城事件発生。門倉美咲、伊崎基子両巡査が所属する警視庁捜査一課特殊犯捜査係も出動する。だが、この事件は〝巨大な闇〟への入口でしかなかった。
207022-6

ほ-17-15
新装版 ジウⅡ 警視庁特殊急襲部隊 誉田 哲也
誘拐事件は解決したかに見えたが、依然として黒幕・ジウの正体は掴めない。事件を追う東と美咲。一方、特進をはたした基子の前には不気味な影が。〈解説〉宇田川拓也
207033-2

ほ-17-16
新装版 ジウⅢ 新世界秩序 誉田 哲也
新宿駅前で街頭演説中の総理大臣を標的としたテロが発生。歌舞伎町を封鎖占拠し、〈新世界秩序〉を唱えるミヤジとジウの目的は何なのか⁉〈解説〉友清 哲
207049-3

ほ-17-4
国境事変 誉田 哲也
在日朝鮮人殺人事件の捜査で対立する公安部と捜査一課の男たち。警察官の矜持と信念を胸に、銃声轟く国境の島・対馬へ向かう。〈解説〉香山二三郎
205326-7

ほ-17-5
ハング 誉田 哲也
捜査一課「堀田班」は殺人事件の再捜査で容疑者を逮捕。だが公判で自白強要の証言があり、班員が首を吊った姿で見つかる。そしてさらに死の連鎖が……誉田史上、最もハードな警察小説。
205693-0

ほ-17-7
歌舞伎町セブン 誉田 哲也
『ジウ』の歌舞伎町封鎖事件から六年。再び迫る脅威から街を守るため、密かに立ち上がる者たちがいた。戦慄のダークヒーロー小説！〈解説〉安東能明
205838-5

ほ-17-11
歌舞伎町ダムド 誉田 哲也
今夜も新宿のどこかで、伝説的犯罪者〈ジウ〉の後継者が血まみれのダンスを踊る。殺戮のカリスマ vs. 新宿署刑事 vs. 殺し屋集団、三つ巴の死闘が始まる！
206357-0

ほ-17-12
ノワール 硝子の太陽
誉田哲也
沖縄の活動家死亡事故を機に反米軍基地デモが全国で激化。その最中、この国を深い闇へと誘う動きを、東警部補は察知する……。〈解説〉友清 哲
206676-2

ほ-17-17
歌舞伎町ゲノム
誉田哲也
大人気シリーズ、〈ジウ〉サーガ第九弾！ 伝説の暗殺者集団「歌舞伎町セブン」に、新メンバー加入！ 彼らの活躍と日々を描いた傑作。〈解説〉宇田川拓也
207129-2

ほ-17-6
月光
誉田哲也
同級生の運転するバイクに轢かれ、姉が死んだ。殺人を疑う妹の結花は同じ高校に入学し調査を始めるが、やがて残酷な真実に直面する。衝撃のR18ミステリー。
205778-4

ほ-17-13
アクセス
誉田哲也
高校生たちに襲いかかる殺人の連鎖。仮想現実を支配する「極限の悪意」を相手に、壮絶な戦いが始まる！ 著者のダークサイドの原点！〈解説〉大矢博子
206938-1

ほ-17-18
あなたの本 新装版
誉田哲也
これは神の悪戯か、一冊の本が狂わす人間の運命――表題作をはじめ、万華鏡の如く広がる七つの小説世界。新たに五つの掌篇を収録。〈解説〉瀬木広哉
207250-3

ほ-17-19
主よ、永遠の休息を 新装版
誉田哲也
暴力団事務所との接触で、若き通信社記者は、ある誘拐殺人事件の犯行映像がネット配信されている事実を知るが……。慟哭のミステリー。〈解説〉瀬木広哉
207309-8

お-87-1
アリゾナ無宿
逢坂剛
時は一八七五年。合衆国アリゾナ。身寄りのない一六歳の少女は、凄腕の賞金稼ぎ、謎のサムライと賞金稼ぎのチームを組むことに!?〈解説〉堂場瞬一
206329-7

お-87-2
逆襲の地平線
逢坂剛
〝賞金稼ぎ〟の三人組に舞い込んだ依頼。それは十年前にコマンチ族にさらわれた娘を奪還してほしいというものだった……。〈解説〉川本三郎
206330-3

各書目の下段の数字はISBNコードです。978－4－12が省略してあります。

お-87-3
果てしなき追跡（上） 逢坂剛
土方歳三は箱館で銃弾に斃れた――はずだった。一命を取り留めた土方は密航船で米国へ。友を、そして記憶を失ったサムライは果たしてどこへ向かうのか？
206779-0

お-87-4
果てしなき追跡（下） 逢坂剛
西部の大地で離別した土方とゆら。人の命が銃弾一発より軽いこの地で、二人は生きて巡り会うことができるのか？　巻末に逢坂剛×月村了衛対談を掲載。
206780-6

お-87-5
最果ての決闘者 逢坂剛
記憶を失い、アメリカ西部へと渡った土方歳三を狙うのは、女保安官と元・新選組隊士。大切な者を守り抜き、失った記憶を取り戻せ！〈解説〉西上心太
207245-9

か-74-1
ゆりかごで眠れ（上） 垣根涼介
南米コロンビアから来た男、リキ・コバヤシ――マフィアのボス。目的は日本警察に囚われた仲間の奪還と復讐。そして、少女の未来のため。待望の文庫化。
205130-0

か-74-2
ゆりかごで眠れ（下） 垣根涼介
安らぎを夢見つつも、憎しみと悲しみの中でもがき彷徨う男女。血と喧噪の旅路の果てに彼らを待つものは、一体何なのか？　人の心の在処を描く傑作巨篇。
205131-7

か-74-3
人生教習所（上） 垣根涼介
謎の「人間再生セミナー」に集まってきた「落ちこぼれ」たちは、再起をかけて小笠原諸島へと出航する。『君たちに明日はない』の著者が放つ、新たなエール小説。
205802-6

か-74-4
人生教習所（下） 垣根涼介
斬新な講義で変わっていく受講者たち。そして最後にして最大の教材、小笠原の美しい自然と数奇な歴史に織り込まれた真理とは？　謎のセミナー、感動の最終章へ。
205803-3

か-74-5
真夏の島に咲く花は 垣根涼介
フィジー人、インド人、日本人、中国人。様々な若者たちが南国の「楽園」で学んだ大切なこととは？　真の幸せを問い続ける著者渾身の長篇小説。〈解説〉大澤真幸
206413-3